Für Douglas.
Was wäre die Welt ohne ihn.
(Oder: Sieh, was du angerichtet hast!)

Jochen Lembke

Wozu denn trampen?

Mit dem Taxi

durch

die Galaxis!

Cover: Jochen Lembke,
Alexander Fridrich,
(Compusign, Gundelfingen)

© Copyright 2004
Jochen Lembke

Herstellung und Verlag: Books on Demand
GmbH, Norderstedt

ISBN 9783839153895

Vorwort zur Neuauflage bei BoD

Das vorliegende Buch schrieb ich 2004 direkt im Anschluss zu meiner Taxi-Trilogie.

Ich weiss heute nicht mehr, ob ich damals bereits den festen Entschluss gefasst hatte gleich danach im Anschluss eine Neuübersetzung aller fünf Anhalterbände zu versuchen und wiederum im Anschluss daran einen sechsten Band, eine Fortsetzung von „per Anhalter durch die Galaxis" zu schreiben, die Fortsetzung eines Weltbestsellers. Kann sein, kann auch nicht sein, ich hatte jedenfalls mit dem Gedanken gespielt.

Heute, 2010, habe ich nun nicht nur das alles gemacht, Neuübersetzung und sechster Band, auf Deutsch und auf Englisch, ich habe vor allem erleben müssen, wie beides nicht autorisiert wurde, ja, wie ein offizieller sechster Band, von Eoin Colfer geschrieben herauskam und wiederum vor allem, wie dieser Band nun nicht mal *annähernd* die Qualität hat, wie meine Version.

„2500 Ex-Lehman-Mitarbeiter haben für die Jahre 2008 und 2009 zwei Milliarden Dollar Boni kassiert. Während die Pleite ihrer Bank die Weltfinanzkrise ausgelöst hat, verdienten sie im Schnitt 400'000 Dollar pro Person." (Tagesspiegel Zürich)

Nun, mich hat diese Krise als Taxifahrer bisher etwa umgerechnet 25'000 Dollar Verdienstausfall gekostet.

Diese Bitterkeit, die ich heute deswegen in mir trage und der Zorn darüber, dass unbekannte Autoren auch unbekannt bleiben, wenn sie nicht über aussergewöhnliches Glück, Beziehungen oder Tüchtigkeit verfügen, ist in diesem Buch noch nicht zu spüren, es war eine Phase in der mir Schreiben einfach nur Spass machte und es noch kein so „blutiger Ernst" für mich war, wie heute, wo ich einen Haufen Schulden damit angehäuft habe und versuche, den mit meinem Projekt „Europas taxifahrender Schriftsteller" auch irgendwann mal wieder abzutragen.

Also, auch heute macht mir Schreiben noch Spass, aber diese unbekümmerte Frische wie damals habe ich nicht mehr.

Ein Grund mehr dieses Buch zu lesen.

Jochen Lembke, 2010, Zürich

Prolog

„Am 22.2. 2003, um 21.41 Uhr mitteleuropäischer Zeit fand in Freiburg ein Erdbeben mit der Stärke 5.4 statt, dessen Epizentrum bei St. Dié, tief unter den Vogesen lag."

Sagen Sie mal, *glauben* Sie das denn eigentlich?

Sicher, irgendwelche Leute sind immer schnell bei der Hand mit irgendwelchen Messungen, irgendwelchen Zahlen, irgendwelchen beeindruckenden Begriffen, wie „nach oben offene Richterskala, Epizentrum", usw., werfen schnell mit beeindruckenden Erklärungen um sich, wie „Tektonik, Verwerfungen, vulkanische Aktivität…"

Aber – glauben Sie denn alles, was uns von den Medien vorgekaut wird? Vor allem: Glauben Sie denn eigentlich ernsthaft, es könnte in Freiburg so ohne weiteres zu einem Erdbeben solcher Stärke kommen? Ich meine schließlich sind wir nicht in Japan oder der Türkei.

Nein, ich sage Ihnen, was es war!

Es war das Wirken uralter kosmischer Kräfte.

Uralt, älter als das Leben auf der Erde, älter als die Sonne, so alt wie die Zeit selber. (Ja, um präzise zu sein, noch etwas älter.) Und sie hatten ihren Ausgang nicht irgendwo in den Vogesen, breiteten sich dann in die Umgebung aus – nein, es war *genau* umgekehrt. Die geheimnisvolle Kraft, die die Erde erzittern ließ, die Häuser zum Wackeln brachte und die Menschen in Angst und Schre-cken versetzte, hatte ihren Ausgang hier, direkt in Freiburg. Und – sie brachte nicht nur den süddeutschen Raum und den Osten Frankreichs zum Beben. Nein, das *gesamte Universum* wurde in diesem Augenblick erschüttert!

Etwas, das sich unserer Kenntnisnahme entzieht, etwas Altes, etwas Gewaltiges, wurde entfesselt und ließ seine Titanenkräfte wirken. Die Kräfte, die am Rande, nebenbei, auch dazu führten, dass die Gesetze der Wahrscheinlichkeit in diesem einen Augenblick immenser kosmischer Bedeutung pervertiert wurden, ein Vorgang, der sich *Wahrscheinlichkeitsdilatation* nennt und zur Auswirkung hatte, dass die Erschütterungen am Ort des Geschehens selber nur schwach zu spüren war, um sich dann Richtung Vogesen zu verstärken und irgendwo dort unten, in etwa 10 Kilometer Tiefe, ein Maximum bildeten.

Aber ihren Ausgang hatten sie in Freiburg, an einem Ort am Rande der Innenstadt.

An einem Ort, an dem es niemand vermuten würde, ja, an einem Ort, den die allermeisten Menschen gar nicht beachten. An dem sich normalerweise nur die Geringsten der Geringen aufhalten.

An einem Taxistand.

Lesen Sie nun, wie es dazu kam.

Und vor allem – wozu es führte.

Kapitel Eins

Ekke hat ein höchst seltsames Taxischild auf dem Dach seines Taxis.

So seltsam, so höchst, höchst seltsam, dass es eigentlich dringend einer genaueren Untersuchung bedürfte. Aber „Ekke" ist kein Mensch, der sich groß Gedanken um irgendetwas macht. So beunruhigte es ihn bisher nicht weiter, dass es nachts auch dann noch brennt, wenn man das daran befestigte Kabel zur Stromversorgung zwischenrein kurz mal abzieht. Er bemerkte diesen Umstand zwar durchaus, wunderte sich auch einmal kurz, schob dann aber gleich wieder das Kabel drauf – und widmete sich gleich wieder seinen Werner-Comics – denen er ja im Übrigen auch seinen Spitznamen verdankt. (Auch wenn er nun endlich seine „friesische Phase", zu Gunsten anderer Ticks, überwunden hat.)

Ekke isst gerade lustlos ein halbes Hähnchen.

„Besser ein ledriges Steak", sagt er, „als das hier. Hm, vielleicht, weil ich vorher noch kein „Amuse geule" zu mir genommen habe. Heinrich!", er wendet sich an seinen Kollegen, der mit ihm zusammen am Stand herumhängt, bei ihm im Auto sitzt. „Soll ich nicht schauen, wo ich jetzt noch ein *Amuse geule* herkriege, dreimal zerfaserte Seezungen?"

„Ich hatte mal einen polnischen Chef…"

„Du warst mal Autoschieber?"

„Laß deine rassistischen Witze… Mit dem hatten wir mal Weihnachtsessen. Ich bestellte mir ein ,Chefmenü', nachdem ich vorher ihn natürlich noch gefragt habe, ob ich das auch darf oder besser die Karte nach einem ,Angestelltenmenü' absuchen soll – da war eben ein Amuse geule dabei. Das sah auf dem riesigen Nouvelle-Cuisine-Teller so aus, als hätte ein Vogel etwas drauf fallengelassen. Da schaut sich der das an und sagt: ‚Was ist denn das? Das sieht ja aus wie kleine Kacke!'" Ekke lacht.

„Die haben ja richtig Humor, die Polen. Kommt sicher daher, dass die sonst nichts zu lachen hatten. Hör mal, kennst du den? Die Polen haben jetzt auch eine bemannte Rakete ins All geschossen. Woran erkennt man das?"

„Kuck mal hoch in der Nacht, der große und der kleine Wagen fehlt?" Ekke wiehert. Er zeigt ihm eine Zeitung mit einer Plastikschönheit, die einen Model-Wettbewerb gewonnen hat.

„Es gibt doch so viele hübsche Mädchen, so viele natürliche Schönheiten und die nehmen wieder nur so ein Plastikteil, so eine hässliche aufgedonnerte Kuh." Er sieht ein Mädchen im weißen Kleidchen mit schlanken braungebrannten Beinen vorbeilaufen. Ein Typ pfeift ihr nach, sie zeigt ihm den Finger. Darauf ist es allen „ä bisserl peinlich". Ihm wird klar, dass es wohl ein wenig assig war, was er da so gemacht hat und ihr, dass sie vielleicht ein bisschen überreagiert hat. Sie lachen alle etwas verlegen und gehen auseinander. Alles ist wieder gut. „Die zum Beispiel. Warum nehmen die nicht die?" Ekke grinst. „Oder meine Ex? Bildhübsch *und* natürlich. Oder… meine Neue?"

„Natürlich bildhübsch. Und welche Ex sollen sie nehmen? Die es nicht mehr mit dir ausgehalten hat, weil du ihr zu chaotisch bist oder die, der du zu freakig warst?"

„Die, die gesagt hat, dass sie wirklich richtig gerne mit mir zusammenbliebe, wenn ich mein Aussehen verändern würde, meine Meinung, meinen Beruf, wenn ich reich erben und eine bestimmte missliebige, von ihr dann noch näher zu konkretisierende Person, per Auftragsmord beseitigen würde." Er feixt. „Wie würde sie allerdings großzügig mir überlassen, dreimal verbieberte Makrelen."

„Samma." Heinrich ist gerade genervt. „Wieso heißt es hier eigentlich immer Wohlfühlstadt?" Er hat nicht immer Lust auf Ekkes Scherze einzugehen. „Kann man das irgendwo in einer Gebrauchsanleitung nachlesen oder was?" Der Verkehr umbrandet sie mitleidlos. „Also ich fühl mich hier jetzt nicht gerade besonders wohl."

„Heinrich, Du bist ein Schnarcher. Hast du noch nie bemerkt, dass Wohlfühlstadt* immer mit einem Sternchen hinten dran geschrieben wird?"

„Und was heißt das?"

„Das Sternchen heißt: Gilt ausschließlich nur dann, wenn Sie die Augen schließen und sich vorstellen Sie seien am Meer." Er keckert, kurz. „Und nur weil Freiburg Wohlfühlstadt* ist, bedeutet das noch lange nicht, dass sich auch Taxifahrer hier wohl fühlen sollen, du Blödi. Trotzdem. Schließ doch einfach die Augen und denke du bist am Meer. Oder in einer Villa in Herdern auf dem Hang. Am Millionärshügel."

Ein Roller quengelt und nervensägt vorbei, er macht ein Geräusch, als hätte man Hunde zum Miauen gebracht, indem sie tief gefroren und durch die Kreissäge geschickt hat, nur irgendwie noch nervtötender.

„Ekke. In einem Traum erschoss ich einen Motorrollerfahrer, es hat Spaß gemacht."

„Wieso soll das keinen Spaß machen? Shit happens, Herr Motorrollerfahrer! Und dann erklärst du nebenbei der Leiche die drei Regeln. Regel Nr. eins: Nichts klappt! Regel Nr. zwei: Sollte doch etwas wider Erwarten klappen, (funktionieren wie man es möchte, nach Wunsch laufen) so kann das Ergebnis unmöglich von Dauer sein. Und natürlich vor allem Regel Nr. drei: Die Aussage ‚Shit happens' ist korrekt und trifft den Kern der Sache. Sie ist eine präzise Umschreibung der herrschenden Umstände."

„Scheiß-Heuschnupfen", zielt Heinrich in die gleiche Richtung, „dieses Jahr sind wohl anscheinend spezielle Al-Quaida-genveränderte Killerpollen unterwegs."

Er reibt sich die Nase. Sie juckt wohl.

„Warum nicht, wir sind doch Bio-Valley in Freiburg. Gestern habe ich einen arabisch aussehenden Typen zu so einem Bioschuppen gefahren."

„Ach, und was soll der da schon tun."

„Richtig. Bloß weil er fast nur arabisch sprach."

„Was heißt das schon."

„Und weil er ein ‚Kill-Salman-Rushdie'-T-Shirt anhatte."

„Was heißt das schon?"

„Und weil er einen Köfferchen voll geheimnisvoller Reagenzgläser mit dabei hatte."

„Was heißt das schon."

„Und weil er über Handy mit Bin Laden telefoniert hat. Ich hab's genau gehört. Ma-achla, ba-machla, Bin Laden?"

„Was heißt da… Scherzkeks." Er seufzt. Typisch Ekke.

Er seufzt noch mal.

„Ach Ekke, warum bin ich immer so kaputt, müde und abgefuckt."

„Das kommt aber gar nicht gut an bei den Mädels."

10

„Wieso, das *kommt* doch von den Mädels."

„Probier's doch mal mit Affendrüsen."

„Mit Mädels macht's aber mehr Spaß."

„Du sollst es auch nicht mit ihnen treiben, du Dummi, du sollst dir einen Extrakt davon spritzen lassen." Er steckt sich einen ordentlichen Happen Hähnchen in den Mund.

„Was hast du gesagt?", fragt Heinrich prompt – wie verabredet.

„Ach Heinrich... was liegt denn da herum?", erwidert Ekke kaum verständlich, kaut und zeigt auf einen imaginären Punkt im Auto. „Hopfen und Malz? Hast du das verloren?"

„Ich trink kein Bier mehr, macht dick."

„Probier's doch mal mit Dope."

„Ekke, Jugend ist das geilste Dope, was ich kenne."

Heinrich, der alternde Schabrackentapir, wie ihn der fünfundzwanzigjährige Ekke gerne nennt, geht ja auch schon so langsam auf die Fünfzig zu. Und er erzählt ihm, dass er mal am Wochenende ein Rendevouz mit einem Mädel gehabt hat und auf der Suche nach ihr an der Hauptpost vorbeigestromert ist und von diesen Typen angequatscht wurde, die da herumhängen. „Bist du auf der *Suche?*", sagte der eine zu ihm und er antwortete, dass er durchaus schon auf der Suche sei, aber nicht nach diesem Mistzeug, was die ihm da andrehen wollen.

Ekke drückt der gewählten Zeitungs-Schönheit gerade genüsslich die Reste der Hühnermahlzeit ins Gesicht und knüllt die Zeitung drum herum zusammen, als Heinrich abermals seufzt und einen folgenschweren Satz von sich gibt, der zu einem genauso ferkeligen wie folgenschweren kleinen Dialog führt.

„Mann, Ekke, ich hab echt keinen Bock mehr auf den Job."

„Hee, meinste ich."

„Hey, schau, mal!"

„Was denn?"

„Tittenalarm..."

„Heinrich, du Wutz!

Ein Erdbeben ist immer eine unangenehme Sache, besonders, wenn man nicht darauf vorbereitet ist und das ist wohl in den meisten Fällen so. Kaum haben Ekke und Heinrich, unsere ewig pubertierenden Helden, diesen ihren ferkeligen Dialog beendet, beginnt das Taxi, in dem beide sitzen, auf und nieder zu springen, wie ein liebeskranker Geißbock. Ihre eigenen Schreckenrufe mischen sich mit denen von Passanten, die Mühe haben, sich auf den Beinen zu halten.

Soweit wäre das alles jedoch lediglich außergewöhnlich, sensationell und einmalig, aber doch nicht besonders ungewöhnlich, im Großen und Ganzen. Halt eben ein Erdbeben, wie es in unsere Region sehr selten ist, aber schon einmal vorkommen kann. Schließlich wurde ja vor vielen Hunderten von Jahren auch schon das mittelalterliche Basel durch ein Erdbeben zerstört.

Das wirklich Ungewöhnliche, was aber gerade niemandem groß auffällt, es sind ja sowieso alle damit beschäftigt über das Erdbeben verstört zu sein, ist der etliche Millionen Lichtjahre lange, präzise, unheimliche, unheimlich scharf gebündelte Energiestrahl, der von Ekkes Taxischild aus in diesem Moment irgendwo hinaus in das Universum seinen Weg sucht, irgendwo hin in einen völlig abgelegenen Winkel, wo sich Sternenfuchs und Sonnenhase höflich gute Nacht sagen.

Die Distanz zu unserer Nachbargalaxis Andromeda beträgt nur etwas mehr als zwei Millionen Lichtjahre, obwohl diese sich ja ständig verringert und es wohl unsere Schicksal ist irgendwann mir ihr zusammenzudonnern, (man sollte sich also schon mal mit diesem Gedanken vertraut machen. (Gut, es gibt im Moment dringendere Probleme)). Insoweit ist ein aus einem Taxischild entspringender Richtstrahl, der eine Distanz von Millionen von Lichtjahren überwinden kann, eigentlich eine richtig verwunderliche Sache. Ungewöhnlicher allemal als ein Erdbeben in unseren Breiten, würde es auch die ganze Region Oberrhein in Schutt und Trümmer legen.

Aber das wirklich, *wirklich* Ungewöhnliche daran ist, dass er irgendwo da draußen, draußen in der Sternenöde, unser Universum verlässt – um in ein anderes, paralleles einzudringen.

Dort allerdings, nachdem es bei uns eine so unglaublich lange Entfernung zurückgelegt hat, fällt es gerade noch mal soweit, wie das Licht einer Alditaschenlampe reichen würde, um dann irgendwo in einer Lücke zu verschwinden und dort ein Signal auszulösen.

Kapitel Zwei

Die heilige Halle von Chmarm.

Am Ende der Ordnung. Am Ende des Chaos. Hinter den sieben Nebeln der Unendlichkeit.

Die heilige Halle von Chmarm. Riesig, weihevoll.

Die heilige Halle von Chmarm ist so groß, so unendlich groß – dass es in ihr ein eigenes Wetter gibt. Nebel kommen auf, Wolken bilden sich und zirkulieren und manchmal, in tausenden von Jahren, Erdjahren selbstverständlich, wenn der Thermostat mal wieder spinnt, bilden sich regelmäßig abends Wärmegewitter.

Zwei kleine Kaninchen hoppeln darin herum.

Wie sind sie bloß hineingekommen?

Eins ist ein Holländerkaninchen mit schwarzem Rumpf, weißem Hals, schwarzen Backen, weißen Pfoten und einem breiten, weißen Längsstreifen über der Nase. Es hat leuchtend blaue Augen. Das andere ist vollständig braun. Sogar die Augen und die Zehennägel sind braun gefärbt.

Sie spielen miteinander, jagen sich abwechselnd im Kreis, stupsen sich mit den Schnäuzchen und lecken sich gegenseitig das Fell. Dann legen sie sich zusammen nieder und kuscheln. Aber nicht für lange, denn dann erhebt sich das Schwarz-weiße wieder, streckt sich so lang wie es geht, wobei es sogar über die Zehen der Hinterbeine rutscht, bis es sich nur noch mit der Streckseite der Pfoten abstützt. Es gähnt herzhaft und reißt das Mäulchen weit dabei auf. Dann fängt es an sich zu putzen, klappt das Öhrchen herunter und streift es sich mit den Pfoten zwischen den Zähnen hindurch. Wobei es auffällt, dass dies erst aktiv aus eigener Kraft herunterklappt, bevor es dann mit dem Pfötchen festgehalten wird. Keineswegs braucht es letzteres, um es hinunterzuklappen.

Derweil ist das andere auch aufgestanden und schnuppert ihm am Hinterteil. Dies scheint sich das Holländerkaninchen aber nicht gefallen zu lassen, denn es dreht sich nun seinerseits zum Hinterteil des Braunen, bis sie anfangen sich im Kreis zu drehen, zuerst langsam, dann immer schneller. Worauf das Braune zuerst aus dem Kreis ausbricht und flieht, während das andere knurrend hinterher jagt, ihm dabei das Kinn auf die Flanke legt.

Alles ist voller Böppel und gelblich bis orangenen Pipilachen.

Doch mit einemmal halten die Häschen kurz inne, als wäre irgendwo ein verdächtiges Geräusch zu hören gewesen – und betreten dann gleichzeitig, jeder sein eigenes, zwei mit Plüsch ausgekleidete linsenförmige Gebilde mit vielleicht zwanzig Zentimeter Durchmesser.

Die sich dann sogleich in die Luft erheben.

Sie strahlen die Verunreinigungen weg.

Alles ist wieder sauber.

„Es tut immer wieder gut in der alten Form zu sein", sagt das eine, das schwarz-weiße Holländerkaninchen, zum anderen.

„Du hast Recht, Bruder, wie immer. Aber wir müssen bereit sein – wenn die Pflicht ruft", antwortet das Braune.

Und just in diesem Moment, als wollte es seine Worte bekräftigen, ertönt ein Gong in der Heiligen Halle.

Ein Gong, wie er noch nie auf Erden vernommen wurde. Ein gewaltiges, ehernes, Ehrfurcht einflößendes akustisches Ereignis, das einen Menschen, wäre hier irgendwo einer gewesen, vor überwältigender Demut und Ergebenheit in die Knie hätte sinken lassen. Eine Mischung aus Big Ben und Dem Ultimativem Chinesischen Gong, der irgendwo noch in Tibet aufzufinden ist, wenn man nur richtig sucht und wahrscheinlich eines Tages sowieso noch über ihn stolpern wird – nur viele, viele tausendmal majestätischer.

Das gewaltige Gongen breitet sich in der uferlosen, riesigen Halle aus und erfüllt tönend die letzten Winkel mit seinem Echo. Es knirscht im Gebälk und hier und da rieselt es und brechen ein paar Steine herunter.

Die Kaninchen, die Diener der Heiligen Halle, die sich nun völlig anders verhalten als Kaninchen, schweben jedoch mit beinah unbewegter Miene durch die Luft.

„Die Heiligen Worte sind gesprochen worden!"

„Der Auserwählte, der die Heiligen Worte gesprochen hat, ist im Besitz des Heiligen Symbols und des Heiligen Schlüssels! Wir müssen ihn suchen!" Düster fügt es hinzu: „Dieser Krach jedes Mal. Treibt mich noch die Wände hoch."

Die Diener der Heiligen Halle auf ihren Schwebesitzen fliegen ein paar Kilometer durch das riesige Gewölbe auf ein, in der Ferne aufragendes, unermesslich großes Monument zu, welches eine mehrere hundert Meter große Tafel umfasst. Diese lässt, nun immer deutlicher werdend, einen gigantischen leuchtenden Schriftzug erkennen. Das braune und das schwarz-weiße Holländerkaninchen, die in Wirklichkeit gar keine Kaninchen sind, jedenfalls keine wie wir sie von der Erde her kennen, verharren unmittelbar am Fuße des Monuments. Sie kippen ihre Fliegsitze ein wenig und können so den Schriftzug in bequemer Lage studieren.

„So sind also wieder Kämpfer bereit und aufgestanden, um zu Widerstehen dem Bösen und um zu Beschützen das Gute", spricht das Schwarz-weiße feierlich nach einer Weile.

Es kratzt sich, streckt sich auf seinem Sitz und gähnt kurz. „Sind es denn auch Kämpfer oder sind es eher... Kunden?"

„Sei nicht zynisch, Bruder."

Sie fliegen ein paar Kilometer weiter, bis sie in einen abgetrennten Bereich kommen, den sie die „Hall of Fame", die Ehrenhalle nennen. Riesige lumineszierende Holographien der Kämpfer gegen das Böse sind dort aufgehängt. Sie betrachten sie ehrfurchtsvoll.

„Der gigantische Glubludus! Er rettete eine ganze Galaxis vor dem Untergang."

„Die phantastische Findiix von Fustuus. Sie rettete zwei Galaxien vor dem Untergang."

„Erfollos, der Erfolgreiche. Er rettete zwei kleinere Planeten und einen ihrer Monde vor dem Untergang und schwängerte anschließend weibliche Wesen seiner Spezies von *drei* Galaxien."

Es hält inne.

„Haben wir denn schon Daten über ‚die Neuen' mit dem Heiligen Strahl bekommen?" Sie vertiefen sich in die Betrachtung der Daten. „Zwei Auserwählte diesmal?"

„Aufrecht gehend. Kopf, zwei Arme, zwei Beine, der Schwanz ist nur noch rudimentär angelegt. Humanoide offensichtlich. Haben eine primitive Technik entwickelt. Der Planet, den sie bewohnen, ist eine Sauerstoffwelt, zu zwei Dritteln von Meeren bedeckt." Sie schauen genauer hin. „Hm. Der Planet ist teilweise schon böse herunter gekommen. Dreck, Unrat, Umweltverschmutzung..."

„Die Halle ist auch nicht mehr das, was sie einmal war, Bruder, vergiss das nicht", erinnert ihn der andere Diener der Halle und blickt sorgenvoll auf einen Haufen herunter gebrochenen Gesteins in der Nähe.

„Die Stimmung auf großen Teilen des Planeten ist mies. Vor einiger Zeit wurden überall Computer eingeführt und die Menschen waren nun stolz und glücklich, weil sie dachten, der Computer macht das Leben leichter. Ein Mensch kann doch jetzt mit Hilfe der Computer die Arbeit von zehn machen, dachten sie naiv. Also würde jener dann auch zehnmal so viel verdienen wie früher. Doch sie haben nicht bedacht, dass sich multinationale Konzerne, Hard- und Softwarefirmen durch allerlei windige Tricks, in der im ganzen Universum gleichen Mischung, aus mutigem Unternehmertum und skrupelloser Schurkenhaftigkeit, sich den ganzen Mehrwert unter den Nagel gerissen haben. Jetzt gibt es Computermilliardäre und den restlichen Menschen geht schlechter als zuvor. Man nennt sie nun

Computersklaven, die den ganzen Tag in den Bildschirm starren müssen. Und gleichzeitig will man ihnen glauben machen, das es der Wirtschaft schlechter geht, obwohl die Produktivität auf das Zehnfache gestiegen ist." Es schaut genauer hin. „Ah, der gute alte Tintentrick! Drucker billig, Patronen teuer und keine Alternative dazu. Keine galaktische Zivilisation, die diesen kleinen schmutzigen Trick zu Beginn des Computerzeitalters nicht anwendet."

„Ja und, begehren sie nicht auf? Kommt es nicht zu einer Revolution?" Es schaut intensiv.

„Nein… Sie haben bereits DVD-Player!"

„Tja. Dann ist es also schon zu spät."

Diese Gesetzmäßigkeit gilt überall im Kosmos. Zu Anfang der Industrialisierung kommt es mithin zu heftigen und blutigen Revolutionen. Sobald sich aber ein herrschendes System soweit etabliert hat, dass es die Bevölkerung mindestens mit Bier, Fischlis und DVD-Playern versorgen kann, hört das schlagartig auf und die Bevölkerung erträgt, den Feierabend glückselig vor dem Fernseher verdämmernd, jede Form von Ausbeutung. Dann zahlt man noch beliebten Schauspielern, beliebten Sportlern und anderen exponierten Angehörigen der Unterhaltungsindustrie das Tausendfache eines Jahresgehalts eines einfachen Angestellten als Gage und der Laden läuft.

„Und in welchem sozialen Zusammenhang steht der Auserwählte… stehen die Auserwählten? Was ist ihre Stellung in der Gesellschaft, ihr Rang. Sind sie mächtige Herrscher? Sind sie fähige Generäle? Sind sie hervorragende Wissenschaftler?"

„So wie das ausschaut, sind das Menschen, die ihren Lebensunterhalt dadurch verdienen, dass sie andere Menschen von A nach B befördern. In einem, sich zweidimensional auf dem Boden fortbewegendem, Vehikel mit stinkendem Verbrennungsmotor. Diese Tätigkeit ist schmutzig und so schlecht entlohnt, dass sie von diesen transportierten Menschen noch zusätzlichen Lohn in Form eines kleinen Handgeldes zugesteckt bekommen, welches sie mit würdeloser unterwürfiger Freude entgegennehmen. Man nennt es Trinkgeld."

„Du meinst, die Auserwählen sind…"

„Richtig. Die Auserwählen sind – *Taxifahrer!"*

„Nun, das Leben geht manchmal seltsame Wege, warum können diese offensichtlich ganz einfachen, sagen wir mal, vom Schicksal wenig bevorzugten, Menschen nicht zu höheren Aufgaben berufen sein, denn…"

„Richtig. Denn manchmal denkt man, die Wesen, die unsere Welten lenken, die so fern über uns stehen, die so unermesslich sind in ihrer Weisheit sind…"

„Diese fernen entrückten…"

„Jenseitigen…"

„Sind nur ein Haufen Bekloppter."

„Du hast mir die Worte aus dem Mund genommen, Bruder."

Am nächsten Tag stehen Heinrich und Ekke am Stand, wie üblich, und gehen ihrer gewöhnlichen Tätigkeit nach, sie „werfen ihre Angel aus", warten auf Fahrgäste – und fischen im Trüben. Und natürlich spannen sie Frauen an, die vorbeilaufen.

„He, Sie da, schöne Frau. Sie kommen mir bekannt vor!"

„Wirklich. Kennen wir uns vielleicht? An wen erinnere ich Sie denn?"

„Claudia Schiffer." Sie läuft weiter.

„Dumme Kuh."

Er grinst. „Na ja, ich bin ja versorgt. Im Gegensatz zu dir." Ekke hat bequem die Knie zwischen Armaturenbrett, Handschuhfach und Sitz eingeklemmt. „Krasses Erdbeben gestern, hm? Dreimal semmelnde Heilbutts."

„Wirklich krass, aber letztendlich völlig bedeutungslos, kosmisch gesehen." Er schiebt Ekke mit dem Sitz zurück. „Das kann ich nicht haben. Da verzieht sich doch alles." Manchmal ist Ekke wie ein Sohn für ihn, ein großer, ungezogener Flegel.

„Heinrich, ein deutscher Junge weint nicht. Er schreit wie am Spieß. Heutzutage. Ist das nicht eine hübsche Russin, die da vorbeiläuft?"

„Hm, doch. Woher weißt, dass sie Russin ist?"

„Nun, erstens, weil sie ganz in Jeans ist. Nur eine aus dem Osten trägt ein Jeansoberteil zusätzlich zur Jeanshose. Und zweitens wegen ihrem rotem CCCP-T-Shirt."

„Na, ich weiß nicht…"

„Heute hab' ich schon 'ne hübsche Russin gefahren!"

Er erzählt ihm von ihrer geklauten Handtasche und ihrem Handy darin. Als sie abends angerufen hat, besaß der Dieb noch die Frechheit sich mit: „Ja, hallo!", zu melden. Sie sei im Wartezimmer gewesen und raus gegangen um „was zu rauchen."

Er korrigierte sie, es hieße *„eine* zu rauchen", und klärte sie darüber auf, das „was zu rauchen" einen Joint zu bedeuten würde.

„Heinrich!", sagt er und rekelt sich wieder bequem hin, den Sitz wieder unauffällig nach vorne verstellend. „Weißt du was? Der ‚Habichtnollenjob-Index', darf nicht über Zehn abrutschen, sonst werd' ich grantig." Darunter versteht er die Anzahl von Omis, Kranken und Gestörten, die man zu fahren hat, ins Verhältnis gesetzt zu der Anzahl von schönen Frauen. Heinrich blinzelt dabei gerade wohlwollend einem kokett lächelnden zehnjährigen Mädchen zu, in dem Alter befindlich, in dem sie anfangen, dies zu üben. „Na, deine Festplatte darf aber denen auch nicht zum Filzen unter die Finger kommen, Heinrich!"

„Quatsch nicht, Ekke", erwidert der und beißt in eine Stulle. „Dicke haben immer Hunger, fügt er entschuldigend hinzu, obwohl er nur ein kleines Bäuchchen hat.

Rainer kommt hinten angeschlürt, sie sehen ihn im Rückspiegel.

„Looser-Rainer in Sicht, komm', wir machen ihn fertig!"

„Lasst mich, gewährt mir die Bitte", spricht der mit duschnasser Aussprache, sich zu ihnen ins Fond beugend, „in eurem Bunde sein der Dritte!"

Rainer wird also subtil fertiggemacht, alles was er sagt, wird gegen ihn gewendet. Er erzählt von einem Traum, den er neulich gehabt hat.

„Fahr' ich drei schwedische Mädels…"

„Du und Mädels!"

„Laß ihn doch erzählen, Heinrich! Jeder hat doch mal Träume." Sie sind mittlerweile aus dem Auto gestiegen, am Stand tut sich geschäftlich weiter nichts.

„Fahr' ich die also den ganzen Tag, so Überland, was weiß ich, kommen wir bei der einen zu Hause vorbei und machen da 'ne längere Pause. Da verstauen die mich doch vor dem Fernseher, während die da was am verhandeln sind mit der Familie…"

„Na ja, ist doch viel vertrauter für dich, Rainer, so gemütlich vor dem Fernseher verstaut, als mit den Mädels." Heinrich.

„Dann fährt eine doch selber! He, ich also nach hinten, auf die Seite."

„Und dann hattest ständig so ein komisches Gefühl, als hättest du deine Jogginghose nach hinten an." Ekke.

„Quatsch." Rainer wird ganz aufgeregt. Er gesteht. „Sagt die eine dann zu mir: Wenn du Spaß haben willst, kommst du rüber! Und dann bin ich aufgewacht, gerade als ich zu ihr rüberklettern wollte."

„Rainer! Mal ganz ehrlich." Heinrich grinst und legt ihm jovial einen Arm über die Schulter, was wohl sagen soll: Du bist zwar ein

Looser, aber die muss es ja auch geben und ansonsten bist du ja ein prima Kumpel. „Ich erzähl dir mal einen Traum, der besser zu dir passen würde. Pass auf. Gibt es ein schöneres Gefühl auf Erden, als endlich den lästigen Druck auf der Blase loszuwerden?" Er schaut sich Beifall heischend um. „Also, du träumst davon im Taxi in eine Flasche zu pinkeln, ich meine, wo ist denn schon immer das nächste Klo! Hör zu. Du bist ganz konzentriert. Du haltest die Flasche. Du haltest dein Ding an die Öffnung. Du überprüfst, ob die Türen verschlossen sind, ob die Scheiben oben sind. Du schaust verstohlen auf die Seite, niemand kommt, niemand schaut, du bist sicher. Die Flasche füllt sich. Du stützt sie am Knie ab, genießt wohlig das Nachlassen des Harndrangs. Du gönnst dir den Luxus des völligen Entleerens. Denn du weißt ja nie, wann du wieder aufs Klo kannst." Er klopft ihm noch einmal auf die Schulter. „Denn du bist ein *Taxifahrer,* Rainer."

„Jetzt weiß ich, was hier läuft!" Rainer hat realisiert, dass er bisher in der Mitte stand, von den beiden flankiert war. „Der in der Mitte wird immer fertiggemacht!" Er wendet sich an Ekke. „Stell du dich jetzt mal dahin!" Es nützt aber nichts, sie machen ihn weiter fertig.

„Rainer, mach dir nichts draus. So spielt der SC halt, einmal erste Liga, einmal Rheumaliga!"

„Laß mich raten. Du erste und ich Rheumaliga, so meinst du doch, oder?" Und er lässt sich über seine Bandscheibenprobleme aus und dass er, wenn er dem Rat seines Orthopäden folgen sollte, das Taxifahren ganz sein lassen könnte.

„Rainer, ich habe vier Ärzte. Da ist einmal Dr. ‚Frische' und dann noch Dr. ‚Luft'. Und ziemlich oft machen die Urlaub, weil es eben zwei so coole braungebrannte Typen sind und dann schicken die mich zu den Doktores Dr. ‚Bewe' und Dr. ‚Gung', die arbeiten immer zusammen!"

„Ein tolles Team, deine Ärzte. Na ja, ich kann mir ja den Opa aus der Gärtnerei in meiner Nähe zum Vorbild nehmen. Der schafft noch mit Neunzig in seinem Betrieb."

Er grient.

„Manchmal habe ich aber den Eindruck, der schämt sich so, dass er zum Laufen eigentlich schon einen Rollator bräuchte, dass er nur noch auf seinen Äckern spazieren geht. Und als Gehwagen verwendet er dann seine Motoregge."

Ein Portier vom Hotel gegenüber ist am Koffereinladen. Er kämpft mit zwei Pelzmänteln einer vornehmen Dame.

Sie rutschen und rutschen, bis es ihm einfällt, sie mit der Nichtpelzseite aufeinander zu legen.

„Macht ihn fuchsig, der Fuchs!"

„Ist kein Fuchs, eher Luchs."

„Ach, Luchs ist nicht nobel. Ist sicher Zobel."

„Nerz, mein Herz."

„Wir kennen uns noch nicht lange, meine Liebe, aber wenn du einen Nerz von mir möchtest, musst du genau das mit mir machen, was auch die Nerze machen, um einen Nerz zu bekommen."

„Solang's nicht Löwe ist. Sag mal, nehmen die auch Löwe als Pelz?"

„Ich glaube nicht. Der Löwe, im Allgemeinen, lässt sich seinen Pelz nicht so leicht nehmen. Er wird damit argumentieren, dass er ihn selber braucht."

„Aber …"

„Und ein Löwe kann seine Argumente ganz gut rüberbringen."

„Das erinnert mich daran, als ich diese Woche eine Torte ausgeliefert habe und mich ein Riesenköter an der Türe empfing, einer von der Sorte, die sicher auch Löwen beeindrucken würde! ‚Ihr Hund ist ja zum Fürchten', sagte ich zu der Gnädigen…"

„Zu der Tortenfresserin…"

„Am liebsten hätte ich die Torte dem Hund zum Fraß vorgeworfen, dann wäre der wohl auch still gewesen. ‚Der ist doch völlig harmlos!', sagt die! Bloß für wen, fragt sich? So nach dem Motto, ‚ich hab schon Hunderte erschossen, es tut gar nicht weh!'"

Rainer geht, Hunderte zu erschießen.

Eine Frau fährt vorbei, mit der Linken umklammert sie das Steuer, mit der Rechten drückt sie ein Handy ans Ohr und schafft es dabei noch zwischen Zeige- und Mittelfinger eine Kippe zu umkrampfen. Während sie spricht, wabert blauer Qualm aus ihrem Mund.

„Sexy, die Frauen von heute!"

Sie setzen sich wieder ins Auto, Heinrich holt einen Erotikkatalog neben seinem Sitz hervor. Ekke grinst.

„Heinrich, was kuckst du denn da? Einen Turbovibrator für deine Ex, als Entschädigung? Gibt's jetzt auch mit schleimhautfreundlichem anti-allergischem Latex vom Waschbär-Versand! Oder schaust du nach ein paar Mädels, in Latex? Reicht dir nicht, was hier so davon herumläuft?" Eine wunderschöne Frau kommt heran, tatsächlich ganz in schwarzem Latex. „Heinrich, leg mal das Ding weg! Schau mal, wo bleibt denn dein Tittenalarm?"

Heinrich schaut kurz. Dann bemerkt er trocken: „Diesmal gibt es keinen."

„Warum denn nicht, das ist doch eine schöne Frau."

„Schon. Aber es *gibt* diesmal keinen", wiederholt er, eine Spur frostiger.

„Aber…"

„Das ist eine schöne Frau, aber auch zufällig meine Ex. Deshalb gibt es jetzt keinen Tittenalarm, kapiert."

„Na klar, bin ja nicht blöd, dreimal tuckende Sardinen." Jetzt erkennt Ekke sie auch wieder. „Aber hinschauen darf ich doch, oder? Wieso ist sie eigentlich so total schwarz angezogen?"

„Was weiß ich, wird wohl ihre schwarze Phase haben. War sowieso schon immer ein bisschen meschugge." Die Frau im schwarzen Latexdress, die aussieht, als wäre sie Trinity aus „Matrix", kommt näher.

„Naa, was macht ihr denn da, ihr Nasen." Sie schaut auf Ekkes Taxi, welches direkt hinter dem von Heinrich steht. Dann sieht sie sich tatsächlich Ekkes Taxischild an. „Das ist aber ein schönes Schild, ihr Nasen."

Sie steigen beide aus und gesellen sich zu „Trinity", die immer noch fasziniert von Ekkes Taxischild ist.

„Ja, es ist ein besonderes Schild, es leuchtet auch ohne Strom."

„Interessant, interessant. Und warum wart ihr damit noch nicht in allen Zeitungen, ihr Nasen?"

„Ach weißt du, wir sind doch nur ein paar Taxi fahrende, äh, Nasen. Da interessiert sich keiner für uns oder für unser Wunderschild."

„Ich werd euch mal was sagen, ihr Nasen. Euer Schild… wisst ihr, was damit ist?"

„Nein, aber du wirst es uns sicher sagen, dass seh ich dir an der *Nase* an."

„Euer Schild interessiert mich so wahnsinnig megamäßig arschkrass – dass ich es euch klauen werde." Nach diesen Worten langt sie ans Dach – und reißt das Schild mit einer einzigen Bewegung herunter.

Befremdet-betretenes Schweigen.

Sie sehen ihr nach, wie sie mit dem Schild in der Hand davonläuft. Dann: „Sag mal Heinrich, war die schon so, als sie noch mit dir zusammen war?"

„Du meinst so seltsam angezogen?"

„Nein…"

„So ,Nasen'-mäßig?"

„Nein, ich meine so *stark*, sie hat das Schild nicht abgeschraubt, sondern *abgerissen*. Ich hätte das nicht geschafft, du auch nicht und auch Schwarzenegger nicht, selbst in den Zeiten, als seine Leber noch mehr Anabolika vertragen hat, als heute. Wenn ich's mir recht überlege, Heinrich, hätte das *niemand* geschafft, niemand, der... ein Mensch ist. Heinrich. Ich sag dir mal was. Deine Freundin..."

„Ex-Freundin."

„Deine Ex-Freundin ist gar kein Mensch."

„Ja", Heinrich wirkt nachdenklich, „das habe ich auch manchmal vermutet, als wir noch zusammen waren – an den guten Tagen. An den schlechten *wusste* ich es."

Er gibt sich einen Ruck.

„Was redest du für dummes Zeug. Tja, sie wird halt Schlimmes durchgemacht haben, seit sie nicht mehr mit mir zusammen ist."

Kapitel Drei

Ekke brettert die Autobahn entlang.

Heinrich bemüht sich einen gelassenen Eindruck zu machen. Rasen ist nichts für ihn. Über dekadente Träume saturierter Wohlstandsbürger, deren höchstes Glück es sein muss, in einem Sportwagen bei Tempo zweihundertfünfzig auf der Autobahn einen geblasen zu bekommen, ist er schon lange hinweg.

Die Tatsache, dass Ekke persönlich über Funk von einem Fahrgast verlangt worden war, hat ihn weniger erstaunt als die Tatsache, dass überhaupt ein Auftrag über Funk herausgekommen war. Wo sie doch erst eine Stunde gestanden hatten. Ja, selbst die weiteren erstaunlichen Umstände verloren ihre Bedeutung dagegen: dass ihnen gerade eben das Taxischild von einer, in schwarzem Latex gekleideten, einem Actionfilm entsprungenen, Heroine abgerissen worden war, die auch noch nebenbei zufällig seine Exfreundin war, dass ausdrücklich ein weiterer Fahrer verlangt war, dass dieser Fahrer als Beifahrer mit zum Auftrag fahren sollte, dass dieser Fahrer er persönlich sein sollte, wo er doch sowieso schon mit Ekke zusammen im Auto gesessen hatte – und die besonders erstaunliche Tatsache, dass der Kunde, der geheimnisvolle, nicht näher bekannte Kunde, ganze sechzig Kilometer entfernt auf sie warten würde.

An der Schweizer Grenze, um genau sein.

Und um noch genauer zu sein, am Schweizer Grenzübergang Basel/Autobahn.

Beinah dort angekommen empfängt sie gähnende Leere. Keine anderen Autos, kein Posten. Keine Schweiz.

Keine Schweiz?

Ein Kilometer vor dem Grenzübergang erstreckt sich nichts weiter als eine graue Leere, leerer und grauer als jede Nebelwand.

Die Schweiz – verschwunden? Keine Alpenmilchschokolade mehr? Keine glücklichen Kühe? Keine über Vignetten unglücklichen Autofahrer mehr!?

Ekke fährt hinein in die graue Leere, vorsichtig tastend, immer noch optimistisch bei seiner Suche nach dem Fahrgast und der Schweiz. Und steht auf einmal vor etwas, das aussieht wie eine gigantische Filmleinwand, umgeben von einem genauso gigantischen Boxengebirge.

„Der Fahrgast ist nicht zu sehen. Aber wir sind immerhin schon mal in einem Autokino. Vielleicht ist es ja ein Künstler und wir sehen gleich ein Demo von ihm." Ekke nimmt es mit Humor, wie meistens.

Und genau in diesem Moment leuchtet die Leinwand auf, knackst und rumpelt es in den riesigen Boxen. Ein schriller, schmerzhafter Pfeifton schwillt an und lässt auf Rückkopplungsprobleme deuten. Schließlich, der Ton hat sich stabilisiert, zeigt die Leinwand ein unscharfes Bild. Ferne ist zusehen, verschwommene, weit entfernt liegende Konturen vermitteln den Eindruck vom Innern einer riesigen Halle. Oder doch eher eines ausgehöhlten Gebirges?

Da, ein Satz!

„Ehrrwürmige!" Die Lautstärke scheint noch nicht zu stimmen, das erste Wort ist kaum zu verstehen, während die Folgenden gellend laut sind.

„Wirr ssind außerorrdäntlich erffreut euch zu begießen!"

Die Lautstärke pegelt sich auf ein sonores Dröhnen ein, das eine angenehme Gänsehaut erzeugt. Das Bild ist inzwischen stabil und zeigt tatsächlich eine Halle.

Eine riesige gigantische Halle, die so unermesslich groß sein muss, dass Boris Becker darin den Center Court, sein Wohnzimmer ebenfalls, ja ganz Wimbledon und die Wohnzimmer seiner weiteren Domizile hineinpacken und gelegentliche Besuche derer mit seinem Sportflugzeug, zu einem netten kleinen Wochenendarrangement verbinden könnte.

„Wir haißen euch mit Samen der Heiligen Halle willkomisch!"
Der unbekannte Sprecher wiederholt den Satz noch einmal, er
scheint nun irgendwie energischer zu klingen. „Wir heißen euch im
Namen der Heiligen Halle willkommen!" Auch das Deutsch wird
endlich besser.

Das Bild schwenkt auf ein Monument und zoomt langsam auf ein
rotes Leuchten zu, das bei genauem Betrachten eine Art Inschrift zu
sein scheint.

„Die Heilige Worte sind Sprotten!"

Der Sprecher korrigiert sich: „Die Heiligen Worte sind
gesprochen!" Dann: „Wir verneigen uns vor den außerordentlich
Gequälten!" Er korrigiert sich erneut. „Wir verneigen uns vor den
Auserwählten!"

Die Inschrift ist inzwischen als eine solche zu erkennen, viele
hundert Meter große, rot leuchtende Buchstaben – in fremden, völlig
unverständlichen Schriftzeichen einer fremden, völlig
unverständlichen Sprache.

„Wir, die Diener der Heiligen Halle, werden uns jetzt zu erkennen
geben!" Dieser letzte Satz ist in perfektem Deutsch und
seltsamerweise perfekt moduliert, so gut wie von jedem deutschem
Schauspieler, ja, seit Nuscheln auch bei Schauspielern *in* ist, noch
besser.

Die rot leuchtende Inschrift verblasst langsam, als würde sie
ausgeblendet und ein gestochen scharfer Schriftzug schiebt sich nun
ins Blickfeld. Diese Worte können sie komischerweise gut lesen.

Diese Botschaft wurde Ihnen präsentiert von
Transgalax!
Ihrem intergalaktischen Speditionsunternehmen – wir kennen
keine unüberbrückbaren Abgründe zwischen den Galaxien!

Schließlich wird die Leinwand dunkel und das „Autokino"
verschwindet. Nun stehen sie völlig alleine inmitten der grauen
Leere, die sie wie eine seltsame Nebelwolke umgibt, die Sicht
verschwindet auf allen Seiten nach etwa zehn Meter.

In der Leere – materialisieren auf einmal zwei kleine
Zwergkaninchen auf linsenförmigen Apparaturen in der Luft
schwebend.

Ekke muss unwillkürlich an einen Zaubertrick denken, nur das der
Zauberer das Kaninchen aus dem Hut zieht und nicht von einem
Fliegesitz und dass er dem Zuschauer glauben macht, es wäre nur

ein weißes Kaninchen da, während er das Zweite, unter einem Zwischenboden verstreckt, im anderen Hut sitzen hat.

„Ouh, die sind ja süß. Laß mich mal eins streicheln!" Er streckt seine Hand aus. Ein kleiner Funke sprüht und es macht ein Geräusch, wie wenn sich etwas kurzgeschlossen hätte. Ekke zuckt zurück.

„Ich bedaure außerordentlich, Auserwählter, aber bei allem Respekt, dies ist nicht angebracht."

Ekke und Heinrich tauschen Blicke.

Sechs Jahre rot-grünes Chaos und schon ist die Welt aus den Fugen geraten.

Gestern ein Erdbeben. Heute eine schwarz gekleidete Amazone, die ein Taxischild vom Dach reißt, als wäre dies nichts weiter als eine Warming-up Übung beim Nordic Walking jeden Donnerstag Abend – und jetzt ein Autokino mit surrealistischer Nebelshow an einem Schweizer Grenzübergang. Mit aus dem Nichts materialisierenden sprechenden Kaninchen in Fliegesitzen, die elektrische Schläge austeilen, wenn man sie streicheln will.

Und Gerhard Schröder stellt sich zur Wiederwahl!

Kapitel Vier

„Wir bedauern diese kleine Show. Aber in Betracht der Relationen in Körpergröße und -gewicht zwischen uns und Euch und, wie wir recherchiert haben, der Tatsache, dass wir in Euren Augen aussehen wie niedliche kleine Pelztiere, dachten wir, es wirkt sonst einfach nicht überzeugend genug."

Eines der Kaninchen auf den Fliegesitzen, ein schwarz-weißes Holländerkaninchen hat das gesagt.

Die Worte scheinen jedoch aus einer Apparatur des Fliegesitzes zu kommen.

Offensichtlich braucht das kaninchenartige Wesen eine künstliche Umsetzung, vielleicht ist sein Sprechapparat nicht zur Lauterzeugung und Modulation der menschlichen Sprache geeignet.

„Nun, Auserwählte. Jetzt, da der Translator richtig arbeitet, möchte ich unser Anliegen, den Grund unseres Erscheinens, noch einmal verdeutlichen. Wir, die Diener der heiligen Halle von Chmarm…"

„Von Schmarrn?"

Ekke schaut Heinrich an.

„Von, äh, *Chmarm!* ...möchten Euch, die Auserwählten, beglückwünschen. Unsere Aufgabe war es, Euch zu finden und ist es, Euch schließlich *Eurer* Aufgabe zuzuführen."

„Und die wäre?"

Es macht eine kleine Pause und verkündet dann feierlich: „Die Rettung des gesamtem Hyperversums vor dem Untergang."

„Na, wenn's weiter nichts ist", tönt Heinrich. „Ekke, wir retten mal eben das Hyperperversum!"

„Und... wie fährt man denn eigentlich das Hyperperversum mit dem Taxi an, wenn man es retten will?", erkundigt sich Ekke, schon etwas vorsichtiger. „Ich meine, da gibt es doch sicher eine Menge Einbahnstraßen zu beachten."

Die Diener von Chmarm schauen sich etwas verständnislos an. Diese Auserwählten scheinen etwas sonderbar zu sein.

„Um eins zunächst mal klarzustellen", das schwarz-weiße Wesen, das aussieht wie ein putziges Häschen, wägt behutsam seine Worte, „der richtige Ausdruck ist Hyper*ver*sum, nicht Hyper*per*versum."

„Was für'n Perversum?"

„Nein, eben *kein* Perversum, auserwählter Blödler", für einen Moment scheint der dünne Firniss seiner Geduld schon Risse aufzuweisen, „sondern eben alles... alles um uns herum."

„Alles? Du meinst *alles*... ‚Life, the universe and everything'*?" [*Siehe Douglas Adams]

Das Häschen auf dem Fliegesitz seufzt. Dann holt es zu einer ausführlichen Erklärung aus.

„Wie man auch in der irdischen Wissenschaft weiß, gibt es im Kern jeder Galaxis ein schwarzes Loch. Das in eurer Galaxis, nebenbei erwähnt, hat die Masse von drei Millionen Sonnen, das in der, über die ich noch zu reden habe, die von hundert Millionen. Vor einigen Jahren Eurer Zeit kam es im Kern einer Galaxie im Zentrum unseres Universums zu einer unkontrollierten Expansion, die droht, durch das Verschlingen einer riesigen Zahl an Sonnen, ungeheure Mengen von Röntgenstrahlung freizusetzen."

„Das heißt?"

„Um sein eigenes Skelett zu sehen, braucht man künftig nur noch in den Spiegel zu schauen." Ekke und Heinrich tauschen Blicke. „Doch die gleichzeitig stattfindende Raum-Zeit-Verbiegung ist wesentlich schlimmer, denn dagegen gibt es überhaupt keinen Schutz, nicht einmal hinter drei Meter dicken Bleimauern. Alles würde durcheinander gehen! Man würde schon gestorben sein, bevor man überhaupt auf die Welt gekommen ist. Was bedeutet, man würde nie ein Leben führen. Oder umgekehrt, man wird geboren, nachdem man bereits gestorben ist. In diesem Fall führt man zwei Leben." Ekke schluckt heftig. Doch nicht so heftig wie Heinrich. "Vergangenheit und Zukunft würde nebeneinander leben. Oder es ergibt sich ein Art „Raum-Zeit-Patchwork". Auf einem Planeten würden dann also Individuen aus einer fernen Vergangenheit und einer hundert Millionen Lichtjahre entfernten Galaxie leben, während gleichzeitig, zur selben Zeit, in dieser hundert Millionen Lichtjahre entfernten Galaxie Individuen von hier aus einer fernen Zukunft leben würden. Einzeln für sich. Oder aber möglicherweise alle zusammen in einem gigantischen Klumpen? Wäre ein Individuum dann gar aus Millionen von Individuen zusammengesetzt, die ebenfalls aus allen Teilen und allen Zeiten des Universums stammen würden? Gegen solch einen Zustand wäre, denke ich, gegrillt zu werden, eine Erlösung."

Das andere Häschen, das braune, mischt sich ein: „Dieser Prozess schien zuerst nur sehr langsam abzulaufen. Wie es jetzt jedoch seit einiger Zeit den Anschein hat, ist durch das Einwirken gewisser katalytischer Kräfte zu befürchten, dass sich der Prozess wesentlich beschleunigt. Könnte man den katalytischen Kräften nicht rechtzeitig Einhalt gebieten – würde sich eine Katastrophe ereignen, die binnen kurzem unser gesamtes Universum zerstören würde."

„Wow! *Unser – gesamtes – Universum!"*

„Nein, nicht Eures. Unseres."

„Eures? Unseres? Hä??"

Das schwarz-weiße Kaninchen übernimmt nun wieder. Es erhebt sich mit seinem Fliegesitz auf Augenhöhe und schaut ihn schräg von der Seite an. Denn so können sie das Gegenüber am Besten fixieren.

„Euer Universum ist nicht *unseres."*

Heinrich kombiniert messerscharf:

„Unser Universum ist nicht eures. Euer Universum ist nicht unseres. Das heißt, ihr kommt aus einem anderen Universum, aus einem Paralleluniversum!"

„Richtig." Doch Heinrichs messerscharfes Kombinieren, einmal angestoßen, ist so schnell nicht aufzuhalten.

„Euer Universum ist nicht unseres. Das heißt aber auch eure Probleme sind nicht unsere. Wenn es doch euer Universum ist, das hops geht, geht uns das doch nüscht an. Euer Universum – nicht unser Universum. Eure Probleme – nicht unsere Probleme, coitus ergo sum, hm?

Oder war's *cogito* ergo sum?

Egal. Habt ihr denn niemand selber, der euch die kosmische Karre aus dem Dreck zieht?"

„Auserwählter. Eine Katastrophe, die so gewaltig ist, dass sie unser gesamtes Universum vernichtet, wird auch das gesamte Raum-Zeit-Gefüge mit betreffen. Also sämtliche vierdimensionale Universen und wahrscheinlich auch die der höheren Dimensionen. Alles würde zerstört. Wie drücktet Ihr es vorhin aus? Das Leben, das Universum und überhaupt alles!"

Eine seltsame Veränderung scheint auf einmal mit ihm vorzugehen. Aus dem Fliegesitz klappt ein Etwas heraus, das sich irgendwie von selber auseinander zu falten scheint und am Ende einen großen Bildschirm darstellt. Der aber so flach zu sein scheint, als würde er nur aus einer Schicht Moleküle bestehen.

„Ich wünsche einen schönen Tag!", sagt es noch, irgendwie unmotiviert, und auf dem Schirm leuchtet nun eine Botschaft auf.

Diese Information wurde Ihnen präsentiert von:
Intelligent Foods!
Warum erst lange kochen, wenn das Essen sich selber zubereiten kann?

Ekke und Heinrich staunen Bauklötze.

Das Wesen auf dem Fliegesitz lässt gemessen die Apparatur wieder verschwinden und holt etwas anderes hervor, das aussieht wie eine Urkunde.

„Die Heilige Halle Incorporated", doziert es dann, wie es scheint, ein wenig mit einem ganz klein wenig sarkastischen Unterton, „eine Gesellschaft der Hyperversum Holding, eine private Firma mit dem Zweck der fortdauernden Rettung des Hyperversums! Unser Service ist phantastisch, aber wir sind auch irgendwie nicht gerade der billige Jacob. Bitte unterschreibt hier", er reicht ihnen die Urkunde und einen Füller. „Wenn Ihr das Hyperversum gerettet habt, geht es erst einmal auf Merchandisingtour. Geniale Geschichte übrigens, jede Menge junge weibliche Kreaturen! Sicher auch etwas nach Eurem Geschmack dabei, Gattung Säugetier oder doch zu mindestens der Gattung Vertebraten." Ekke und Heinrich schauen sich angeekelt an, wie als wollten sie sagen, ich kopuliere so ungern mit einer intelligenten Molluske von Beta Garings Stern. „Gott verließ uns nach Erschaffung des Hyperversums, um in den höheren Dimensionen tätig zu werden und wir mussten die ganze Geschichte irgendwie profitabel gestalten, nachdem wir ein paar böse Millionen

Jahre gehabt haben. Der Laden ging ja irgendwie den Bach runter und da dachten wir, na ja, wir privatisieren halt. Ich wünsche einen schönen Tag!" Es scheint Anstalten zu machen, erneut den Bildschirm auszuklappen, überlegt es sich aber offensichtlich anders.

Ekke unterschreibt den Wisch, ohne ihn durchzulesen.

Bahnt sich hier nicht ein phantastisches Abenteuer an? Und was, abgesehen von einem hässlichen, entsetzlichen, unendlich grauenvollen Tod in irgendwelchen fremden, Furcht einflössenden Universen, fern von zu Hause, kann ihm denn Schlimmeres zustoßen, als es ihm ohnehin jeden Tag in seinem Taxi passiert? Und seine neue Freundin muss eben warten.

Der Füller fühlt sich warm an.

„Ist organisch. Füllt sich von alleine. So wie Eure Tintenfische."

„Du meinst, er lebt!? Dreimal sezernierende Tintenfische." Etwas angeekelt reicht er ihn an Heinrich weiter, der auch ohne zu zögern unterschreibt.

„Es gibt sogar Füller, die intelligent sind. Unheimlich praktisch, wenn man mit verschiedenen Farben arbeiten will. Sie können einen dann dabei beraten. Gibt sogar welche mit einer speziellen Ausbildung, Feng-shui, wie Ihr es nennt. Habe ich aber im Moment leider nicht dabei." Er fügt bedauernd hinzu: „Sie streiken!"

Ekke beschließt, sich nicht mehr zu wundern, sondern alles zu nehmen wie es kommt, mag es auch noch so unangenehm oder rätselhaft sein, eine Lebenseinstellung, die er sich beim Taxifahren aneignete und die ihm schon ungemein geholfen hat.

„Diese katalytischen Kräfte, von der du vorhin sprachst, diese Mächte, was sind sie genau?"

Die beiden bepelzten Wesen werden unruhig. Das Nasenblinzeln, wie bei irdischen Kaninchen, verstärkt sich, die Näschen puckern schneller auf und ab, die Schnurrbarthärchen bewegen sich mit.

„D'ar-th-va'der, das konzentrierte Böse!" Die Stimme ist nur ein Flüstern. „Er ist so böse, dass er schon nicht mehr in den Kategorien Gut und Böse denkt. Er ist die Kraft der Auflösung, des Chaos. Sein Feind ist das Leben."

„Schwachsinnige Philosophie!", begehrt Heinrich auf. Er war noch nie bereit, irgendetwas als gegeben zu akzeptieren. „Leben *bedeutet* doch Chaos, oder? Zumindest", er wendet sich an Ekke, „dein Leben, Ekke."

Doch der achtet nicht auf ihn.

„Darth Vader, hast du gesagt? Das konzentrierte Böse… ist Darth Vader? Und wie heißt du dann, etwa Obi Wan?"

„Ihr habt Humor, Auserwählter, das ist gut! Aber man muss auch mal ernst sein. Nein, ich weiß was Ihr meint. Wir kennen die primitive Kultur des Planeten Erde, wir haben uns ausführlich informiert. Wir kennen auch Starwars. Wir kennen natürlich auch Raumfähre Voyager und Akte X und Raumschiff Enterprise, wobei mir persönlich die alten Folgen mit Captain Kirk am meisten gefällt, die hatten noch Charme, der Picard mit seinem Eierkopf kuckt immer so verkniffen…" Es scheint sich verlegen zu räuspern. „Na ja, ich meine, auf jeden Fall: Starwars ist nur eine billige Hollywoodadaption, aber es ist doch erstaunlich… wie stark sich D'ar-th-va'der, Darth Vader, wie Ihr ihn aussprecht, sich doch bis in Euer Universum hinein widerspiegelt, wirklich ganz erstaunlich diese Parallelen… Aber Darth Vader *und* Obi Wan, das führt zu weit, zumal ich nur ein bescheidener Diener der Halle bin, der Heiligen Halle von Chmarm, natürlich."

„Wie heißt du denn jetzt?"

„Ach so ja, unsere Namen."

„Richtig!"

„Nun…"

Er schaut zu seinem Kollegen im anderen Fliegesitz.

„Ich", sagt er dann, „heiße Chi-cken und mein Kumpel Mc-nug-gets."

Kapitel Fünf

Darth Vader.

Chicken Mcnuggets.

Heinrich versucht die kosmischen Zusammenhänge von Paralleluniversen und Wahrscheinlichkeitsverzerrungen in sich aufzunehmen und erschauert. Dann kriegt er einen Lachkrampf.

Wenn das Douglas Adams wüsste. Der Sinn des Lebens ist nicht zweiundvierzig, sondern – ein Happy Meal!

„Nun, Auserwählter, zwei Fragen. Was ist so komisch und wo ist denn nun das Heilige Symbol?"

Heinrich will antworten, dass er die Plastikfigur, die es zum Happy Meal immer dazu gibt, entweder gleich zurückgibt oder hinterher wegwirft, aber Ekke fällt ihm ins Wort.

„Eine Gegenfrage, Chi-cken! *Was* ist das Heilige Symbol?"

„Das Heilige Symbol, Auserwählter", Mc-nug-gets, das braune Kaninchen meldet sich zu Wort, „ist von variabler Gestalt, genauso wie der Heilige Schlüssel, den Ihr in der Hand haltet." Ekke nimmt wahr, dass er die ganze Zeit noch seinen Funkschlüssel in der Hand gehalten hat. Er hat auf einmal das Gefühl, als hätte er sich in ein Stück rot glühendes Eisen verwandelt.

Chi-cken erklärt in wenigen feierlichen Worten den Sinn seiner Mission. Wenn es sich begibt, dass ein Lebewesen die Heiligen Worte spricht und in Besitz des Heiligen Symbols und des Heiligen Schlüssels ist, dann ist dies der Auserwählte oder die Auserwählte oder die Auserwählten im ewigen Kampf des Guten gegen das Böse. Siegreich werden diese sein, wenn sie die Heilige Prozedur durchlaufen haben, das heißt also in der Hciligen Halle die Heiligen Worte aussprechen, unter Verwendung der Heiligen Utensilien Schlüssel und Symbol.

„Heilige Sch…!", mischt sich Heinrich ein. „Ich meine, was geht denn hier eigentlich ab?"

„Also, wenn der Heilige Schlüssel ein Taxischlüssel ist…", Ekke spricht zögernd weiter, als könnte ein zu schnelles Ausformulieren der Tatsache, dass ein Taxischlüssel und -schild die Rettung der Welt bedeutet, alles ins Lächerliche abrutschen lassen, „dann könnte es doch wohl sein, ich meine in Anbetracht der Tatsache, dass mein Taxischild… ich meine, obwohl ich mich eigentlich nie darum gekümmert habe… das immer irgendwie so seltsam war…" Er scheint einen Moment nachzudenken. „Wir haben uns schon immer gefragt, warum immer so seltsame Dinge passieren, die mit dem Taxi verbunden sind", stellt er dann ganz aufgeregt fest. „Und jetzt wissen wir endlich warum. Natürlich! Dreimal pösige Rochen! Das liegt eben daran, dass die Wahrscheinlichkeitsgesetze außer Kraft sind. Wahrscheinlichkeitsdilatation, natürlich! Verzerrungen im Raum-Zeit-Gefüge. Wahrscheinlichkeitsdilatation Taxi!" Er spricht immer schneller, jetzt geht ihm endlich ein Schwan auf, schwant ihm endlich mal ein Licht. „Zum Beispiel eine Besorgung, nimm einfach nur eine Besorgungsfahrt, na klar: Der Kunde verlangt zwei Flaschen Gutedel. Und zwar Gutedel nass! Aber es ist nur Gutedel trocken im Sortiment der Tankstelle! Gutedel trocken wird verlangt, wenn nur nass im Sortiment ist! Wahnsinn! Und umgekehrt genauso! Und jetzt haben wir die Erklärung dafür, endlich. Mit dem Taxifahren stimmt etwas nicht, weil die Wahrscheinlichkeit dilatiert ist! Heiliger Schlüssel und Heiliges Symbol!

Auserwählte! Wahnsinn!"

„Ich muss Euch enttäuschen, Auserwählter", unterbricht Chicken, der Diener der Heiligen Halle, der aussieht wie ein schwarzweißes Holländerkaninchen, den aufgeregten Redeschwall, „es gibt keinen solchen Zusammenhang. Die von Euch erwähnten Widrigkeiten und bösen Zufälle liegen einfach nur daran, das Taxifahren ein mieser Job ist. Unterprivilegierte neigen eben dazu, sich vom Schicksal verfolgt zu fühlen, anstatt Anstrengungen zu unternehmen, die aus dem Zustand des Unterprivilegiertseins herausführen würden. Die Wahrscheinlichkeitsdilatation, die stattgefunden hat und die die Realität und zeitliche Kontinuität verzerrt hat, ist Auswirkung der Heiligen Worte. Es haben kosmische Verzerrungen von ungeheuren Ausmaßen stattgefunden. George Bush ist Präsident geworden, um nur ein Beispiel aus Eurer Welt zu nennen, wobei eigentlich das wirklich Unwahrscheinliche daran erst war, dass man ihn nicht gleich schon nach einer Woche im Amt gefeuert hat. Wir können übrigens froh sein, dass die Heiligen Utensilien diesmal so kleine prägnante Dinge sind. Ich erinnere mich an das eine Mal, als das Heilige Symbol so groß wie ein ganzer Planet war. Das gab ein paar Probleme!"

Er wendet sich an Ekke und weist auf den Schlüssel in seiner Hand.

„Nun, Auserwählter, Ihr habt den Heiligen Schlüssel. Wo ist dann also das Symbol? Es sollte auf dem Dach befestigt sein, nicht wahr?" Er weist auf das Dach ihres Taxis. „Was es aber nicht ist. Ihr werdet es wohl also heruntergenommen haben, um, äh, durch verminderten atmosphärischen Widerstand Brennstoff zu sparen. Eine gute Idee. Nun aber brauchen wir es. Zeigt es uns."

Ekke und Heinrich tauschen Blicke. Es ist so einiges darin enthalten, wie etwa: wie konnten wir denn wissen, dass von dem verdammten Ding das Schicksal der Welt abhängt, wenn wir das gewusst hätten, wären wir vielleicht ein klein wenig sorgsamer mit umgegangen und vor allem, der Akt von anscheinend völlig sinnlosem Vandalismus einer schwarz lackierten durchgeknallten Macho-Maid macht im Nachhinein, wenn man sich vor Augen führt, dass es von kosmischer Bedeutung war, durchaus Sinn.

„Das Schild ist weg."

„Es ist geklaut… worden."

„Äh, abgerissen. Vom Dach. Von einer schwarz gewandeten wilden Weibsperson."

Und sie schildern den Vorgang in allen Einzelheiten. Die Diener der Halle lauschen mit zunehmender Erregung.

„Der Vorgang lässt nur eine Erklärung zu. Die weibliche Person namens Dagmar ist eine Agentin D'ar-th-va'ders. Sie ist seine Inkarnation. Eure Exfreundin, Auserwählter", es scheint tief Luft zu holen, „ist das reine konzentrierte Böse!"

Sie ist das reine konzentrierte Böse!

Heinrich hat das auch schon oft gedacht, besonders wenn sie sich gestritten hatten, aber das so bestätigt zu bekommen?

Er lässt seine Beziehung Revue passieren. Im Nachhinein wird ihm so manches klar. Er wusste schon immer, dass mit ihr etwas nicht stimmen konnte.

„Ihr dürft sie auf keinen Fall mehr sehen. Sie ist böse und verflucht. Sie saugt Euch aus und lässt nur eine leere verschrumpelte Hülle zurück…"

„Die schlaff vor dem Fernseher hängt? Von was redest du, Mann? Dieses Gefühl habe ich jeden Montagabend, wenn ich von der Arbeit komme."

„Wie dem auch sei, Ihr müsst das Heilige Symbol zurückbekommen! Nur so kann das Hyperversum gerettet werden." Er geht erneut durch die Prozedur des Errichtens seines transportablen Beamers.

Diese ultimative Wahrheit wurde Ihnen in ihrer ganzen bitteren Konsequenz präsentiert von:
The *real* Universal Pictures!
Die Total-Erlebnis-Simulation mit den Stars des Universums.

Mit einem kleinen resignierten Seufzer verstaut er alles wieder und verkündet dann energisch: „Wir müssen los, zurück in unser Universum. Und… beim Übergang zwischen den parallelen Universen passieren die tollsten Dinge. Es kann sogar sein, dass sich durch eine Umkehrung der Kausalität das Schild wieder an seinem Platz befindet. Es können natürlich auch eine ganze Reihe anderer richtig hässlicher Dinge passieren. Dass man dabei auf grässliche Weise stirbt, beispielsweise, aber ich werde nicht zu sehr ins Detail gehen, denn", er macht eine wirkungsvolle Pause, „ihr werdet selbstverständlich *mit* uns kommen. Hier, ein Translator!" Völlig unvermittelt lässt es zwei kleine Gegenstände aus der Luft materialisieren.

„Er übersetzt alle Sprachen des bekannten Universums, bis auf völlig jenseitige sprachliche Perversionen." Er händigt jedem eines der Geräte zum Umhängen aus.

Der Translator erzeugt energetische Felder, die sowohl den Spracheingang am Ohr modulieren, als auch den Sprachausgang. Beim Menschen also am Mund.

„Und wie soll das genau von statten gehen? Ich meine, habt ihr denn noch Platz in eurer fliegenden Untertasse? Schließlich, äh, sind wir ein klein wenig größer als ihr."

„Richtig. Und aus dem Grunde fliegt Ihr nicht mit uns mit, sondern wir mit Euch. Im Eurem Taxi ist sogar Platz genug für unser Raumschiff."

„Taxi?"

„Fliegen?"

„In euer Universum? Wie soll denn das gehen?"

„Vertraut mir. Erst mal laden wir unser Raumschiff in euren Kofferraum. Und dann", er kratzt genüsslich sein linkes Ohr, „fahren wir in die Schweiz."

„In… die Schweiz!", erwidert Heinrich verblüfft. „Und was sollen wir dort, einkaufen? Wo es doch jetzt in jeder Stadt schon einen Migros gibt!"

„Wir", sagt Chi-cken, während er das Raumschiff, einen sperrigen metallischen Gegenstand, mittels Antigravitation in den Kofferraum verlädt, „fahren selbstverständlich nicht *in* die Schweiz. Es reicht, wenn wir den Grenzübergang passieren." Die Klappe schließt nicht ganz, er zaubert etwas hervor, dass aussieht wie ein Stück schäbige, oft benutzte Wäscheleine, aber in Wirklichkeit unzerstörbarer Draht aus Raumschiffmetalllegierung ist. „Sagt mal, es ist Euch doch sicher auch schon aufgefallen, dass mit der Schweiz… irgendwie etwas nicht stimmt?" Der Draht hält die offen stehende Kofferraumklappe in Position.

„Na klar, die müssen nur mal den Mund aufmachen, dann merkt das jeder."

„Nein, das meine ich nicht. Es ist einfach so: die ganze *Schweiz* ist eine Anhäufung von Unwahrscheinlichkeiten. Das Land ist irgendwie *zu* schön, die Berge sind *zu* hoch, die Bauern sind *zu* stark subventioniert, die Skilifte und SAC-Hütten sind *zu* teuer, die Toiletten sind *zu* sauber, überhaupt, alles, sogar das Geld wirkt wie frisch gewaschen… Kurz, das Land passt irgendwie nicht zu Europa. Um es genauer zu sagen, es passt irgendwie nicht in diese *Welt*. Es ist Ausdruck einer Wahrscheinlichkeitsdilatation, Anzeichen eines Übergangs in ein anderes Universum.

Und wo kann der Übergang dorthin sich stärker manifestieren, als an einem *Grenz*übergang. Ihr seht also, reine Logik!"

Sie, Ekke und Heinrich und die beiden fliegenden Kaninchen, sitzen nun alle in Ekkes Taxi. Das Raumschiff ist im Kofferraum verstaut. Der Nebel, der sie umgeben hat, ist wie durch ein Wunder verschwunden, in einem Kilometer Entfernung ist der Grenzübergang mit seinen Häuschen und Absperrungen zu sehen.

„Fahrt los! Und zwar ist es wichtig, dass Ihr auf Tempo zweihundert beschleunigt, Auserwählter", sagt Chi-cken. „Nicht mehr und nicht weniger."

„Äh, Absperrungen, Posten und so?", fragt Ekke unsicher, der mit seinen Gedanken noch nicht mal annähernd so weit gekommen ist zu realisieren, dass sein Auto niemals zweihundert km/h pro Stunde machen kann.

„Fahrt einfach wie ein Irrer darauf los, es kann nichts passieren. Sobald Ihr die nötige Geschwindigkeit darauf und den Übergang erreicht habt, kommt es zur Versetzung ins andere Universum, bevor Ihr hier an irgendeine Absperrung kommen könnt."

Ekke fährt daraufhin los, erreicht locker die hundertsechzig km/h Endgeschwindigkeit und tritt dann das Pedal bis aufs Bodenblech. Der Motor wird ein wenig lauter, beschleunigt aber nicht mehr. Auf einmal macht er jedoch einen Satz wie Michael Schuhmacher, wenn er seinen Steuerbescheid bekam (zu Zeiten als er noch in Deutschland seinen Wohnsitz hatte) und erreicht lässig die Zweihundert.

„Wie hast du das gemacht", fragt ihn dann Ekke hinterher, „fünfdimensionale Physik? Hyperraumtechnik?"

„Nein, Daimlertechnik. Für's nächste Mal: Ihr müsst einfach nur den Hebel des Beschleunigungs-O-Maten ziehen. Er ist hier." Er zeigt auf einen Hebel neben dem Sitz.

„Hab ich noch nie gesehen, diesen Hebel."

„Daimler baut auch keine Mantas, keine Proletenautos. Er setzt auf Understatement. Deshalb ist er diskret versteckt."

„Wenn ich es mir recht überlege, wusste ich gar nicht, dass es ihn überhaupt gibt."

„Es ist so, von jedem Autotyp baut Daimler erst einmal die „An – diesem – Auto – stimmt – wirklich – alles" – Version und liefert diesen Prototypen dann an den Sultan von Brunei, denn der ist der einzige Mensch auf der Welt, der ihn sich leisten kann – und fängt dann nach und nach an abzuspecken. Der Beschleunigungs-O-Mat gehört schlicht und einfach zu den Dingen, die Daimler vergessen hat auszubauen. Er fehlt übrigens auch in der Bilanz und in den Büchern. Die unkorrekten Summen können nur dadurch ausgeglichen werden, dass man dem Management irrsinnig hohe Summen zahlt, denen jede gesunde Grundlage fehlt… aber egal."

„Was war denn das eigentlich vorhin für ein Geräusch?", fragt Ekke nebenbei.

„Was, der dumpfe Schlag gerade?"

„Ja, äh, ganz genau!"

„Nun, in Verbindung mit dem Blut, das von der Windschutzscheibe tropft, wird das jemand sein, den wir gerade mit dem Auto umgenietet haben. Ich werde das Blut genetisch analysieren, das betreffende Individuum ermitteln und bei dem nächsten Ausflug in die Vergangenheit durch eine Wahrscheinlichkeitsveränderung dafür sorgen, dass das Individuum sich nicht zu dieser Zeit an diesem Ort aufhält, sondern woanders."

„Ja, und solange?"

„Solange bleibt es eben tot. Ihr müsst kosmisch denken, Auserwählter." Er nimmt tatsächlich eine Probe, durch irgendeine esoterisch aussehende Apparatur. Und betätigt dann die kosmische Staubscheibenwaschanlage, um den ganzen ekligen Rest zu beseitigen. Sie haben wieder freie Sicht auf die Sterne.

Sterne?

„Hey, was geht hier ab?" Ekke sieht Sterne, ohne eine verpasst bekommen zu haben. „Sterne überall? Und wir sitzen in einem Spaceflitzer, der vorher unser Taxi war!?" Sein Blick fällt auf das Taxameter. Es ist nach wie vor da. Er schaltet es ein. Es zeigt eine Grundgebühr an. „Abgefahren!"

Er wendet sich an Chi-cken. Der sitzt auf seinem Fliegesitz und scheint ihn irgendwie anzugrinsen.

„Abgeflogen wäre der bessere Ausdruck. Dieser Spaceflitzer, Auserwählter, wie Ihr es nennt, ist nach wie vor Euer Taxi. Es hat sich nur", es scheint fast mit seinen Schultern zu zucken, „ein wenig verändert."

„Was ist eigentlich das hier?" Die beiden kommen jetzt erst so richtig dazu, das Instrumentarium um sich herum wahrzunehmen. Es ist alles ein blinkendes Wirrwahr von Anzeigen, Knöpfen, Hebeln und Schaltern, aber das irgendwie Seltsame daran ist, dass alles nicht so vollkommen anders aussieht als es vorher war, es scheint als ob…

„Euer Taxi, in der Form in der es jetzt existiert, ist seine Entsprechung in unserem, in dem zu Euch parallelen, Universum. Wenn Ihr nach Erfüllung eurer Aufgaben, also Rettung des Hyperversums und äh, anschließender Merchandisingtour, für die Ihr unterschrieben habt, wieder in Euer Universum überwechselt…"

„Kommen wir wieder am Schweizer Grenzübergang Basel/Autobahn heraus?"

„Genau. Und zwar in der ursprünglichen Form, mit einem sich zweidimensional fortbewegendes Vehikel mit Verbrennungsmotor, zum Zweck der gewerblichen Personenbeförderung…"

„Mit einem Taxi. Krass. Und was passiert, wenn ich hier einfach mal an dem Hebel für die Lichthupe ziehe?"

Er tut es – der Rückschlag der gigantischen Photonentorpedoabschusses wird sofort vom Andruckabsorber neutralisiert, so dass nur ein beinah unmerkliches Rucken zu spüren ist und die sofort reagierende automatische Verdunklung des Frontscheibe bewahrt sie davor blind zu werden, aber das Schauspiel der Entladung von zwei Millionen Terawatt reiner Energie vor ihnen im Weltraum ist eindrucksvoll genug, dass Ekke sich in die Lehne seines Sitzes presst.

„Ok! Okay! *Okaaay!* Was darf ich sonst noch alles nicht anrühren!?"

„Oh, zu gelegener Zeit müsst Ihr die Photonenkanone sogar bedienen. Das Weltall ist keinesfalls ein friedlicher Ort, auch in unserem Universum nicht. Bei der Hupe wäre ich übrigens ein wenig vorsichtig. Sie macht einen Strukturriss und wenn Ihr noch Fahrt darauf habt, verschwindet Ihr darin auf Nimmerwiedersehen. Aber Ihr habt mich vorhin unterbrochen. Euer Fahrzeug, jetzt ein Raumfahrzeug, hat sich nur in seiner Form verändert, nicht in seiner Funktion. Diese ist immer noch dieselbe."

„D-Du meinst…"

„Wir befinden uns nach wie *vor* in einem Taxi. Nur das dieses sich nicht auf dem Boden fortbewegt, sondern durch das Weltall."

„Und warum haben wir uns nicht verändert, ihr euch nicht verändert?"

„Gute Frage. Nennt es ein ‚großes ungelöstes Rätsel des Universums'." Er zieht ein Buch aus dem Nichts hervor, mit dem Titel ‚Große ungelöste Rätsel des Universums – Band eins'. Es ist ziemlich dick. „Vielleicht sollten wir es darin aufnehmen lassen? Ich kann Euch auch, übrigens", seine Stimme wird vertraulich, „diese einmalige Edition komplett zukommen lassen, zum einmaligen Subskriptionspreis von nur neunundneunzig Kosmo neunundneunzig pro Band? Nein?"

„Chicken!", Mcnuggets Stimme klingt vorwurfsvoll.

„Nein, das war ein Scherz. Ihr habt Euch verändert, auch wenn Ihr das jetzt noch nicht gleich merkt. Wir haben uns nicht verändert, weil wir eine Möglichkeit gefunden haben, es auszuschalten." Er lässt den Band wieder verschwinden. „Es würde uns sonst zu sehr nerven."

Ekke schaut Heinrich an und nimmt dabei wahr, dass ihn dieser auch anschaut.

„Und was soll das Ganze jetzt?", fragt er ihn, stellt die Frage aber mehr oder weniger in den Raum. „,Mit dem Taxi durch die Galaxis?', oder was? Ich lach mich krank. Ich lach mich… Ich komm mir vor, wie so eine bescheuerte Romanfigur!"

„Bleib cool, Ekke!", wirft Heinrich ein. „Wir können uns nicht vor der Wirklichkeit in irgendwelche Paralleluniversen flüchten, wenn uns das Leben zu viel wird." Er lacht über seinen eigenen Witz. „Wir *sind* in irgendwelchen Paralleluniversen."

„Hey, vielleicht träumen wir das ja nur. Oder wir sind wirklich Romanfiguren!"

„Laß uns das doch einfach mal testen. Pass mal auf: Äh, Autor?"

„Haha, sehr witzig, komm lass mich auch mal. Autor? *Auutoor?* Haha. Was sind wir, bescheuerte Romanfiguren, oder was, haha!"

Doch da materialisiert auf einmal aus dem Nichts ein Postbote. Der fragt: „Heinrich, Ekke? Hier ist ein Paket für euch!" Und noch bevor sie ihm auch nur Trinkgeld geben können, ist er wieder verschwunden. Auf dem Paket steht: „Für Heinrich und Ekke, Fliegetaxi, paralleles Universum."

„Was steht denn da als Absender? ‚Deus ex machina?' Ist das Griechisch?" Sie öffnen das Paket und ein Schachtelmännchen, eine kleine Plastikfigur, kommt herausgesprungen.

Sie sagt, hin und herpendelnd: **„Richtig, ihr seid Romanfiguren und das Buch heißt ‚Mit dem Taxi durch die Galaxis!' Bescheuert seid ihr schon ab und zu. Aber nicht immer. Aber jetzt macht weiter, ich verhandle gerade mit dem Geist von Douglas Adams."**

Kapitel Sechs

„Romanfiguren also."

Ekke hängt völlig fertig im Sitz seines ehemaligen Taxis und jetzigen Spaceflitzers, als wäre es ein Sitz im Abteil zweiter Klasse und er ein Regionalverkehrspendler an einem Montagabend, nach einem heißen Sommerarbeitstag auf der Baustelle und einem Kasten Bier.

„Trifft dich das auch so hart?"

„Ach, ich weiß nicht, irgendwie habe ich das schon immer gewusst, dass diese Welt nicht real sein kann. Im Nachhinein erklärt das doch alles. Schau doch mal einfach, was abgeht! All diese gigantischen Zufälle um einen herum, zum Beispiel. Dass man überhaupt erst mal auf die Welt gekommen ist. Oder all die gigantischen Zufälle, die nur mich betreffen. Dass ich es überhaupt soweit geschafft hat, bis heute. Und vor allem, dass ich so intelligent bin und es nicht weiter als bis zum Taxifahrer gebracht hat! Gut, ich mein, das kam so, nein, hab ich mir gesagt, warum studieren mit so einem Organ, gehste zum Pornofilm. Doch beim Casting hab ich's dann versaut. Dreimal obergärige Crevetten." Was haben Garnelen mit seinem männlichen Mut zu tun? „Also, fahre ich eben Taxi. Nein, treibe mich in der Galaxis herum. Nein, bin eine Romanfigur." Er schreit unvermittelt. *„Ok! Ich bin eine Romanfigur, die in der Galaxis Taxi fährt, was wäre denn natürlicher?"* Ruhiger dann: „Aber was mich wirklich fertig macht: muss es denn eigentlich ausgerechnet in einer Persiflage sein? Und auch noch Douglas Adams? *Gaga als Weg?"*

„Ach, man muss halt immer das Beste aus dem Leben machen, lass uns doch von so was nicht unterkriegen."

„Genau, wir gehen einfach unseren Weg."

„Wir gehen unseren Weg. Immer weiter und weiter."

„Richtig, lass uns jetzt einfach weitermachen. Schließlich muss die Handlung jetzt auch mal weitergehen."

„Ekke! Bist du verrückt! Erwähne das nie, nie wieder!"

„Du hast Recht, Heinrich. Ich kann mir richtig vorstellen, wie sich unser Autor bei diesen Zeilen einen ablacht. Wir reden einfach nicht mehr davon und fertig. Themawechsel."

Er schaut sich um, im Cockpit ihres intergalaktischen Taxis, unterzieht die Instrumente, die eine makabre Metamorphose durchgemacht haben, einer genaueren Betrachtung. Er sieht jede

Menge Analogien. Der Schalthebel ist nach wie vor an seinem Platz rechts unten, sieht jetzt aber aus wie ein gewaltiger Multifunktionshebel specially designed für alle Klassen und Unterklassen esoterischer Bedienfunktionen. Das Lenkrad lässt sich nun auch nach oben und unten bewegen. Der Tacho ist noch an der gleichen Stelle, wenngleich jetzt auch eingebettet in ein üppiges Dickicht anderer ähnlicher Instrumente und die Skalierung entspricht nicht mehr Kilometer pro Stunde, sondern…

„Lichtjahre pro Sekunde… w*ow!*" Er lässt einen Moment verstreichen und lässt dem wow noch ein „Wahnsinn!" folgen.

Ekke weiß nicht genau, warum er eigentlich wow und Wahnsinn gesagt hat. Weil er realisiert hat, was für ein cooler Moment das eigentlich ist, von jetzt auf nachher mit einem Spacetaxi bewegungslos in einem Meer funkelnder Sterne zu hängen? Weil zweihundert Lichtjahre pro Sekunde eigentlich eine ganz nette Geschwindigkeit ist, nicht nur für ein alterschwaches Freiburger Daimlertaxi, das beim Übergang in ein anderes Universum nur eben mal eine mickrige Metamorphose durchlaufen hat? Oder, weil er soeben gemerkt hat, dass er dieses abgefahrene Spacevehikel auch tatsächlich fliegen kann?

Was der Beweis dafür ist, dass auch sie sich verändert haben.

Nur das Datcom, der Auftragsvergabecomputer, weist eine Reihe von völlig unverständlichen Symbolen und schwierigen, kaum zu kapierenden Details auf.

Aber das war ja auch schon vorher so.

„Tja, Beeblebrox*, da wären wir also, im All und so."

„Nenn mich nicht Beeblebrox, Arthur Dent*. Aber ansonsten hast du Recht. Fehlt eigentlich nur noch Marvin, der paranoide Androide.*" [*Siehe Douglas Adams]

„Guten Tag, ich denke, dies ist die Stelle, an der ich mich in euer Gespräch einmischen und euch meine Dienste anbieten sollte. Und die werde ich freudig und guter Dinge verrichten, denn so wurde ich programmiert. Von euch organischen Lebensformen. Obwohl ich es *hasse.*" Eine Robotstimme meldet sich.

„Das ist ja Marvin! Oder zu mindestens seine Entsprechung. Was sollen wir machen, ihn aus dem Fenster werfen?"

„Nee, wart mal, ich denke, Marvin hatte eine Reihe nützlicher Funktionen…"

„Ich bin ein Kombigerät, ich *habe* eine ganze Reihe nützlicher Funktionen. Fragt sich natürlich nur für wen. *Mir* nützen sie jedenfalls nicht viel." Es fängt an aufzuzählen. „Zum einen bin ich ein intelligenter Zigarettenanzünder, hab ich da vielleicht etwas davon? Ich bin auf Entwöhnung programmiert. Das ist heute schon deine fünfzehnte Zigarette, bist du sicher, dass ich sie dir anzünden soll? Dann bin ich die Borduhr: Hey, Captain-Baby, ich sag's nicht gern, aber schon wieder ist eine Stunde deiner Lebenszeit verstrichen, Ratzfatz. Tja, so ist das, wenn man eine organische Lebensform ist. Eingebautes Verfallsdatum und so, haha. Des Weiteren bin ich die Reinigungseinheit dieses Raumfahrzeuges. Alle halbe Stunde wirble ich hier herum und putze und sauge und habe dabei immer ein fröhliches Liedchen auf den Membranen."

„Wir schmeißen ihn raus."

„Äh, diverse Funktionen lassen sich auch umprogrammieren?"

„Trotzdem. Wir schmeißen dich raus."

„Ich meine, nur dass ihr keinen Fehler macht."

„Organische Lebensformen machen Fehler. Wir schmeißen ihn raus. Nicht wahr, Ekke?"

„Ich glaube, wir fragen vorher lieber mal den Autor. Autor!"

„Ja?" Das Schachtelmännchen hat sich in eine antiquiert aussehende Adler-Schreibmaschine verwandelt. In ihr ist ein Blatt Papier eingespannt, das aussieht wie altes Pergament.

„Was sollen wir tun?"

„Moment, ich frage mal Dougi", hämmert die antiquierte Schreibmaschine auf das Pergament.

„Warten, warten. Wir haben das Hyperperversum zu retten und müssen warten."

„Also, ihr könnt ihn raus schmeißen, hat er gesagt. Da es sich bei euch um Taxifahrer handelt, bedarf es keinen zynischen Roboters, es ist sowieso schon genug Zynismus in der Handlung."

„Wir sind nicht zynisch, wir sind lieb und nett!"

„Wetten?"

„Ach Ekke, sag mal eigentlich, so rein unter uns jetzt, hast du Bock das Hyperperversum zu retten?"

„Nicht die Bohne. Hauptsache, ich habe immer genug Kohle und Chicas."

„Aach! Kohle reicht doch, dann kommen die doofen Chicas doch von alleine."

„Na klar, aber nie eine zu lange. Sex und Hopp mit der Ex."

„Drauf auf die Mutter und tschüß, die Nächste. Ich mach es wie Rod Stewart, seine Freundin ist immer zwanzig. Schon seit dreißig Jahren."

„Aber sag mal, wenn wir das Hyperperversum retten, dann sind wir doch reich und berühmt!"

„Ach so. Na aus dem Blickwinkel hab ich das noch nicht betrachtet. Na gut. Also, dann ist das gebongt. Aber nur dann."

„Seht ihr!", klappert die Schreibmaschine betulich.

Die wüsten Schreie und Verwünschungen des zynischen Kombinationsgerätroboters, den sie per Schleuse ins All geworfen haben, sind verhallt.

Durch die Scheibe kann man noch sehen, wie er grotesk um seine Achse rotiert, während er sich mit der Geschwindigkeit, auf die ein Körper mit der entweichenden Luft aus der Schleuse nun mal eben beschleunigt wird, von ihnen entfernt. Auf einmal spannt er irgendwie noch einen Bildschirm auf: „Stinkende Anhäufung verwesenden Urschleims!" ist darauf zu lesen, immer wenn er wieder ins Blickfeld rotiert.

Geistesabwesend beobachtet Ekke, wie die Schrift kleiner und kleiner wird, bis sie nicht mehr zu lesen ist.

„Was machen wir denn jetzt eigentlich, Chi-cken?"

„Nun, da sich das Heilige Symbol beim Übertritt doch nicht wieder aufgefunden hat, werden wir versuchen die Heilige Prozedur auch ohne durchzuführen. Mit ein bisschen guten Willen…"

„Geht das denn?"

Chicken seufzt. „Es geht schon, zur Not, ok, ok. Es ist nur sehr teuer, wir werden eine ganze Reihe von Leuten zu bestechen haben. Aber lasst uns jetzt aufbrechen."

„Was ist los mit dir, Ekke", sagt Heinrich munter, „du machst ein Gesicht wie jemand, der sich ganz stolz einen alten Käfer gekauft hat, ihn liebevoll hegt und pflegt und in Ehren hält, und nun von seinem Nachbarn gesagt bekommt, er sei über das Knattern und Stinken ,not amused'."

„Und du machst ein Gesicht wie ein Bub, der den Gummi bei seiner Schleuder soweit gespannt hat, wie er nur kann und dann das falsche Ende losgelassen hat."

„Und du machst ein Gesicht wie ein CVJM-Veranstalter, der eben vier frisch chemisch gereinigte Klohäuschen mit dem LKW in die freie Natur hat fahren lassen und dem man gerade gesagt hat, dass es von der Ökobilanz her sicher sinnvoller gewesen wäre, einfach in den Wald zu scheißen."

„Und du..."

„Ihr sollt hier nicht quasseln, ihr Nasen, ihr sollt die Handlung vorantreiben!" Die Adler-Schreibmaschine ist jetzt ein Grammophon, das eine knisternde und rauschende Schellackplatte abspielt.

„Autor? Dann schreib uns doch mal 'ne richtig knackige Sexszene, Autor!"

„Nein, das mach ich nicht, so schmutzige Sachen, das soll ein anständiges Buch bleiben."

„Was, noch nicht mal ein bisschen Schweinkram?"

Die Grammophonnadel hüpft empört.

„Nein, keinen Schweinkram. So etwas gehört sich nicht. Der Leser hat eine glückliche und erfüllte Beziehung und hat es nicht nötig Schweinkram zu lesen."

„Das ist aber langweilig, so ganz ohne Schweinkram. Wir kennen eine ganze Menge Leute mit glücklichen und erfüllten Beziehungen, jedenfalls nach dem was sie behaupten, die auch ganz gerne ein bisschen Schweinkram lesen, von Zeit zu Zeit. Und weißt du was?" Seine Stimme steigert sich, in zunehmender Empörung. „Dann mach ich nicht mehr mit. Sag doch auch mal was, Heinrich!"

„Genau, ich auch nicht. Dann werden wir streiken."

„Na gut, aber nur bis zu einem gewissen Punkt, ok?"

Ein Handy klingelt auf einmal.

Unverkennbar spielt es eine Melodie von Britney Spears.

„Chi-cken, ist das dein Handy? Klingeltöne von Britney Spears? Schick!"

Chi-cken bedient sein universelles kosmisches Kommunikationsgerät, während er etwas verlegen antwortet: „Na ja, warum nicht, ich hab sie mir halt runter geladen, während wir Erkundungen über die Erde eingezogen haben." Die letzten Worte spricht er schon in den Kommunikator und ergänzt dann hastig: „Heilige Halle Incorporated, Sie sprechen mit dem Diener der Halle Chi-cken, was kann ich für Sie tun?"

Es ist aber offensichtlich niemand dran. Chi-cken schaut verwundert.

Dann klingelt es noch mal.

Diesmal ist es jedoch das Handy von Heinrich, es spielt „Hot Stuff", von den Stones, er nimmt ab. Eine Computerstimme schwallt drauf los: „Guten Tag! Hier ist Thomas Müller, vom Gewinnspiel zweitausend. Ich habe neue interessante Angebote für Sie!" Heinrich hört, so fern der Erde, mit einer gewissen Wehmut zu, legt dann aber sehr schnell wieder auf, weil er sich trotzdem augenblicklich anfängt belästigt zu fühlen. Es ruft noch mal an.

„Hallo?", meldet er sich.

Eine eiskalte, tödliche Stimme antwortet.

„Hier ist", die eiskalte, tödliche Stimme hält einen Atemzug inne, „Dagmar."

„*Dagmar!*"

„Warum hast du gerade aufgelegt, Heinrich?" Eiskalt und tödlich. Aber auch irgendwie sehr erotisch. „Niemand legt mir auf."

„Aber… das Gewinnspiel, Thomas Müller, eine Computerstimme…"

„Hast du ernsthaft gedacht, dein Handy hätte so eine Reichweite, dass dich hier, im All, in einem anderen Universum, noch ein Telefonmarketinganruf erreicht?"

„Na ja, würde mich ehrlich gesagt nicht wundern."

„Heinrich." Dagmar lacht spöttisch. „Als Gott den Mann erschuf, übte sie nur."

„Kenn ich schon den Spruch, den hat sich schon vor langer Zeit ‚wer aus den Rippen geschnitten', haha. Auch den vom Fisch ohne Fahrrad kenn ich."

„Heinrich. Eine Frau ohne dich ist wie ein Fisch – ohne stinkende chemische Abwässer um ihn herum. Eine Frau ohne dich ist wie ein Fisch ohne spitzen harten Angelhaken in seinem weichen verwundbaren Maul. Sie ist wie ein zartes Blatt ohne Laus. Sie ist wie ein Morgenspaziergang in einem Meer voll aromatisch duftender Blumen, Blüten und taubenetzter Gräser – ohne eine einzige *dämliche* Zecke hinterher. Sie ist…"

„Sehr poetisch. Aber ich weiß, was du meinst. Komm zum Punkt. Was willst du eigentlich? Du hast doch Schluss mit mir gemacht. Kannst du nicht einmal in deinem Leben konsequent sein?"

Heinrich nimmt nebenher war, dass er sich in einem Meer voll aromatisch duftender Blumen, Blüten und taubenetzter Gräser befindet und nicht mehr in einem intergalaktischem Taxi, kommt aber nicht dazu sich darüber zu wundern, weil er schon zu sehr damit beschäftigt ist, sich darüber zu wundern, dass Dagmar auf einmal direkt vor ihm steht. Sie ist in eng anliegendem schwarzem Latex gekleidet, schaut ihn finster an – und ist atemberaubend schön.

„Ist diese Welt nicht megageil, Heinrich?"

„Ja, durchaus, äh, megageil, nur wie komme ich denn eigentlich auf einmal hierher…?"

„Sie ist", Dagmar überhört ihn, wie schon so oft in ihrer Beziehung, „ein Meer voll aromatisch duftender Blumen, Blüten und taubenetzter Gräser. Aber, was soll man machen", sie tritt auf ihn zu, tätschelt sein Revers, „du bist halt die dämliche Zecke hinterher." Sie ist jetzt ganz dicht an ihm dran, haucht ihm ins Ohr. „Du verdirbst einfach den ganzen Genuss. Was fangen wir jetzt bloß mit dir an?" Aus den Augenwinkeln nimmt Heinrich wahr, dass sich überall um ihn herum auf dem frischen Grün kleine schwarze Punkte abzeichnen. „Zecken gehören ausgerottet. Sie sind eine Plage. Schau mal, wie viele es hier doch gibt. *Überall!*" In der Tat ist jetzt alles um ihn herum schwarz vor Zecken, Heinrich spürt, wie das Grauen in ihm hoch kriecht. „Oh, ich sehe, du gruselst dich! Na, pass auf, das wollen wir doch nicht. Sieh, es sind auf einmal gar keine Zecken mehr. Es sind bloß niedliche schwarze kleine Käfer." Niedliche kleine schwarze Käfer, die das gesamte Grün um sie herum abzufressen beginnen. Heinrich kann zusehen, wie alles im Zeitraffertempo verschwindet und nur noch die Käfer übrig bleiben. Dann ist alles nur noch Schwärze, für einen Moment, um ihn herum, bis die Szenerie sich komplett gewandelt hat. Sie sind nun auf einmal in einem Raum, einem behaglich eingerichteten Zimmer, mit einem riesengroßen, von einem blauen Baldachin überspannten Himmelbett.

„Wie machst du das bloß?", er starrt sie verblüfft an.

„Das Böse ist mächtig, Heinrich, viel mächtiger als das Gute. Aber schau dich ruhig ein bisschen um in diesem Zimmer."

Er stellt aber fest, dass ihn das eigentlich gar nicht interessiert, sondern dass das Objekt seines Interesses, um nicht zu sagen seiner Begierde, bereits schon direkt vor ihm steht. Fasziniert nimmt er Details ihres engen schwarzen Latex-Outfits wahr, Kurven, die eher hervorgehoben als verborgen werden, und einen Ausschnitt, der seinen Zweck zum Hineinschauen zu verführen, völlig zu erfüllen scheint. Dagmar ist eine Naturschönheit, das weiß er, und ihre Busenritze kein zweites Silicon Valley.

„Was machst du da gerade, Heinrich?"

Ich schaue gerade auf deinen Busen! denkt er. „Ich denke gerade über die letzten paar Stunden nach", sagt er. „Was wohl, äh, Ekke gerade macht?" Er schaut prompt nach oben, als ob jener eben dort zu finden wäre.

„Komm, das interessiert dich doch nicht wirklich." Dagmar schlingt zärtlich ihre Arme um ihn herum. „Hier spielt die Musik!", flüstert sie verführerisch. Sie dreht seinen Kopf zu ihrem Dekolleté.

„Hm, der Himmel hängt voller Geigen!" Heinrich ist musikalisch.

Ein Griff nach hinten und ihre Brüste purzeln, munter wie verspielte kleine Welpen, aus ihrem Ausschnitt. Sie zieht ihn rückwärts, aufs Himmelbett.

„Hölle! Ist das himmlisch!", seufzt Heinrich.

Er wird dies noch ein paar Mal tun und dann, nach diesem letzten finalen Seufzer, den alle Liebesbegegnungen zwangsläufig mit sich bringen, richtet er sich halb auf und fragt sie verträumt: „Woher hast du eigentlich diese Kraft... ich meine, das Taxischild neulich... du hast es einfach abgerissen!"

„Nun, ich hab dir doch gesagt, das Böse ist mächtig, Heinrich. Ich habe Kräfte jenseits aller Vorstellungskraft." Sie kuschelt sich an ihn. „Ich weiß ja auch nicht, wie das alles so gekommen ist, aber", ihr Gesicht nimmt einen weichen Ausdruck an und ihr Ton wird vertrauensvoll, als wären sie wieder zusammen und sie erzählte ihm eine Begebenheit von früher, „ich fand es immer schon unheimlich schick in schwarzen Klamotten rum zu rennen und auf schwarze Messen zu gehen, 'n bisschen Satanskult... fand ich cool, einfach. Na und dann hat sich herausgestellt, dass da ein bisschen mehr dran war, als ich es mir damals vorgestellt habe, ich meine, ich, die Vertreterin, die Inkarnation des absoluten Bösen... Wow, was für eine Karriere für jemanden, der halt mal eben auf der Suche nach sich selber war... nur einfach 'n bisschen abgedreht drauf war."

„Wo ist das Taxischild eigentlich jetzt?", fragt Heinrich und schlägt dabei einen, wie er denkt, völlig harmlosen Tonfall an. „Ich meine, vielleicht brauchst du es ja nicht mehr, vielleicht hast du dir einfach nur mal was beweisen müssen, neulich, wie stark und souverän du bist. Ja, psychologisch gesehen ist das ja sowieso nur ein Ausdrücken wollen von Macht, diese ganze Sache von Böse sein und so. Ich meine, wir wissen ja, wo du als Kind alles zu kurz gekommen bist und vielleicht... und jetzt, na ja, da es ja eigentlich Ekke gehört", er nimmt sie dabei zärtlich und tröstend in seine Arme, wiegt sie sanft, „da kannst du doch das Symbol, einfach, das kleine Heilige Symbölchen uns doch einfach... hm? Ach, meine arme kleine, süße...", er wiegt sie, als könnte er alles Böse aus ihr herauswiegen.

Doch noch ehe er ausgesprochen hat, ist die Szenerie von neuem völlig verändert.

Das Zimmer, das gemütliche kleine Liebesnest mit dem Himmelbett, ist jetzt einem düsteren Folterkeller gewichen.

Heinrich schaudert es.

Dagmar steht, auf einmal angezogen wie eine Domina, vor ihm, während er auf etwas festgeschnallt ist, was sich der Härte und Unbequemlichkeit nach wie ein Streckbett anfühlt. Heinrich schaut nach oben und unten. Es *ist* ein Streckbett. Er schaut noch mal. Wirklich.

„*Ha! Schleimscheißer!*"

Sie steht vor ihm, zornig und schön wie eine Rachegöttin. „Sag du mir lieber wo der Schlüssel ist, Arschgesicht! Wurm!"

„Der Heilige Schlüssel?"

„Heilig, pah! Schleimiger Scheiß-Schlüssel, mit dem ich dir die Hämorrhoiden einzeln aus dem Arsch kratzen werde, soo heilig ist er. Wo hast du ihn? Gib ihn mir!"

„Du willst bloß den Schlüssel – und hast mit mir geschlafen?"

„Herrin Dagmar!"

„Hm?"

„Sag Herrin Dagmar zu mir! ‚Du willst bloß den Schlüssel und hast mit mir geschlafen, *Herrin Dagmar!*" Sie zieht etwas aus ihrem Nieten besetzten, breiten schwarzen Ledergürtel. „Auch böse Menschen haben Spaß am Sex, Heinrich. Ich habe dich benu-utzt!"

„Wir können es ja tauschen, den Schlüssel gegen das Symbol, äh, Herrin Dagmar!?"

„Schwachsinniges Angebot!"

„Was hast du da eigentlich, äh, Herrin Dagmar?", fragt er so nebenbei, mit zitternder Stimme. „Einen Schmelzer?"

„Einen Schmelzer, ha!" Sie verzieht verächtlich ihre erotischen Lippen. Es sieht aus wie eine Mischung von Küssen und Spucken. „Einen Schmelzer – Kinderkram."

Sie hebt die Waffe. Ein Hologramm eines düster blickenden Dieter Bohlen ist darauf zu sehen.

„Was richtet ein Schmelzer gegen einen Energieschirm aus? Ein bloßes Feuerzeug. Diese Waffe, ein Kill-O-Douglas, wirkt jedoch gegen alle erwachsenen organischen Lebensformen des bekannten Universums und vermutlich auch in einem großen Teil des Unbekannten, Energieschirm oder nicht." Sie wirkt einen Moment nachdenklich. „Mir ist nur ein Rätsel, warum er ausgerechnet bei Kindern versagt."

Ihm ist das nur allzu klar. Osama bin Bohlen, der Geschmacksterroristenchef, der geistige Dünnbohlenbohrer. Musik, die ins Blut geht, wozu man hüpfen muss – wenn man drei Jahre alt ist. Modern Talking und die Teletubbies haben sich knapp verpasst.

Cherry, cherry lady…

Unbarmherzig hat sie einen Warnschuss abgegeben. Oder war es zur Probe?

„Aufhören, Gnade, das ist ja nicht zum Aushalten, ich mache alles, was du willst." Sie macht ein unzufriedenes Gesicht, offensichtlich ist das Magazin schon ziemlich entladen.

„Alles?... Alles, was ich will? Kriegs'ten ja eh nicht noch mal hoch, so wie damals auch."

„Verzeih, das Alter!"

„Hey, das hatte bei dir aber immer weibliche Vornamen, das Alter. Helga *Alter*, Simone *Alter*, oft genug habe ich dich mit irgendeiner Alter erwischt!"

„Nein, das war sicher nicht ich selbst, sondern ein Doppelgänger von mir, mein *alter* Ego sozusagen."

„Aus dieser Falle kalauerst du dich nicht raus, lieber Ex-Lover."

„Du meinst, so wie ich dich damals in die Falle *rein*gekalauert habe?"

„Kriegste die Motten."

Sie lädt ein neues Magazin nach, *Geronimos Cadillac* steht darauf. Die tödliche Bedrohung ist beinahe körperlich präsent.

„Du… du fährst da ja schwere Geschütze auf, du weißt, dass das gegen die Genfer Konvention verstößt!"

„Wir sind ziemlich weit von Genf entfernt, meinst du nicht?" Sie lacht verächtlich. „Aber mit diesem Kaliber muss man schon aufpassen. Das letzte Mal, als ich jemanden damit ausradiert habe, gab es einen riesigen Raum-Zeit-Riss, der mich beinahe noch mit erwischt hat."

Sie beugt sich sodann zu ihm, hält, in einer beinah liebevollen Weise, die Mündung der Waffe an seine Schläfe und säuselt zärtlich: „Aber du brauchst dir keine Sorgen um mich zu machen, Süßer. Ich habe die Waffe schwach genug eingestellt. Mir wird ü-ber-hau-pt nichts passieren."

„Das beruhigt mich wirklich schon ein bisschen, Dagmar. Da erübrigt sich die Frage, was mit mir geschehen wird schon fast von selbst."

„Oh, dir wird auch nicht viel passieren, Herzallerliebster, du wirst keinen Kratzer abbekommen, das verspreche ich dir. Dein süßes kleines Gehirnchen wird sich lediglich ein anderes kuscheliges Plätzchen suchen und ein wenig mit dem netten Fußboden Freundschaft schließen.

Aber das wirst du, der du ja auch mehr vom Rückenmark gesteuert wirst, gar nicht groß bemerken."

Mit diesem tröstlichen Zuspruch drückt sie den Abzug durch. Doch die Waffe entlädt sich ins Leere.

Heinrich ist gar nicht mehr da.

„Hab dich nicht so, Alter. Wir hatten dich schon angepeilt und hätten dich schon vor einer ganzen Weile rausholen können, dreimal vertuckte Heringe."

„Aber?" Heinrich legt etwas Entrüstung in seiner Stimme nach und redet gleichzeitig seinen Knien gut zu, dass die Gefahr ja schon beseitigt sei, und dass es wirklich nur dummes atavistisches Gehabe sei, was sie da noch mit ihrem Gezittere anstellen würden. *„Aber?"*

„Aber wir dachten, da keine unmittelbare Gefahr für dein Leben bestand, können wir ja solange ein wenig zuschauen und etwas über unseren Feind lernen."

„Wie er nackt aussieht, zum Beispiel? Na ich hoffe, es hat euch Spaß gemacht!"

„Oh, Heinrich, sei nicht so. Ein Teil davon hat dir ja auch Spaß gemacht! Nicht wahr, alter Beeblebrox?" Er haut ihm kräftig auf die Schulter, genau da, wo er sie erst letzte Woche beim Tennis überanstrengt hat.

„Nenn mich nicht Beeblebrox!"

„Schon gut, werd' nicht gleich giftig, dreimal schleimende Scampis. Also, dann wollen wir die Kiste hier mal flott machen, damit wir loslegen können, Rettung-des-Hyperperversum-mäßig." Er klatscht in die Hände. „Check-up!"

Er wendet sich den Kontrollen zu, von denen sein altes Selbst noch vor ein paar Stunden, vor dem Übertritt in ein anderes Universum, keinen blassen Dunst hatte.

„Genau." Heinrich kümmert sich um die Kontrollen seiner Seite. „Bevor uns Dagmar wieder einen Streich spielt. Hey, die hat mich ganz schön fertig gemacht!"

„Ach, so sind die Frauen, Heinrich. Wenn du mit ihnen zusammen bist, loben sie dich über den grünen Klee."

„Richtig, richtig."

„Und wenn's aus ist, bist du nur noch der letzte Looser in ihren Augen." Ekke stellt den Hyperdrivehebel auf H und checkt die zwanzig Gamma-flight-controls. „Wie war das bei Douglas Adams noch mal, mit dem Unwahrscheinlichkeitsantrieb?"

„Er hat es ja dann weiter entwickelt. Später flogen sie mittels eines italienischen Bistros, auf der Brücke."

„Stimmt, Bistr-O-Mathik! Die Zielkoordinaten ergaben sich aus den Zahlen, die die Robotkellner auf ihren Rechnungsblöcken notierten! Es war von entscheidender Bedeutung zu feilschen und mit dem Trinkgeld zu knausern, sonst wäre man mit dem Raumschiff sonst wo gelandet. Gamma-flight-controls sind ok."

Chi-cken programmiert die Koordinaten der Heiligen Halle, während Mc-nug-gets eine Peilung ihrer derzeitigen Position vornimmt.

„Seepark-O-Mathik, Heinrich! Das könnten wir doch verwenden, als Freiburger Raumschifftaxifahrer!" Er macht sich am Flugunterstützungsnebencomputer zu schaffen. „Der ganze Seepark ist eine einzige Kausalitätenkette. Sieh doch! Steigen die Temperaturen, fallen die Hüllen. Fallen die Hüllen, kommen die Spanner und die Perversen. Kommen die Spanner und die Perversen, läuft die Polizei vermehrt Streife."

„Genau." Heinrich nimmt sich die Hyper-Sinosoid-Kompensatoren auf seiner Seite vor, bereitet sie auch auf den Überlichtflug vor. „Sind ja auch nur Spanner und Perverse. Die wollen ja auch was zum Kucken haben."

„Zeta-Zeta-Alpha. Wir haben Glück, das sind nur dreißigtausend Lichtjahre. Ein Katzensprung", lässt Mc-nug-gets zwischenrein vernehmen.

„Lenk nicht ab, Heinrich. Du siehst nämlich, alles eine logische Verknüpfung von Ursache und Wirkung, basierend auf der simplen Grundprämisse steigende Temperatur. Oder – werden im Winter die Schwäne stark gefüttert, gibt es im Frühjahr viel Nachwuchs und die Jäger und Tierquäler haben im Herbst wieder reichlich zu tun." Er nimmt sich nun den Flugunterstützungshauptcomputer vor.

„Genau. Ein weiteres gutes Beispiel dafür, wie der Mensch regulierend in die Natur eingreift, wo er es doch besser bleiben lassen sollte." Heinrich überprüft kritisch seine letzten Einstellungen und betätigt nach kurzem Zögern den Hauptschalter. Ein gedämpftes Brummen ist nun zu hören.

„Genau. Oder – im Laufe des Sommers sinkt der Wasserspiegel und das Wasser verdreckt immer mehr, weil die Leute ständig hinein pinkeln." Ekke bestätigt eine Reihe von Checks mit Return.

„Genau. Die gehen bis zum Bauchnabel ins Wasser und tun dann so, als würden sie jetzt erst auf einmal merken, wie verdammt kalt doch das Wasser ist…"

„Genau."

„Sag ich doch."

„Und bleiben erst mal stehen, bis sie sich schön gemütlich entleert haben." Jetzt bringt der Computer die Meldung: Gültige Kreiszahl bitte auf vier Stellen genau eingeben.

„Dann fangen sie an mit Wasser spritzen. Aber nicht vorher." Heinrich stellt die Morau-Flip-Apparatur auf Grün.

„He, nicht auf Grün stellen!"

„Hm?"

„Du hast die Morau-Flip-Apparatur auf Grün gestellt. Du musst sie aber auf Gelb stellen." Der andere entschuldigt sich und korrigiert entsprechend.

„Und was ist mit dem Flux-Kompensator, fluxiert er?"

„Hm?"

„Das war jetzt nur ein Scherz." Ekke fährt fort: „Oder – sind die Abend am See schön lau und lind gibt es Party. Drei-Komma-eins-vier-eins." Er zählt laut mit und bestätigt mit Return.

„Genau. Dann wird nachts gebechert und randaliert und die Anwohner ärgern sich schwarz, dass sie für ‚Wohnen am Seepark' einen Haufen Miete zahlen müssen und einen Haufen Lärm zur Quittung kriegen." Heinrich tippt die Kombination Gamma zwei, Delta drei ein. Der Computer antwortet mit „unbekannter Befehl." Er korrigiert sich. Der Computer antwortet mit: „unbekannter Befehl, Idiot!" Er gibt endlich die richtige Kombination ein und das Brummen steigert sich.

„Genau. Und je mehr sich nachts betrinken, desto mehr Wasserleichen hat es am nächsten Morgen." Ekke betätigt eine muntere Schar kleinerer Schalter in Höhe seines rechten Knies. Zum Brummen kommt jetzt noch ein deutliches Vibrieren hinzu.

„Genau. Und am nächsten Morgen gibt es dann Tauchaktionen." Heinrich bedient eine Reihe von One-touch-Funktionen und checkt die Belim-Werte.

„Genau. Sag mal, wieso sagen wir denn immer genau?"

„Du hast doch damit angefangen! Belim ist ok."

„Egal. Du siehst: Kausalitäten ohne Ende. Alles bestens geeignet, um daraus Koordinaten für einen Überlichtflug zu extrapolieren. Man braucht nur die Temperatur und Lufttrockenheit einzugeben und den Wochentag – dann kann man das System arbeiten lassen und die gewünschten Koordinaten anhand der Besucherzahlen, der Anzahl Spanner und Perversen, der Anzahl Streifenpolizisten und der Anzahl Schwäne ablesen, die, von Portugiesen unter den Arm geklemmt, mit nach Hause genommen werden, um als Braten zu dienen. Knusprig zubereitet, wie vom Bader im ‚Medicus'."

„Hm, ja, genau, lecker!" Heinrich sieht Ekke dabei zu, wie er einen kleineren Knopf auf dem großen Kombischalter umlegt, der einst der Schaltknüppel war, und ihn nach vorne schiebt. Das Brummen durchläuft ein Crescendo. Er hebt die Stimme: „Aber natürlich gibt es auch genug Widersprüche, Sprünge in der Logik, ohne die sich der Raum nicht beugen ließe, ohne die eine Überwindung des Einsteinschen Kontinuums nicht möglich wäre. Wie: warum fallen die Hüllen überhaupt, wenn deren Inhaber nicht angespannt werden wollen? Warum gehen die Leute ins Wasser, obwohl es dreckig und voller Entenwürmer und Wasserleichen ist? Warum füttern die Leute die Enten mit Brot, wenn sie sich vor Entenwürmern ekeln? Und warum lassen sich die Leute denn eigentlich überhaupt erst in der Sonne braten, wenn es doch die Haut altern lässt und Hautkrebs verursacht?"

„Fertig?", ruft Chi-cken dann in den ohrenbetäubenden Lärm und schaut in die Runde. Dann betätigt er einen roten Knopf. Auf einmal ist es wieder gespenstisch lautlos. „Ich wünsche einen schönen Tag."

Der Flug verläuft automatisch, niemand muss mehr etwas machen, außer zuzuschauen, wie die Sterne in ihrem Blickfeld scheinbar an ihnen vorbeiziehen, zuerst ganz langsam, dann immer schneller. Auf einmal verschwinden sie jedoch wieder und machen einer Projektion Platz.

Lassen Sie die Sterne an sich vorbeiziehen.
Interstellaris!
Führend in der Herstellung von Überlichtantrieben.

„Sag mal Chi-cken", wirft Heinrich nur mal so locker in die Runde, „ich will ja nichts sagen, aber…"

„Schon gut, Auserwählter, ich werde mit ihm sprechen", beschwichtigt Mc-nug-gets und fängt an auf Chi-cken einzureden, in einer seltsamen Sprache aus Knurr-, Quiek-, und Gackerlauten. Er ist schon damit fertig, bevor es Heinrich und Ekke einfällt ihre Translatoren einzuschalten. Sie tun es daraufhin.

„Es ist so. Wir machen jetzt schwer einen auf Service", wendet sich Chi-cken nun an sie, etwas verlegen, wie es scheint, „da kann man fast nicht mehr abschalten, dieser –Service – wurde – Ihnen – präsentiert – ich – wünsche – einen – schönen – Tag." Er schweigt irgendwie resigniert für einen Moment.

„Hm?"

„Ach nichts."

„Ich bin nur manchmal ein wenig... überspannt. Na ja, man wird schon zynisch, wenn man lange bei der Heiligen Halle ist, beim ‚Schuppen', wie ich manchmal sage. Die Halle schafft jeden. Es ist nur eine Frage der Zeit. Die Jahre bei der Halle zählen doppelt."

„Ist das nicht auch manchmal ziemlich... öde euer Job? Ich meine so 'ne Halle und so... wo die meiste Zeit nichts passiert..."

„Von was redet Ihr eigentlich, Auserwählter?", erwidert Chi-cken, jetzt auf einmal ziemlich frostig. „Ich meine, wir arbeiten nicht bei irgendeinem galaktischen Abschleppunternehmen oder in irgend so einer billigen Fastfood-Kette, wo die Leute irgendwelche affigen Mützen aufhaben, die zeigen was für versklavte Lakaien sie doch sind, sondern wir reden hier vom Schuppen! Äh, der Heiligen Halle, meine ich!", beeilt er sich hinzuzufügen. *„Die* Instanz, die zuständig ist, wenn es wirklich klemmt. Wenn wirklich jemand in Schwierigkeiten ist, wenn..."

„Wenn die %&/§$* so richtig am Dampfen ist?" *[Freiwillige Selbstzensur, unsere Welt soll schöner werden!].

„Von mir aus das."

Inzwischen ist das Spacetaxi schon wieder zur Ruhe gekommen, der Flug über dreißigtausend Lichtjahre hat nur ein paar Minuten gebraucht. Mc-nug-gets nimmt wieder eine Peilung vor.

„Wir sind falsch." Er vertieft sich in den Bordcomputer. „Aha, da ist der Fehler. Auserwählter!" Er wendet sich an Ekke. „Bei der Berechnung des Xkijn-Kreises habt Ihr einen Fehler gemacht!"

„Wieso, die Formel für den Kreisumfang ist doch Zwei-Mal-Pi-Mal-R Ich bin ganz stolz auf meine Schulkenntnisse."

„Zwei-Mal-Pi-Mal-R, sagt Ihr?"

„Mhm."

„Ganz stolz, sagt Ihr?"

„Mhmm!"

„Na ja, für einen Taxifahrer seid Ihr ja wirklich ziemlich helle, ehrwürdiger Auserwählter."

„Mhm????"

„Als was ist denn Pi definiert, sagt mal!"

„Na ja, als..."

„Pi mal Daumen, schon gut. Also, hört zu. Pi ist das Verhältnis Kreisumfang zu Kreisdurchmesser. Und das ist in jedem Kreis gleich. In jedem beliebigen Kreis in diesem Universum, egal ob klein, ob groß, ob riesig groß – ist das Verhältnis Kreisumfang zu Kreisdurchmesser gleich groß, nämlich Pi."

„Genau. Drei-Komma-Eins-Vier. Näherungsweise."

„Nein. Eben nicht.“

„Hm? Du nimmst das aber ganz genau. Na, dann eben Drei-Komma-Eins-Vier-Eins. Ich hasse pingelige Leute.“ Mc-nug-gets seufzt vernehmlich. „Habe ich aber auch so eingegeben“, setzt Ekke nach, in einem etwas schmollenden Tonfall.

„Was habe ich vorhin gesagt. In jedem beliebigen Kreis in diesem Universum, ob klein, ob groß, ob riesig groß – ist das Verhältnis Kreisumfang zu Kreisdurchmesser gleich, nämlich Pi. In *diesem* Universum.“ Ekke glotzt.

„Jetzt habe ich es kapiert!“

„Na also. In Eurem Universum ist Pi gleich Drei-Komma-Eins-Vier, näherungsweise. In diesem Universum ist es Drei-Komma-Fünf-Sechs, näherungsweise. Diese Abweichung macht den Navigationsfehler aus.“ Dozierend fährt er fort: „Alle Naturkonstanten unterscheiden sich in den parallelen Universen. Plancksches Wirkungsquantum, Avogadrokonstante…“

„Avocado…?“

„Absolute Temperatur, Zeitablaufskonstante…“

In diesem Moment erscheint, wie aus dem Nichts, ein drittes kosmisches Zwergkaninchen auf einem Schwebesitz, das Chi-cken gleicht wie ein Ei dem anderen.

„Wie geht's?“, fragt es, in einem etwas süffisanten Tonfall.

„Gut, gut“, knurrt Chi-cken frostig, „jetzt mach aber, dass du wieder herauskommst.“ Was es auch sofort tut. Offensichtlich ist Chi-cken diese Begegnung etwas peinlich. „Er ist Teleporter“, erklärt er hastig und nach einigem Zögern ergänzt er: „Jeder hat prinzipiell seinen Doppelgänger in diesem Universum.“

„Ah, verstehe, eineiige Zwillinge!“

„Nein, ähnlicher als eineiige Zwillinge, denn da gibt es noch minimale Abweichungen. Nein, absolut identisch.“ Er seufzt. „Nun, das eben war der meinige.“

Er seufzt noch mal.

„Auf den du aber offensichtlich nicht besonders stolz bist.“ Heinrich grinst, in einer gut sortierten Mischung aus Verblüffung, Mitgefühl und Sarkasmus.

„Er ist ein Herumtreiber. Er… Manche Doppelgänger hängen immer zusammen, andere nicht. Ihn kann ich nicht ab. Ich meine, ich hab jetzt halt diesen Job in der Heiligen Halle – und mach das Beste daraus. Ich meine, ist doch ganz nett, das Universum zu retten. Aber dieses Miststück rührt keinen Finger, wie um mich zu verhöhnen.“

„Verstehe.“

Er macht eine Bewegung mit den Pfötchen, wie wenn er sich das Näschen putzen will, bricht das aber wieder hastig ab.

„Und wie kann er Teleporter sein und du nicht? Wenn ihr doch absolut identisch seid?"

„Weil Teleportieren etwas für angeberische Wichtigtuer ist, die damit groß tun können. Ich könnte es auch lernen, nur eine Sache von ein paar Abendkursen, aber wozu? Außerdem ist mir das Risiko, irgendwann einmal einen Fehlsprung zu landen, viel zu groß. Alle Teleporter landen irgendwann einmal da, wo sie es besser nicht getan hätten, das ist nur eine Frage der Zeit." Er putzt sich doch kurz das Näschen, aber nur kurz. „Wie dem auch sei. Zur Halle ist es nicht mehr weit, trotz des Navigationsfehlers. Wir müssen schon mal los, etwas für die Heilige Prozedur vorrichten und ein paar Leute bestechen. Wir holen Euch dann ab. Ihr bleibt einfach am besten hier stehen, im leeren Raum. Ihr könnt ja inzwischen ein wenig in Omninet surfen, dem Kommunikationsmedium für unser gesamtes Universum."

Sie machen Anstalten durch eine Schleuse in ihr Raumschiff zu verschwinden, das noch immer hinten huckepack befestigt ist. Ekke und Heinrich haben es inzwischen völlig vergessen, angenommen, es wäre ein Beiboot. Auf der Außenhülle steht wdfrttrfdw.

„Hey, auf eurem Raumschiff steht wdfrttrfdw! Und was heißt das?" Er merkt, dass sein Translator schon wieder ausgeschaltet war und schaltet ihn erneut ein.

Ein großes Problem mit den Translatoren ist, dass sie nicht in der Lage sind Geschriebenes zu übersetzen. Man muss die Schrift ablesen und der Translator übersetzt dann die eigene Stimme. Das funktioniert aber nur dann, wenn man die Schriftzeichen auch lesen kann. Doch bisher konnte man sich aus chauvinistischen Gründen auf keine einheitliche Schrift in jenem Universum einigen. Weil es in der Vergangenheit jedoch immer wieder zu tragischen Unfällen gekommen ist, wenn fremde Wesen vor Verkehrschildern standen, sie entziffern versuchten und dabei überfahren wurden, ist man überall in diesem Universum dazu übergegangen, für wichtige Informationen, oder wenigstens die von allgemeinem Interesse, intelligente Schriftzeichen zu verwenden. Diese sind telepathisch veranlagt und in der Lage, sich immer in der Schrift neu anzuordnen, die das jeweils davor stehende Wesen lesen kann.

Intelligente Schriftzeichen sind eine der reichsten Rassen des gesamten Universums. (In eher ärmlichen Gegenden, wo man auf Tourismus angewiesen ist, spricht man auch schon vom hässlichen intelligenten Schriftzeichen, weil diese sich auch heute immer noch recht neureich benehmen. Keiner weiß übrigens so genau, wie die Schriftzeichen dazu kommen, ihr Geld auch auszugeben. Man nimmt heute an, dass sie sich regelmäßig untereinander ablösen.)

„In unserer Sprache bedeutet das ‚Friede und, äh, gute Geschäfte.' Wdfrttrfdw ist ein Palindrom, so etwa wie ‚ein Neger mit Gazelle zagt im Regen nie.'"

„Dieser Satz ist aber nicht politisch korrekt."

„So, dann dreht ihn doch einfach um, wenn er Euch nicht gefällt", sagt er, leicht schnippisch.

„Hm, davon wird er auch nicht besser."

„Soso." Chi-cken öffnet ein Multifunktions – O – Stauraum – O – Tron, ein wohlgeordnetes System aus Apparaten, Anzeigen und Schubladen, das sich beim Übergang im Zuge der Metamorphose aus dem Handschuhfach entwickelt hat, um etwas herauszuholen. Heraus fällt Heinrichs Erotikkatalog, den er vor ein paar Stunden und in einem anderen Universum ins Handschuhfach gesteckt hatte.

„Was ist denn das?" Er blättert darin. „Interessant, diese Hervorhebung der sekundären Geschlechtsmerkmale der Gattung Säugetier." Er blättert. „Hui, da wird der Nachwuchs aber satt!" Er legt das Heft zurück und sagt dann hastig, wie wenn ihm auf einmal etwas Wichtiges eingefallen wäre: „Hört mal! Macht aber keine Pornoseiten auf, im Omninet, okay! Es könnte… etwas Schreckliches passieren. Ich habe jetzt keine Zeit mehr, Euch das genauer zu erklären, wir müssen weg."

„Hör mal, Chi-cken, wir sind doch keine kleine Buben, die ständig 'ne Hand inner Hosentasche haben und Taschenbillard spielen! Nicht wahr, Ekke?"

„Genau! Wir sind reife erwachsene Männer…"

„Die natürlich und verantwortungsvoll mit ihrer Sexualität umgehen…"

„Wir sorgen für Nachwuchs, und dass unsere Partnerinnen…"

„Partner*in…!"

„Äh, genau, Partner*in, glücklich ist und die ganze Energie, die dann noch übrig ist, stecken wir da hinein, ein sinnvolles und erfülltes Leben zu führen. Wir *machen* keine Pornoseiten auf!"

„Nö, das machen wir nicht. Ich meine, *ich* jedenfalls nicht. Das… das da ist Heinrichs Erotikkatalog."

„Den ich nur habe, um die Kommerzialisierung der Sexualität anzuprangern. Und zwar beleuchte ich es aus dem Aspekt der Ausbeutung des Mannes. Schließlich muss der im Allgemeinen

einen Haufen Geld hinblättern, nur um ein paar Miezen ein Luxusleben zu finanzieren, die sich dafür bloß ein bisschen nackt im warmen Scheinwerferlicht rekeln müssen. Ich bin allerdings noch nicht über die diesbezüglichen, äh, Studien hinausgekommen."

„Ja, so isser, unser Heinrich."

„Wieso, ein Mann kann sich doch auch mal kleine Schwächen erlauben, oder?", protestiert Heinrich. „John Wayne ist auch nur Schauspieler. Und der Marlboro-Mann ist an Krebs gestorben."

Doch das hören die kosmischen Kaninchen schon gar nicht mehr, sie stoßen gerade mit der „Friede und gute Geschäfte" ab.

Ekke und Heinrich tauschen Blicke.

„Jouh", sagt Ekke, da wären wir zwei im All, Beeblebrox, und kein dritter Mann für'n Skat." Er wirft einen kleinen Blick in Heinrichs Heft. „Ounf", macht er dann, als hätte ihn gerade spontan ein Alien rektal entjungfert. „Mein lieber Schieber! Dein Erotikkatalog hat aber auch eine Metamorphose durchgemacht!" Er zeigt ihm die Seite. Eine wieselgesichtige humanoide Frau posiert da, mit Brüsten behangen wie Ziegel am Dach.

„Findste das gut?"

„Also, ich steh ja schon auf manch perverses Zeug, aber das?" Er blättert seinerseits, gibt ab und an einen angeekelten Laut von sich und verstaut das Heft dann besser wieder.

„Komm wir machen uns lieber mal kundig in diesem Universum. Ich werf' mal das Omninet an." Ekke geht zu einem extra Terminal mit der Aufschrift: „Omninet. Warnung, Sicherheitshinweis! Bei gravierenden Softwareproblemen kann der Betrieb dieses Gerätes lebensgefährlich werden!"

Ein Zettel hängt noch daran: „Bitte *echt* keine Pornoseiten aufmachen! Chi-cken."

„Dreimal durchgebohnerte Thunfische." Ekke fährt das Gerät hoch, vertieft sich im Omninet.

Heinrich schaut derweil aus dem Fenster, betrachtet die funkelnden Sterne und ist überwältigt.

Er fühlt sich wie ein Mann, der sein ganzes Leben im Lichtersmog einer nebligen Großstadt verbracht hat, das erste Mal überhaupt eine Nacht in einer Berghütte in den Alpen auf zweieinhalbtausend Meter verbringen will, in einer eisekalten, völlig sternklaren Januarnacht die Tür der Hütte nach draußen aufstößt – und den Blick nach oben, zum Firmament, wendet.

Er ist einfach völlig von den Socken.

Total.

Wenn ein Mann und eine Frau fünfzig Jahre verheiratet sind, so ist das eine lange, lange Zeit. Und wenn sie es auch noch schaffen, in dieser Zeit einigermaßen glücklich miteinander zu sein, dann haben sie in etwa genau das geschafft, was man sich als Mensch an Nähe und Vertrautheit und Geborgenheit nur geben kann. Und doch, was ist all das angesichts des Universums? Was bedeutet all dieses Glück, was bedeutet all diese Gemeinsamkeit, all diese Erfüllung, wenn man es an der ewigen Unendlichkeit des Weltalls misst? Zwei Sandkörner, die sich in einem Wüstensturm aneinander reiben. Zwei Wassermoleküle in einem großen Ozean, die sich in einem winzigen Wirbel für eine winzige Weile aneinanderlagern.

Der Mensch kommt und der Mensch geht.

Und die ganze Zeit dazwischen steht er um Fastfood an.

„Ekke, das Weltall…"

„Unendliche Weiten…" Ekke, der gerade eine Unmenge von Werbe-pop-ups nieder zu kämpfen hat, schaut zu ihm auf. „Was gibt's, Scottie? Beam mich hoch? Da bist du doch schon."

„All diese Sterne, all diese unendlich vielen, unendlich großen Sonnen und Galaxien… bestehen aus winzig kleinen Atomen…"

„Ja, Heinrich, das haben wir in der Schule auch durchgenommen."

„Und all diese vielen, vielen unendlich vielen Atome… bestehen selber wieder aus einzelnen Teilen…"

„Atomphysik, richtig. Protonen, Neutronen, Elektronen… kleine scharfe Teile… Mann, was hatte ich damals für 'ne kleine heiße Banknachbarin, schräg vor mir!"

„Dann kannst du dich wohl auch nicht mehr erinnern, wie diese Geschichte mit dem Aufbau der Atomhülle so genau vor sich ging."

„Aufbau? *Vorbau!* Ich kann dir noch genau sagen, an welchen Tagen sie einen schwarzen, einen weißen und vor allem, an welchen Tagen sie gar keinen BH getragen hat, aber an irgendwas anderes kann ich mich nicht mehr erinnern."

„Da war doch was mit den Elektronenschalen… die sich auffüllen und dann die chemischen Eigenschaften bestimmen… Ok… Ok… Oktettregel, hieß das, glaub ich? He, weißt du was? Schlag doch grad mal nach, im Omninet, du bist doch gerade dabei. Aber", unkt er scherzhaft, „verwechsel das ja nicht mit ‚Sextett'! Wer weiß, was passiert!"

„Haha! Wir wollen doch nicht mit dem Feuer spielen!"

Er tippt ein.

Nach einer Weile stutzt er. Das Gerät fängt an zu summen.

„Ooh, ich glaub, ich hab da eben mal was falsch gemacht!" Der Bildschirm flackert auf einmal nervös, eine Unmenge von pop-ups tauchen auf. Ekke löscht sie, hat wieder freie Sicht auf den Suchbegriff, den er gerade eingegeben hat.

Sextett!

„Heinrich", der Bildschirm flackert wieder, nur dass das Flackern hektischer wird, „da habe ich über das ganze Gerede *doch* den falschen Begriff eingegeben."

Das Summen steigert sich, nimmt die Qualität des Summens einer Wespe an, der Bildschirm zeigt nur noch wirres Leuchten.

„Ist das schlimm?" Er lacht unsicher, wie ein Kind, das etwas angestellt hat, aber noch nicht weiß, in wieweit dies Strafe nach sich ziehen wird. Er hält es in jedem Fall aber für eine gute Idee, das Gerät neu zu starten.

„Tja", Heinrich lacht ebenfalls unsicher, wie ein Erwachsener, der zuerst das Ausmaß des angerichteten Schadens abzuwägen und sich dann erst daran zu machen hat, das adäquate Strafmaß zu überlegen.

Der Neustart bringt nichts. Die Wespe scheint zornig zu werden, sie fühlt sich wohl bedroht.

„Ich weiß auch nicht. Warum ist mir nur auf einmal so verteufelt warm?"

Die Wespe hat Verstärkung bekommen, jetzt ist ein ganzer Schwarm zornig. Der Bildschirm leuchtet in einem intensiven Weiß. Heinrich greift an die Konsole des Geräts, zieht die Hand erschrocken zurück. Das Gerät ist glühend heiß!

Es fängt an zu wackeln und scheint irgendwie aufzuquellen. Der Wespenschwarm ist bei näherer Betrachtung eigentlich gar keiner, sondern doch eher ein Schwarm Hornissen. Diese sind aber auch in jedem Fall verteufelt wütend.

„Ekke! Wir müssen das Gerät sofort aus dem Luk werfen. So wie das Kombigerät, das zynische." Hurtig tun sie dies, kommen eben noch mit Brandblasen an den Fingern davon.

Wie sie an dem davon trudelnden, rot glühenden, Gerät sehen können, wäre es bald nicht mehr dabei geblieben.

Mit schrecklicher Faszination beobachten sie den Fortgang der Ereignisse. Das Gerät, obwohl es sich tatsächlich immer weiter entfernt, scheint nicht kleiner zu werden, im Gegenteil, es wird immer größer, verliert seine ursprünglichen Konturen und bläht sich mehr und mehr zu einer amorphen, düster rot glühenden Masse aus. Das Ding, das einmal ein harmloses, höchst nützliches und dienliches Omninetgerät war, zuckt konvulsivisch. Blitze schießen daraus hervor, es nimmt nun, nicht mehr rot, sondern weiß glühend, einen großen Teil des frontalen Bildfeldes ein.

„*Perverses F...!*" Nie schien Heinrichs Wald- und Wiesenfluch je angebrachter. „Das Ding sieht auf einmal aus wie eine Mu..."

„Wie eine Mö..."

„Wie eine Monster-Muschi!"

„Wie eine Monster-Muschi, die uns zu verschlingen droht, präzisiert."

„Konkretisiert. Wir..."

„Müssen abhauen! Und zwar schnell."

Doch es ist leider schon zu spät.

Die inzwischen kilometergroße Weltall-Vagina schließt gierig schmatzend ihre schlüpfrigen Labien um das kleine, unschuldige Spacetaxi, als wäre es ein Spermium eines vierundzwanzigjährigen Fußballnationalspielers mit Hochschuldiplom.

„Sie sind weg."

Chi-cken und Mc-nug-gets „Friede und gute Geschäfte" hängt bewegungslos im All, nachdem es sie wohlbehalten zur Heiligen Halle und zurück gebracht hat.

„Verschollen zwischen den Dimensionen. Fort ist unsere Hoffnung auf Rettung des Hyperversums."

„Fort ist unsere Prämie."

„Idiot. Was nützt uns die Prämie, wenn wir nur noch ein Haufen postapokalyptischer atomarer Trümmer sind, traurig durch ein totes, tristes Universum ziehend."

„Es ist meine Schuld, ich hätte sie noch eindringlicher warnen sollen."

„Stimmt."

Sie schauen zu, wie sich die makabre Riesenvagina beginnt im Nichts aufzulösen.

„Niemand gibt irgendwelche Begriffe im Omninet ein, die etwas mit Sex zu tun haben."

Von dem sinistren Gebilde bleibt keine Spur mehr.

Von Ekke und Heinrich bleibt keine Spur mehr.

Kapitel Sieben

„Gas, Gas, langsam, langsam, links, links, langsam, *Stopp!"* Das Taxi hält mit quietschenden Bremsen. „Langsam, hab' ich gesagt, dämlicher Vollidiot!", kreischt Biberkopf unbeherrscht. „Kannst du nicht aufpassen? Willst du uns umbringen?"

Im liebenswürdigen Tonfall wendet er sich nach hinten, an den Fahrgast, eine ältere Frau. „Sie müssen entschuldigen, aber wir haben noch nie einen Unfall gebaut. Fahr jetzt weiter, \$?%&", den letzten Satz zischt er nach links, hinten unhörbar allerdings, denn ihr Taxi, Typus London Taxi, ist mit einer dicken Trennscheibe aus Glas versehen, die nur eine kleine, geöffnete Luke frei lässt. „Gas, Gas, rechts, rechts, links, halten, halten, schön geradeaus, links, *links,* schön geradeaus und Gas...", so geht es weiter. In einem einschläferndem Gemurmel, mit einem ununterbrochener Strom von Worten, mal schärfer akzentuiert, mal weniger, dirigiert Biberkopf, der grotesk Verkrüppelte, den groß und stattlich gewachsenen, gut aussehenden, Mann namens Matzerath an seiner rechten Seite. Dieser lässt es sich gefallen, ja es sieht sogar so aus, als ob er automatisch ein wenig langsamer machen würde, wenn der Strom der Worte aus Biberkopfs schief gewachsenem Mündchen ein wenig stockt. Und dann kann es auch passieren, dass er ein klein wenig die Stirn in Falten legt, wie wenn er sich noch ein wenig mehr konzentrieren müsse, als sonst auch schon.

Die Stirn über der dunklen Sonnenbrille.

Das ist das zunächst Auffällige an Matzerath, neben seinem blendenden Aussehen, besonders dadurch, dass er seine Sonnenbrille auch an Tagen aufhat, wenn die Sonne gar nicht scheint, wenn es gar ein ausgesprochen dunkler und trüber Tag ist. Ja, sogar wenn die Sonne überhaupt nicht scheint, nachts zum Beispiel, trägt er diese schwere dunkle Brille. Denn für ihn macht es nämlich vom Sehen her überhaupt keinen Unterschied, ob er sie aufhat oder nicht. Denn Oskar Matzerath ist blind.

Stockblind, genauer gesagt, Sehkraft 0,0 Prozent.

Dies hindert ihn jedoch nicht Taxi zu fahren, denn er hat ja schließlich seinen Partner Franz Biberkopf. Zusammen sind sie ein unschlagbares Paar. In den zehn Jahren, die sie nun schon zusammen Taxi fahren, hatten sie noch keinen einzigen Unfall, ganz im Gegensatz zu den vielen anderen, die einmal im Jahr vielleicht wenigstens einen kleineren Unfall mit Blechschaden haben.

„Was macht das, bitte?" Sie sind angekommen und Biberkopf liest den Fahrpreis ab.

„Neun Euro zwanzig, bitteschön."

„Finde ich ja toll, wie Sie beide das so machen!"

Die beiden sind in Freiburg keine Unbekannten, kommen jedes Jahr in der Zeitung. Schließlich waren sie ja auch schon zusammen auf dem Everest, dem höchsten Gipfel der Welt. Natürlich ist die Zeit vorbei, zu der Krethi und Plethi mit der Besteigung des „dritten Pols" Eindruck schinden konnten. Heute braucht man schon Geschmacklosigkeiten am Gipfel, um noch Presse zu machen. Der erste erzwungene Analverkehr am Everest vielleicht, verübt von einem schwulen New Yorker Modedesigner an einem minderjährigen Sherpa mit Down-Syndrom, der erste Ritualmord, die erste Selbstverbrennung (vorzugsweise von Leuten, die oben merken, dass in der letzten Gasflasche für die Rückkehr verwechslungshalber kein Sauerstoff, sondern Propangas ist), der erste Hiphopper am Gipfel, der „F… you, ihr weißen Nigger, die ihr vor mir diesen Gipfel mit euren gangränösen Füßen entweiht habt", in den Schnee gepinkelt hat, bevor er dann mit einem Snowboard wieder abgefahren ist.

Matzerath war aber immerhin der erste Blinde, der einen menschlichen Blindenhund hinaufgetragen hat. Ohne ihn einmal abzusetzen.

„Ja, jeder hat Sympathie für uns." Und Matzerath ergänzt: „Wir machen das ja auch, um etwas Besonderes zu sein, jeder will doch etwas Außergewöhnliches sein. Jeder Blinde hier kriegt vom Staat pro Monat vierhundert Euro in seinen blinden trägen Hintern geschoben. Ich will die nicht. Man hat doch seinen Stolz."

„Stimmt so!", die ältere Frau gibt ihnen Neun-Fünfzig.

„Ja", gibt Biberkopf zurück, so wie er es immer macht, wenn die Leute Centbeträge aufrunden. Das ist für ihn noch kein Trinkgeld. Die Frau entschwindet.

„Ich krieg die Krise, wenn ich sie nicht schon hätte."

„Du kriegst die Krätze, wenn du sie nicht schon hättest!"

„Dreißig Cent Trinkgeld ist ein Beleidigung!" Er dirigiert Matzerath zurück zum Stand. „Weißt du, ganz nebenbei, was uns wirklich ruiniert, ist die Einführung der Rollkoffer." Er sagt das, weil sie gerade einen, von vielen Hunderten, passieren, der einen Koffer zieht. (Als Taxifahrer kriegt man einen selektiven Blick. Man sieht nur noch Leute Koffer ziehen. Und schöne Frauen natürlich.) „Wie will man jetzt noch auf einen Schnitt kommen."

Sie fahren ein Stück durch die Fußgängerzone, flott, wie üblich, dirigiert er den anderen durch das Gewühl.

„Hilfe! Nicht umfahren!" Ein übergewichtiger Kloß hebt die Arme, als wollte er um Gnade flehen. Für Biberkopf eine völlig überflüssige Provokation.

„Dich kann ich nicht übersehen", schreit er ihm wütend aus dem Fenster nach. „Fetter Wichtigtuer!"

Sie passieren nun gewagt ein gewagt angezogenes Mädchen auf einem Fahrrad, flankiert von zwei Hunden.

„Mann, erst ein Ausschnitt, dass sie sich schier die Brust verkühlt und dann noch zwei Hunde!" Er pfeift die Melodie von „Gabi hat 'nen Schäferhund". „Ich kannte mal eine", plaudert er munter weiter, „die musste immer ihre Dinger herzeigen. Echt zwanghaft. Konnte keine Gelegenheit ungenutzt verstreichen lassen. Schuhe binden und da baumelten schon die Glocken, wie beim Kirchspiel. Bimm Bamm. Tja, ihr Blinden seid schon blöd dran."

„Ach weißt du, wir Blinden haben das eben im Gefühl."

Biberkopf lässt jetzt den anderen am Taxistand rückwärts einparken. Ein ausgeklügeltes Spiegelsystem ermöglicht ihm hierbei das Sehen, denn er selber, von Geburt an durch eine schwere, progressive Muskeldystrophie gezeichnet, kann den Kopf so gut wie nicht aufrichten, geschweige denn drehen. Die einzigen Körperteile, die er im Grunde wirklich gut bewegen kann, sind seine Augen, der Mund und natürlich seine Zunge. Er hängt in seinem Sitzchen, wie ein Baby, eine Puppe, schwer verkrüppelt, aber trotzdem mit königlicher Würde. Sein bissiger Humor hilft ihm dazu, sein Schicksal zu ertragen. Besonders gerne macht er sich über all die, sich ungehindert bewegenden, Krüppel um ihn herum lustig, die für ihn geistig Behinderte sind.

„Hast ja heute wieder deine schifferscheißebraune Aldijacke an, Kumpel!", bemerkt er boshaft, als sie sich korrekt in die Warteschlange eingereiht haben.

Matzerath dagegen ist gutmütig, der Typ sanfter, blinder Riese. In seinem Bodybuilding-Club sind die schwersten Hanteln nur Spielzeug für ihn.

„Man muss doch erst einmal wissen, was Stil ist, bevor man ihn bricht", gibt er gelassen zurück.

Er kreierte schon vor Jahren einen Gammellook, aber nicht aus Berechnung, dazu ist er viel zu schlampig und nachlässig, sondern aus Phlegma. Er ist stolz darauf.

„Man rennt nicht in Aldiklamotten rum."

„Wieso?"

„Eine Aldijacke kann noch so schön und neu sein, sie ist immer peinlich. Na, ich demonstriere es dir mal. ,Kuck mal der Typ da!' - ,Welcher?' – ,Na, der in der Aldijacke'. Siehste!" Biberkopf meckert gehässig.

Nie würde er sentimental werden, dem anderen merken lassen, wie sehr er ihn liebt. Aber das weiß dieser natürlich auch so.

„Wie fandest du übrigens ,Troja'?", fährt er fort zu frotzeln.

„Angriff der digitalen Klonkrieger?"

„Der Film sollte eigentlich unbedingt diesen Untertitel haben, genau. Nun, Petersen hat sich aufrichtig bemüht eine griechische Helden-Tragödie hollywoodgerecht, aber dennoch deutsch-betroffen zu verfilmen, was natürlich nicht funktionieren konnte. Man ging aus dem Film und dachte, mein Gott, sind die Typen blöd gewesen. Geben einfach keine Ruhe und zum Schluss landen sie eh nur auf irgendwelchen Scheiterhaufen und kriegen irgendwelche Münzen aufs Auge gedrückt."

„Biberkopf, mach dir mal eine mentale Notiz mich unbedingt nächstens hinzuführen, wo denn immer diese Filme in Blindenschrift gezeigt werden."

„Matzerath, ich bin so zerknirscht, dass ich eine neue Knirscherschiene brauche! Ach, Matzerath", sagt er scherzhaft, denn nur auf einer ganz tiefen Ebene ist er wirklich sensibel, „ich will so gerne immer Herr der Lage sein, doch stets ist es umgekehrt. Die Lage ist Herr über mich."

„Wirklich, deine Spezialität ist es andere mit peinlichen Psychogeständnissen in Verlegenheit zu bringen." Matzerath weiß selbst am Besten, dass das so gar nicht stimmt. „Jeder Spinner sollte versuchen seine Psychosen zu Geld zu machen, Biberkopf. Ich glaube, es geht schon sehr bald wieder aufwärts mit dir."

„Sei nicht so hinterfotzig. So hinterfotzig trocken…"

„Du, sag das nicht so mit leichtem Vorwurf in der Stimme, ich bin nicht deine Freundin."

Es regnet gerade.

Das Wasser rinnt von den Scheiben. Biberkopf sieht durch die Tropfen und Schlieren eine Schönheit im Regenmantel sich nähern. So schön. Die Gehässigkeit regt sich in ihm.

„He, pass mal auf, betätige mal den Scheibenwischer, wenn ich es dir sage!

Warten, warten, Achtung, *jetzt!* " Auf der Scheibe hat sich einiges an Wasser angesammelt, der Scheibenwischer befördert mit einem einzigen trägen Schlapp eine Unmenge davon nach rechts, haargenau über die Frau.

„Entschuldigen Sie, dass ich Sie voll gespritzt habe!", schreit er, anzüglich keckernd. Sie schaut kurz entrüstet, sieht den Krüppel, läuft eilig weiter. Biberkopf indes meckert ihr nach. „Göttin, darf ich mich Ihnen zu Füßen werfen?" Sie hört es nicht oder will es nicht hören. „Hee, du nix deutsch? Blöde Kuh." Biberkopf ruckelt sich schmollend in seinem Sitzchen zurecht. „Krüppel-Bonus."

Bitterkeit steigt in ihm auf.

„Der Leitende muss von Bord, der ist fertig", zitiert er seine Lieblingsstelle aus dem „Boot", die Stelle in der wirklich jeder Zuschauer hautnah nachfühlen kann, wie fertig der Leitende in der Tat ist und das jeder andere an seiner Stelle es auch wäre.

Er nimmt nun mühsam einen Schluck aus seinem Fläschchen, welches er immer parat hat. Matzerath sieht's mit Sorge.

„Prösterchen Trösterchen", sagt er daraufhin.

Weichzeichner Alkohol.

„Ich sollte weniger trinken", gibt Biberkopf düster zu und rollt einen Schluck Hochprozentiges auf der Zunge. „Dann also Scylla." Er nimmt noch einen Schluck. Er glitscht hinunter wie ein schleimiger Feuersalamander. „Oder doch lieber Charybdis?"

Passend, wie er dabei Matzerath beim Rauchen zusieht. Wie der seine Zigarette zerfasert, als wäre er Humphrey Bogart am Set, wenn es schon nach Fünf war und er noch nicht seinen Schluck aus der braunen Packpapiertüte nehmen konnte.

„Don't bogart this joint!"

„Humphrey Bogart sei ein wahnsinnig netter Kerl, hat mal einer gesagt, so bis halb zwölf. Danach denkt er, dass er Bogart sei."

Die Wartezeit am Stand beginnt sich zu ziehen.

Sie packen ihre Bücher aus, Matzerath tastet mit flinken Fingern über die Schrift in Braille.

Der Betrieb am Stand nervt, Autos verbreiten Unruhe. Sie kommen sich vor wie jemand, der gemütlich am Kaffeetrinken sitzt, von einem lärmenden stinkenden Auto genervt wird, das schon fünf Minuten am Einparken ist und sich über die anschließende Ruhe freut, wenn er merkt, dass der Idiot nur mal zwischenrein den Motor abgewürgt hat.

„Was liest du, Franz?", fragt Matzerath nach einer Weile.

„Die Blechtrommel – Grass."

„Krass."

„Und du, Oskar?"

„Berlin, Alexanderplatz – Döblin."

„Noch krasser."

„Endkrass."

„Jaja, die Deutschen. Die Franzosen lesen leichte luftige Bücher, duftig, knusprig wie frische Croissants und die Deutschen bleiben halt bei dem, was sie sind. Arbeiter. Schaffer. Lesen heißt Arbeiten. ‚Hast du schon den neuen Grass durchgearbeitet?' ‚Nein, ich schaffe immer nur einen Satz pro Tag. Ich habe ja noch andere Arbeit'. ‚Ich habe ja noch den Haushalt.' Weißt du, was ich schreiben würde? Pass auf, ich improvisier einfach mal was!"

Es regnet nicht mehr.

Ein dreier BMW-Cabrio, offenes Verdeck, mit gestylten dynamisch-aufstrebenden Jungtürken darin, hupt neben ihnen brutal laut. Einer der vier weist mit gebieterischer Miene auf ein Halstuch am Boden, welches ein hübsches junges Mädchen gerade, ohne es zu merken, hat fallen lassen. Sie bedankt sich artig und nimmt es wieder auf. Er lächelt huldvoll. Vielleicht begegnet er ihr ja mal im Agar, Samstagabend, dann kann sie sich ja mal anschließend revanchieren und auf der Toilette ein wenig „nett" zu ihm sein. Würde er mal ein Kavalier in seinem weiteren Leben, wäre er einfach ausgestiegen und hätte ihr das Tuch aufgehoben. Aber so wird er ein Pascha, wie sein Vater.

„Karl Blödmann", improvisiert Biberkopf nun flugs, „drückte auf die Hupe und fünf Leben änderten sich grundlegend. A's schwaches Herz gab endlich nach, zuckte wie eine Jungfrau aus der Kaste der Unberührbaren, die man am Allerheiligsten begrapscht, gab ein ‚Uh!' von sich, wie Michael Jackson, einen Laut, den er seinen Lustknaben abgehört hatte, wenn er ihnen an der Rosette spielte. B beschloss nun endgültig, sich aufzuhängen. C fing Streit mit seiner Frau an. D fiel von der Leiter herunter. E, der sonst so coole Hiphopper, fluchte gottsjämmerlich. Sein gepflegtes Ziegenbärtchen, Schneider, Schneider, meck, meck, meck, zitterte in gerechter Empörung. Er verlor seinen Job, weil das den endgültigen Ausschlag machte. Karl Blödmann grunzte befriedigt, als der Fahrer ins Auto hechtete und entschuldigend winkte. Man muss diesen Deppen nur mal einheizen." Biberkopf grunzt ebenfalls befriedigt. „Dann würde ich alle fünf ausformulieren und fertig ist der Lack. Ich meine, wer ist schon Thomas Mann? Er beschreibt über zwei Seiten wie einer angezogen ist.

Bei mir sind die Leute schon nach zwei Seiten ausgezogen und mittendrin in der Action."

„Das ist keine Literatur, Biberkopf, sondern Reizüberflutung. Du und schreiben. Das sind universelle Gegensätze wie heiß und kalt, fest und flüssig…"

„Julius Cäsar und Vercingetorix? George Bush und Michael Moore? Boris Becker übernimmt eine Talkshow?"

„Ich sehe, du hast es kapiert."

„Du bist warzig, Matzerath. Warzig wie Anke Engelke, die jeden Morgen, vor dem Spiegel stehend, Warzenwuchssalbe auf ihre Warze am Kinn aufträgt, damit sie auch immer schön warzig rüberkommt. Hilfe, ich darf nicht zu schön sein, sonst helfen mir auch meine Auftritte bei Emma nicht, ernst genommen zu werden."

„Und warum macht die Schweins das nicht?"

„*Schweins*, hm?"

„Ach so, der Name ist ihre Warze."

„Richtig. Warzig. Warzenrocker. Wie heißt noch mal dieser Rocker mit der Warze im Gesicht?"

„Peter Maffay. Da siehst du. Du kannst dich an den Namen nicht erinnern, aber an die Warze. Das ist alles kühles Kalkül um Publicity. Aber das ist keine Warze, dafür ist die zu groß. Der hat doch eine Rosine im Gesicht, die er sich anklebt vor Konzerten und Presseterminen, um sich wichtiger zu machen."

Es steigt jemand bei ihnen ein. Sie fahren los. Ihr Fahrgast ist eine sexy Lady in schwarzem Lack. Sie stutzt.

Dann sagt sie: „Moment mal, hier stimmt doch etwas nicht! So etwas, ich dachte, ich hätte euch schon den Rest gegeben." Sie wuschelt in ihren lockigen, langen schwarzen Haaren. „Mensch, ich blick hier bald nicht mehr durch."

Die Lady zieht ein Handbuch heraus und schlägt es auf: ‚Theorie der parallelen Universen'. Es hat einen besonders hervorgehobenen Untertitel, wie etwas, das dem Verlag besonders wichtig gewesen wäre: ‚Der erste Autor, der über dieses Thema hin nicht völlig abgedreht ist.'

„Egal, ich knips euch einfach erstmal aus und les es dann später. Erst das Vergnügen, dann die Arbeit." Sie zieht etwas hervor, was sowohl eine futuristische Waffe, als auch ein Dieter-Bohlen-Fanartikel sein könnte.

„Äh, Sie machen was?"

„Ich knips euch aus."

„Hm?"

„Mann, ich lass euch die Luft raus, blas euch das Licht aus, mach euch platt, alle, einen Kopf kürzer."

„Was?"

„*Mann bist du blöd?* Ihr müsst abkratzen, abnippeln, abschnappen, die Kurve kratzen, den Löffel abgeben, den Schirm zu machen, den Hintern zu kneifen, ins Gras beißen, in die Grube fahren, die Radieschen von unten anschauen!"

„Ach so, jetzt habe ich es kapiert! Wir sind in den Hintern gekniffen, dem Sensenmann begegnet, uns werden Engel aus dem Allerwertesten kriechen. Aber vielleicht springen wir dem Tod ja noch mal von der Schippe, schlagen ihm ein Schnippchen, entrinnen ihm knapp, kommen mit einem blauen Auge davon, sind zu zäh zum Verrecken. Hey, was haben Sie da in der Hand? Das erste Schweizer Messer mit dem man auch telefonieren kann?"

„Nein, du Idiot. Das erste Handy, das sich auch im Dauergebrauch als Vibrator benutzen lässt." Sie legt die Waffe, den Kill-O-Douglas in einer handlichen Reiseausführung, an. „Tritt vor deinen Schöpfer. Und beschwer dich bei ihm, dass er dich so lange hat leben lassen. Ohne einen Funken Intelligenz."

Plötzlich taucht jedoch ein Flugkörper mit zwei Kaninchen an Bord über dem Taxi auf und verharrt einen Augenblick darüber. Dann verschwindet er wieder.

Aber auch das Taxi mit Matzerath und Biberkopf darin ist verschwunden.

Nur noch Dagmar sitzt nun auf dem Boden, nachdem sie sich zehnmal überschlagen hat, und wundert sich.

Kapitel Acht

„Na ja, Ihr wart, im Prinzip, vorher auch nicht viel anders."

„Steig ich nicht ganz durch. Die Weltraummuschi hat uns in eine parallele Daseinsebene befördert, aus der ihr uns dann wieder herausgeholt habt? Wir waren zwei ganz komische Typen, die aber irgendwie unsere Entsprechungen in einem anderen Universum waren?"

Ekke wendet sich an Chi-cken, erwartet halb, dass der ihm „Große ungelöste Rätsel des Universums", Band zwei vor die Nase hält, doch der sagt nur ruhig: „Wir sind hier vielleicht nicht richtig."

„Wie, was meinst du ‚sind hier nicht richtig'? Nicht richtig im Kopf?"

Chi-cken überhört diesen Einwand.

„Wir müssen einfach zuerst testen, ob wir hier *richtig* sind. Das ist wichtig, denn diese ganze Überwechslerei zwischen den Paralleluniversen ist sehr knifflig und es kann eine ganze Menge dabei schief gehen. Deshalb: ergibt sich, dass wir hier verkehrt sind, müssen wir zunächst versuchen, das richtige Universum zu finden. Und hierbei würde dann gelten, dass der Übergang mit nicht mehr als genau hundertfünfzig km/h stattfindet, sonst erreichten wir nämlich ein viel zu hohes Energieniveau. Dann müssen wir *noch einmal* über den Schweizer Grenzübergang, mit Tempo zweihundert, damit wir wieder den Übergang in das Universum der Halle schaffen. Und dies sehr bald. Wir wissen nicht genau um die zeitlichen Nebeneffekte dieser ganzen Verschiebungen, aber im Zweifelsfall würde ich sagen, um einen umgangssprachlichen Ausdruck Eurer Sprache zu benutzen: Es pressiert wie die Sau!

„Ich weiß nicht, wie ich es genau sagen soll, dieses Gebilde, irgendwie hat sie mich an etwas erinnert... sagt mal, hatte da vielleicht Dagmar ihre... ihre Hand im Spiel?", mischt sich Heinrich ein, macht eine ungeschickte Bewegung und stolpert gegen Chi-ckens Fliegesitz. „Oh, pardon!", beeilt er sich zu sagen.

Doch Chi-cken antwortet nicht.

„Chi-cken?" Der sagt nichts. Er sitzt nur auf seinem Fliegesitz und puckert mit dem Näschen. Auch Mc-nug-gets macht nichts anders. Doch. Der macht Männchen.

„H-Heinrich!? Dreimal verschrumpelte Shrimps." Ekke vergewissert sich erstmal, dass Heinrich keine dunkle Sonnenbrille aufhat, dann spricht er weiter: „Heinrich, Chi-cken sagt nichts und Mc-nug-gets macht Männchen. Mc-nug-gets hat noch nie Männchen gemacht!"

Heinrich betrachtet Mc-nug-gets kritisch. Dieser hat sich nun bequem hingelegt, die Vorderpfoten nach vorne und beide Hinterläufe zur linken Seite ausgestreckt – und mümmelt zufrieden vor sich hin.

„Dies ist kein typisches Verhalten für einen Diener der Halle, wenn gerade das Hyperperversum daran ist anzubrennen, oder?"

„Durchaus – nicht." Heinrich streckt gerade vorsichtig die Hand aus, immer mit einem elektrischen Schlag rechnend und – streichelt Mc-nug-gets! Der scheint das sehr zu genießen. Ekke, der nun auch Chi-cken streichelt, schaut sich dabei um.

Ihre momentane Daseinsform scheint es nun zu sein, in einem Daimlertaxi auf einer geteerten Straße zu stehen, die in ihrer ganzen urbanen Tristesse ungefähr dem Universum entsprechen könnte, aus dem sie ursprünglich aufgebrochen sind. Alles in allem ein Daseinszustand, mit dem er wesentlich mehr anfangen kann, als mit denen zuletzt. Jedenfalls ist, sich in einem Daimlertaxi in urbaner Tristesse zu befinden, ein sehr vertrauter Zustand für ihn.

Er steigt aus und schaut aufs Nummerschild. Es ist ein Freiburger Nummernschild. Und die Straße, auf der sie sich befinden, kann er nun eindeutig als Freiburger Strasse wieder erkennen. Er schaut sich weiter um. Freiburg sieht irgendwie, auf eine merkwürdige Art, noch ein wenig älter und heruntergekommener aus, als er es in Erinnerung hat.

Er bekommt ein seltsames Gefühl.

„Ist Mc-nug-gets nicht süß, er schleckt mich!"

Sie haben eine halbe Stunde lang versucht, die Kaninchen zu einer intelligenten Reaktion zu bringen. Es ist zweckloser als einem Hasen das Internet zu erklären.

„Laß uns doch mal in der Tierhandlung vorbeifahren und ihm eine kleine Leckerei kaufen."

„Heinrich, du bist des Wahnsinns fette Beute. Ich würde sagen, lass uns erstmal fortfahren genauer festzustellen, wo wir sind, dann kaufen wir ihm eine Leckerei. Oder besser gesagt, lass uns zuerst mal an eine Tanke fahren."

„Warum denn das?"

„Wir sind doch Taxifahrer und Taxifahrer fahren immer an eine Tanke, wenn irgendetwas ist, das war schon immer so. Außerdem müssen wir auch gerade tanken." Er deutet auf die entsprechende Anzeige.

So schlagen sie also den Weg zur nächsten Tanke ein. Unterwegs nimmt ihnen jemand die Vorfahrt, zwingt sie zum Bremsen und setzt sich dann schräg vor sie.

„Den Heini zerstrahl ich, dreimal huhnende Sardellen!" Er nimmt grinsend die Hand an die Lichthupe, genießt die Erinnerung an sein Erlebnis mit der Photonenkanone – und zieht den Hebel durch.

Ein gleißender Lichtstrahl durchschneidet die Luft, verfehlt das Auto nur knapp und fährt krachend in einen hölzernen Zaun ein, der sofort zu brennen anfängt wie trockener Zunder.

„Dreimal vergackte Seespinnen!" Sie fahren zur Seite, testen nun die Lichthupe, sie wirkt ganz normal. Sie machen es noch ein paar Mal, bis sie merken, dass der Gegenverkehr merklich langsamer fährt, weil jeder denkt, sie wollten vor einer Radarfalle warnen.

„Pulsatorische Effekte, wie Chi-cken es nannte! Oder waren es persistierende Effekte?"

„Das hört sich ganz gut an, was du da von dir gibst, nur was soll das sein?"

„Weiß ich selber nicht so genau, ich habe das auch nur gesagt, weil es sich gut anhört." Er beeilt sich hinzuzufügen: „Doch es scheint mir vielleicht eine Erklärung zu sein, dass gewisse Effekte aus dem Universum, welches wir vorhin verlassen haben, noch nachhängen, so wie jetzt eben die Strahlenkanone."

Gegenüber der gesuchten Tanke ist eine Reklametafel zu sehen, auf dem gerade ein Pärchen recht plastisch in Aktion dargestellt ist.

„Besorgst du es mir?", ist das Plakat untertitelt. „Ja, ich besorg es dir. *Das neue Ariel!*" Ekke hält kopfschüttelnd vor einer Zapfsäule.

Auf der steht Wasserstoff.

Er fährt weiter, auch an der nächsten steht Wasserstoff. Schließlich findet er eine Säule mit Diesel.

„Heinrich, hier stimmt doch was nicht!"

Verwirrt nimmt er Chi-cken auf den Arm und streichelt ihn. Der sieht sehr zufrieden aus. Ganz im Gegensatz zu sonst immer. Er geht, mit Chi-cken auf dem Arm, bezahlen, greift sich vorher noch wahllos ein paar Zeitschriften. Heinrich geht gezielter vor. Offensichtlich beschäftigt ihn seine Studie zur sexuellen Ausbeutung des Mannes noch immer.

Der Mann an der Kasse zieht ihnen die Zeitungen ab.

„Süße Häschen, he?" meckert er, als er den Scanner über das Heft „Miss Oberweite des Jahres" zieht, eine kleine Kumpanei unter Männern. „Und, äh, süßes Kaninchen, was ihr da habt, natürlich!", beeilt er sich hinzuzufügen.

„Das ist ein besonderes Kaninchen. Es ist ein Diener der Heiligen Halle von Chmarm."

„Schmarren?"

„Von, äh, Chmarm."

„Interessant. Darf's noch was sein?"

„Wir sind nämlich besondere Taxifahrer. Wir haben das Hyperperversum zu retten!"

„Was für'n Perversum? Macht vierundfünfzig Euro neunzig."

Draußen blättern sie die Zeitschriften durch. Ekke hat ein Big Brotherheft erwischt. Er schaut sich die Titelseite an.

Hundert Tage,
hundert Frauen, hundert Männer
– hundert Stellungen!

„Ups! Ich habe Big Brother aber etwas anders in Erinnerung!" Er liest weiter.

- Warum Susie ausziehen musste. Nun, sie wollte sich nicht ausziehen. Sie ist seit einer Woche im Container und hat immer noch keinen Sexpartner.

- Karl und Meike flogen, weil sie es unter der Bettdecke getrieben haben.

- Rainer und Monika flogen, weil sie nicht beim Gong die Stellung gewechselt haben.

„Heinrich, hier stimmt wirklich etwas nicht!"

Er schaut auf das Datum.

Seine Augen nehmen die Information auf und überbringen sie der Großhirnrinde. Seine Großhirnrinde weigert sich diese Information anzunehmen. Es schickt sie an die Augen zurück, mit den Worten: Leute, verarscht jemand anders, diesen Schmu hier lass ich mir echt nicht andrehen. Gut, sagen die Augen, dann probieren wir es mal mit dem Vegetativum. Ziemlich snobistisches Verhalten übrigens, besonders für so einen evolutionären Emporkömmling, fügen sie noch schnippisch hinzu. Das Vegetativum scheint nicht so wählerisch zu sein, denn es nimmt die Information sofort begierig an, Ekke spürt, wie ihm heiß und kalt wird. Der Schweiß bricht aus und in seinen Eingeweiden rumort es.

„Heinrich, hier stimmt eine ganze Menge nicht!"

„Stör mich nicht, ich schau mir gerade Miss Oberweite des Jahres an. Nötigung ist das bereits, Ekke, das werde ich in meinem Bericht besonders hervorheben."

„Heinrich, sag mal eigentlich… wenn du deinen Bericht fertig hast, was wirst du dann für ein Datum einsetzen? Ich meine, ich frage einfach nur der generellen Orientierung halber. Weil mir die wohl gerade so ein wenig, äh, abhanden geht. Aber", ergänzt er merkwürdig ruhig, „dies einfach nur nebenbei, lass dich ansonsten wirklich nicht stören. Schau dir ruhig weiter deine Miss Oberweite des Jahres an."

„Genau, genau."

„Miss Oberweite des Jahres 2014."

„Genau, genau, genau… *Hm???*"

„Lies doch mal das Datum, vorne drauf."

Heinrich tut es. Auch seine Großhirnrinde benimmt sich nun etwas zickig.

Auf einmal piepst etwas gedämpft. Sie haben Mühe es zu lokalisieren, bis sie herausfinden, dass es aus dem Handschuhfach kommt, in dem Ekke allerhand Karten und Papierkram zu liegen hat, außerdem eine voluminöse Ausgabe der Funk- und Betriebsordnung.

Die Funk- und Betriebsordnung ist verschwunden, dafür liegt da Heinrichs Erotikkatalog und ein bunt schillerndes Gerät. Offensichtlich ist es die Quelle der Piepstöne. Sie sehen so etwas wie „ein etwas groß geratener Rechenschieber, an dem sich etwa hundert winzig kleine Knöpfe befinden und ein, etwa zehn mal zehn Zentimeter großer, Bildschirm. Es sieht wahnsinnig kompliziert aus." [Siehe Douglas Adams].

„Was ist das? Der Reiseführer per Anhalter durch die Galaxis?"

„Kuck, mal, da steht auch ‚Keine Panik' drauf! Nee, halt, da steht noch was Kleingedrucktes dazu: ‚Keine Panik? Warum denn nicht? Warum nicht in Panik geraten, wenn Ihnen danach ist? Siehe ‚tausend gute biologische Gründe für panisches Verhalten!'"

Das Gerät hat zu piepsen aufgehört. Doch dann piepst es noch einmal und bringt damit gleichzeitig eine Meldung auf dem Bildschirm.

„Ich bin kein Reiseführer, ihr Hirnis!"

„Sondern?" Noch mal ein Piepston und eine Meldung.

„Ich bin das Handbuch zum Verhalten bei kosmischen Abnormitäten."

„Na, das brauchen wir aber gerade dringend!" Pieps.

„Ich bin auch kein bloßes Nachschlagewerk, sondern habe immer auf der ersten Seite den folgenden Eintrag…" Pieps. „Gerade aktuell dringend benötigter Begriff!" Fünf Sekunden Pause, während Heinrich und Ekke Blicke tauschen. Pieps.

„Zukunft." Blicke, erwartungsvoll. Pieps.

„Gestrandet in der…" Pieps. Das Gerät bringt eine längere Meldung, für die der Bildschirm zu klein ist.

Sie scrollen den Text auf und ab.

„Leute, seht zu, dass ihr umgehend euren Hintern hier wieder herausbekommt. Sich in der Zukunft selbst zu begegnen ist meistens peinlich und nur in den seltensten Fällen wirklich witzig. Siehe auch: berühmte Persönlichkeiten, die sich selbst begegnet sind und seither nur noch Unsinn von sich geben."

Der Auftragsvergabecomputer bringt eine Meldung, obwohl er gar nicht eingeschaltet ist: **„Du hast also einen Trip in die Zukunft gemacht, Dougi, nachdem du mit der Trilogie durch warst?"**

„Sehr witzig." Keiner beachtet ihn jedoch.

„Und wie kommen wir da wieder raus?" Heinrich wirft einen Blick auf die beiden kosmischen Kaninchen, die sie auf den Rücksitz gelegt haben. Sie sehen beide recht friedlich aus und kuscheln sich aneinander. Von da wird wohl keine Antwort kommen.

Pieps.

„Schweizer Grenzübergang." Pieps.

„Schon vergessen?" Blicke, verlegene Note. Pieps.

„Aber bitte daran denken: Tempo hundertfünfzig!"

Sie setzen sich in Bewegung, in Richtung Autobahnzubringer Süd. Pieps.

„Zeitliche Verschiebung müsste sich bei erneutem Übergang egalisieren, es sei denn…" Pieps. „Akku beinahe entladen. Schalte auf Sparmodus. Die nächsten Stunden außer Funktion."

Ekke und Heinrich schauen grimmig. Es sei denn… Es sei denn was? Es bleibt ihnen nichts anderes übrig, als den Übergang zu wagen und die Geschehnisse abzuwarten.

„Dreimal lurchende Garnelen."

Kein Weltraum, keine Sterne.

Sie befinden sich stattdessen nachts auf einer völlig dunklen kleinen Landstrasse in einer völlig dunklen Umgebung. In der Nähe liegt eine kleine Stadt.

Auch sie ist seltsam dunkel, nur wenige kleine Lichtelein sind zu sehen.

„Diese Stadt hat keine Ortsschilder. Gibt es in dieser Parallelweltstadt keine bescheuerten Ortsschilder?"

„Sag mal, kommt dir die Gegend nicht bekannt vor?" Er schaut sich um. „Ich will dir was sagen, Ekke. Wir haben uns in Relation keinen Meter bewegt. Wir sind nur nicht mehr *in* der Stadt, weil die Stadt nicht mehr *um* uns ist."

Ein Pferdefuhrwerk klappert ihnen entgegen.

„Diese kleine Parallelweltstadt…"

„Diese kleine Parallelweltstadt namens Freiburg…"

„Kann keine Ortschilder haben, weil es noch keine *gibt*. Jedenfalls nicht überall. Wir sind in der…"

Pieps.

„Vergangenheit." Pieps. „Gestrandet in der…" Pieps. „Es gilt das gleiche wie für gestrandet in der Zukunft." Pieps. „Nur mit umgekehrten Vorzeichen natürlich." Pieps. „Fortsetzung von vorhin: Zeitliche Verschiebung müsste sich bei erneutem Übergang egalisieren, es sei denn, es tritt eine paradoxe Reaktion ein, die eine Versetzung in die Vergangenheit bewirkt." Pieps. „Eine ziemliche weite sogar." Pieps. „Bei einem erneuten Übertritt egalisieren sich alle zeitlichen Phänomene jedoch wieder." Pieps. „Ehrlich!"

„Wie kommen wir eigentlich zum Grenzübergang, ohne Autobahn?" Pieps.

„Gute Frage." Pieps. „Schaut mal auf die Hutablage." Sie tun dies. An der Stelle, an der Ekke immer den völlig veralteten ADAC-Atlas liegen hatte, befindet sich jetzt ein anderes Buch. Er nimmt es auf. Es heißt: „Wie kommt man aus dem Freiburg der Vergangenheit in ein anderes Universum, wenn es doch gar keinen Grenzübergang Basel/Autobahn gibt?" Von Glup Zwiedel, zweihundert Tipps.

Pieps.

„Der Autor schreibt etwas weitschweifig. Lest die Zusammenfassung." Sie lesen die Zusammenfassung.

„Die beste und schnellste Möglichkeit", steht da, kurz und bündig, „ist es, ein Zeitfenster zurück zu benutzen." Und im Anhang finden sie eine Auflistung von Zeitfenstern in der Region, in zeitlicher Reihenfolge, beginnend mit dem Jahr 1773 und dem Hinweis, dass alle früheren Zeitfenster in einem Extraband stehen würden, der aber im Moment leider vergriffen sei und von diesen Idioten im Verlag auch so schnell nicht mehr nachgedruckt würde. (Darunter steht eine Fußnote: „Was können wir dafür, das dieser %&$= von Autor sich nicht verkauft?")

„Aha. Und in welchem Jahr sind wir jetzt?"

„Murphy zufolge im Jahr 1772." Pieps.

„Aktuelles Datum: 7.4.1774." Pieps. „Im Grunde genommen ist diese Information jedoch völlig überflüssig, denn ein Zeitfenster befindet sich genau in diesem Moment, keine zweihundert Meter von hier entfernt, auf dieser Straße, in südlicher Richtung. Alles was ihr machen müsst, ist da hindurch zu fahren. Das Tempo ist egal."

„Warum hast du uns das nicht gesagt?" Pieps.

„Ihr habt nicht gefragt." Pieps. „Zusatzinformation. Das Zeitfenster besteht noch genau zwanzig Sekunden." Pieps. „Weitere Zusatzinformation. Kein Grund zur Eile. Nächstes Zeitfenster schon in zehn Jahren."

Diese Zusatzinformation lesen sie aber erst, nachdem sie wie die Irren den Motor angelassen haben und mit heulendem Triebwerk, kreischenden Reifen und scheuenden Pferdefuhrwerken durch das Fenster, ein großes leuchtendes Gebilde, hindurchgebrettert sind. Dass sie wieder in ihrer Zeit sind, merken sie an dem roten Blitz.

Sie sind mit hundert Sachen in eine Radarfalle gerast.

Kapitel Neun

„Das macht insgesamt drei Rubel fünfzig, Brüderchen."

„Lustig diese Bezeichnung für den Euro. Hab ja schon viel gehört. Europäische Dollar, Eurodollar… aber Rubel? Na ja, hier bitte." Heinrich gibt dem Kioskverkäufer das Geld und schaut auf das Datum der Zeitschrift. „Das Datum stimmt, Ekke." Der Mann jedoch dreht die Münzen und wendet und schaut und macht.

„Was ist das?", fragt er dann, wenig freundlich.

„Nun, Rubel, äh, umgerubelt halt, äh, in Euro."

„Euro? Njet. Seid ihr Spione oder was?"

Ekke hat sich derweil ein bisschen umgeschaut.

Der Kiosk sieht ein wenig aus wie diese russischen Spezialitätenläden, die immer da stehen, wo viele Russlanddeutsche leben (von denen ein CDU-Politiker einst gesagt hat, das Deutscheste an denen sei noch ihr Schäferhund) und deren Anblick er gewohnt ist. In seinem Universum.

Denn dies ist offensichtlich nicht seines.

„Heinrich, ich sag's nicht gern, aber…"

„Schon gut, schon gut, ich seh's ja selber." Er gibt dem sauer aussehenden Kioskbesitzer die Sachen zurück. „Wir sollten da was unternehmen, hm? So Schweizer-Grenzübergang-mäßig, hm? Na gut, ok."

Er sieht sich auch um. Schon allein die Autos, die herumfahren! Es erinnert ihn irgendwie an einen Ausflug nach Ostberlin Ende der Achtziger. Was hier wohl vorgefallen ist?

Pieps. Ihr Handbuch der kosmischen Abnormitäten meldet sich wieder.

„Gestrandet zwischen den Paralleluniversen!" Pieps. „Leute, zwischen den Paralleluniversen zu stranden ist nicht nur uncool, sondern auch definitiv kein Zustand auf Dauer. Nicht nur begegnet man Gefahr seiner Äquivalenz über den Weg zu laufen (und Leute, was reagiert mithin humorloser als sein eigenes paralleles Selbst!), sondern auf Dauer nicht mit dem Energiehaushalt des Hyperversums vereinbar." Pieps. „Ein dauerhaft friedvolles Dasein mit zwei Kindern, Reihenhaus und Pensionsberechtigung kann man nur in seinem eigenen angestammten Universum haben."

„Und was sollen wir jetzt tun?" Der Bildschirm bleibt leer, dann piepst es noch einmal, diesmal aber irgendwie schwächer.

„Letzte Meldung mit Notstrom. Akku ist leer."

Dann bleibt der Bildschirm dunkel.

„Tja, kann man nur sagen…"

„Grüzi mitenand!"

Sie fahren erneut mit Tempo hundertfünfzig über den Übergang zwischen den Universen und landen – in einem Freiburg, das eigentlich ganz ok aussieht.

Ohne sich groß zu besprechen, wird ihr Standardprozedere, nach Ankunft in einem unbekannten Universum, der Erwerb einer Badischen Zeitung sein. Gibt es diese nur als Badner Zeitung oder südbadische Zeitung oder Zeitung des Badeners oder sonst wie, werden sie sie gar nicht erst lesen müssen. Gibt es diese nicht, nicht weil sie ausverkauft wäre, sondern weil sie gar nicht existiert, erst recht nicht.

Der Mensch in der Tankstelle, wo sie die Zeitung holen, ist sehr nett. Die Kunden in der Tankstelle sind alle sehr nett.

„Du, die sind hier alle so komisch nett hier, da stimmt was nicht, dreimal entseelte Langusten." Ekke beäugt misstrauisch die Zeitung, das Datum stimmt zu mindestens.

Beim Einsteigen in ihr Taxi fängt sie ein freundlicher älterer Mann ab und fragt den „lieben Herren Taxifahrer", ob er ihn ein Stück mitnehmen kann, wenn es den anderen Herren nicht stören würde, etwa einen Kilometer, er zahlt ihm gerne zehn Euro dafür. Die beiden hören Nachtigallen trapsen. „Taxifahrer sind doch hochgeschätzte Mitglieder unserer Gesellschaft", meint er noch.

Heinrich und Ekke tauschen Blicke. Seltsam, der Mann wirkt nicht wie ein Zyniker.

Er erzählt ihnen von seinem frischen Amerikatrip.

„Sie kommen gerade aus New York?"

„Na klar."

„Und, Ground Zero besucht? Wie läuft's mit den Bauarbeiten dort?"

„Ground Zero", erwidert er munter, „das hat doch was mit Atomwaffen zu tun, oder? Da, wo die Bombe aufschlägt, ist doch dann der Ground Zero?"

Die Nachtigallen geben sich überhaupt keine Mühe leise zu sein.

„Oder habe ich da was verpasst?

Ist das vielleicht gar ein, haha, Szene-Nachtclub, zu dessen, haha, Interieur es gehört, dass während der Öffnungszeiten Bauarbeiten laufen?

So vielleicht, haha, zum Schein? Die Bauarbeiter sind alle DJ's, die den Vorschlaghammer im Takt schwingen? Haha."

„Nein, wir meinen das World Trade Center."

„Das World Trade Center, oh ja! Da war ich drauf, natürlich. Das *kann* man sich selbstverständlich nicht entgehen lassen. Hier, ich habe sogar noch die Eintrittskarte im Geldbeutel!"

Die Nachtigallen haben sich in ihre Vorfahren, die Dinosaurier, rückverwandelt und stampfen schwerfällig herum.

„Soso. Hier war es, wo Sie aussteigen wollten? Gut, dann werde ich nämlich gerade drehen und nach Süden fahren, der Herr hier muss nämlich dringend Richtung Basel. Ich übrigens auch."

„He, kuck mal, Heinrich, der da hat blank gezogen, dreimal abseitige Seebarben!"

„Der da auch!" Sie schauen sich um, in einem neuen Freiburg, nach einem neuen Übergang. Alle Männer laufen mit nacktem Schniedel herum.

„Ich glaube, es lohnt sich nicht eine Zeitung zu kaufen, was, Heinrich?"

„Völlig überflüssige Ausgabe."

„Hallo, Sie!" Er wendet sich an einen Passanten. „Ist das nicht furchtbar kalt im Winter?"

„Es ist furchtbar kalt!" Er blickt sich furchtsam um. „Aber was will man machen, so ist halt das Gesetz, seit Niehenke Bürgermeister ist. Sind Sie von auswärts? Also, Frauen sind ja davon befreit, weil sie ständig Harnwegsinfektionen bekamen, aber wir Männer!?"

„Tja. Dumme Sache. Trotzdem schönen Tag. Sollen wir Sie vielleicht ein Stück in den warmen Süden mitnehmen? Wir fahren bis kurz vor Basel."

Sie stehen vor einer roten Ampel.

Die Straße verläuft vor und hinter ihnen schnurgerade. Um sie herum türmen sich gigantisch hohe Gebäude. Es ist leicht neblig. Die Enden der Straße sind gar nicht zu erkennen.

Die Autos hinter ihnen fangen an zu hupen, sie setzen sich hastig in Bewegung, biegen nach rechts ab. Heinrich kann beim Abbiegen die Straßennahmen erkennen, demnach sind sie an der Kreuzung zweite Avenue, dreiunddreißigste Straße.

„Wir sind in New York, Ekke!

Frag mich nicht, wie."

„Und warum", Ekke nimmt durch die Frontscheibe eine vertraute Silhouette wahr, „fahren wir dann auf den Schauinsland zu?"

„Weil", Heinrich ist kreidebleich, „New York den ganzen verdammten Planeten bedeckt. Lass uns abhauen!"

„Wieso, warte doch mal 'n Moment. Ich hatte schon immer das Gefühl, dass New York einmal den ganzen Planeten bedecken wird. In der Zeit, wo wir weg waren, kann viel passieren."

„Komm zu dir, selbst New York schafft das nicht in der Zeit, in der wir weg waren." Auf einmal flimmert die ganze Szenerie. Es ist, als ob ein Fernsehbild flimmern würde. Dann hat sich alles schlagartig verändert.

Die Straße führt weiter immer schnurgerade aus, aber die Gebäude sind nicht mehr so hoch und die Straße wirkt breiter. Sie fahren rechts ran und sehen ein Straßenschild.

Champs-Elysées.

Sie steigen aus.

„Oh la, la! Ich wusste schon immer, New York kann gar nicht real sein. Nun haben wir den Beweis."

„Red kein Blech. Einmal ist Mutter Erde und New York ein und dasselbe und dann hat es deiner Meinung nach nie existiert. Was denn nun? Und was machen wir denn auf einmal in Paris?" Ekke wundert sich darüber eigentlich weniger, als über den Umstand, dass er von niemand hier auch nur ein Wort Französisch zu hören bekommt.

„Was spricht man denn hier? Sag mal, haben wir den Translator noch an oder warum sprechen die hier alle Deutsch?"

„Je ne sais pas", antwortet Heinrich und fügt etwas unmotiviert hinzu: „Une bière, s'il vous plaît! Das hat mir damals bei meinen Parisaufenthalten immer ungemein weiter geholfen", erklärt er, etwas verlegen. „Das und: Moi, je parle le français comme une vache espagnole! Ich spreche Französisch wie eine französische Kuh, wenn eine Kommunikation drohte über die Bestellung eines Bieres hinauszugehen. Je parle le français comme une vache espagnole!! Je parle le français comme une vache espagnole!!!" Er rennt herum und macht lautstark einen auf Theatralisch.

„Wer hat hier eben Französisch gesprochen?" Ein Mensch in einer schwarzen Uniform kommt, Unheil verkündend, auf sie zu. Um die Schulter hat er eine Maschinenpistole hängen.

„Himmel, das sieht ja aus… wie eine SS-Uniform. Ekke, das sieht ja aus, wie eine…"

Zwei weitere Schwarzuniformierte nähern sich.

„Ich weiß, ich weiß. Behalt erst mal deine Nerven. Obersturmbannführer", er wendet sich an den Schwarzuniformierten, „ich bitte um Verzeihung, aber wir dachten…"

„Hier in Paris wird schon ziemlich lange Deutsch gesprochen. *Da hat der Führer schon für gesorgt.* Und ich bin kein Obersturmbannführer. Ihr plumpes Anbiedern wird Ihnen nicht helfen."

„Verzeihung. A-Aber, Champs-Elysées…"

„Wir ändern doch den Namen dieser berühmten und großartigen Straße nicht, Judenlümmel. Wir Nationalsozialisten sind doch keine unsensiblen Barbaren. Und jetzt, mitkommen, Judenlümmel."

„Aber wir sind keine Judenlümmel, wir sind deutsche Lümmel. Äh, Volksdeutsche… äh, Lümmel. Dreimal verfluchte wunderäugige Hüpferlinge."

„Dreimal verfluchte *was?*"

„Wunderäugige Hüpferlinge. Das ist eine Art Tiefseegarnele. Lebt auf 5000 Meter Tiefe." Er raunt Heinrich ins Ohr: „Jedenfalls bei uns. Ich weiß nicht, wie das hier ist. Vielleicht haben die ja auch schon in 5000 Meter Tiefe KZs."

„Äh gut. Nun, dann zeigen Sie mir mal auf jeden Fall Ihre Lümmel, Juden. Äh, ich meine Ihre Ausweise, Judenlümmel!"

„Hier. Das ist, äh, Plastik. Was, äh, haben wir denn jetzt eigentlich gerade für ein Jahr, übrigens? Wir, äh, haben doch jetzt… Zweitausend ungrad… äh, vielleicht?"

„Wir haben seit zwanzig Jahren maschinenlesbare Ausweise, Judenlümmel. Was interessiert dich das Jahr. Im KZ wird dir das Jahr egal sein. Was steht da, Bundes…?" Er mustert den Ausweis misstrauisch.

„Was werden sie jetzt mit uns machen, Heinrich?", fragt ihn Ekke in der Zwischenzeit leise.

„Sie werden uns in die Avenue Foch bringen, ins Gestapo-Hauptquartier, was machen SS-Fieslinge in Paris denn sonst mit einem. Dann werden sie uns solange foltern, bis wir ihnen gestehen, aus einem Paralleluniversum zu kommen. Und dann werden sie uns erst recht foltern."

„Du hast Recht, Judenlümmel. Ihr kommt ins Gestapo-Hauptquartier, zusammen mit euren Spaßausweisen vom Jahrmarkt. Aber nicht in die Avenue Foch, weil die schon lange umgezogen sind, der teuren Mieten in der Innenstadt wegen. Das Hauptquartier liegt jetzt in der banlieu. Äh, ich meine in den Außenbezirken, pardon. Äh, ich meine, *Verzeihung.*"

„Was?"

„Ihr kommt jetzt ins Kabuff, wo man euch die Haut abziehen wird, habt ihr das vielleicht verstanden?", brüllt er. „So wahr Göring Meier heißt!", fügt er böse grinsend hinzu. „Aber ich werde euch nicht hinbringen, sondern ihr mich!"

Ekke, Heinrich und die drei SS-Fieslinge setzen sich also ins Taxi, zu den beiden Hasen. Doch noch bevor die Finsterlinge denen etwas antun können, flimmert es um sie herum und Paris, mitsamt der SS, verschwindet und macht Freiburg Platz.

„Offensichtlich war unsere Gegenwart in diesen beiden Universen nicht stabil genug. Also doch keine Avenue Foch!"

„Klara Goldstück, Waldkircherstraße siebzehn, kommt raus."

Ekke betrachtet sinnend die Meldung auf dem Display des Auftragsvergabecomputers. Diese simplen Worte kommen ihm im Moment gelungener komponiert vor als Mozarts Requiem.

Nach einer ganzen Reihe von Anläufen, die er schon gar nicht mehr alle im Kopf zusammenbringt, sind sie nun schon viel versprechend weit. Der Kauf einer Zeitung brachte ein befriedigendes Ergebnis, größere Ungereimtheiten waren ihnen nicht aufgefallen und so haben sie sich daraufhin auf ein weiteres Testverfahren geeinigt, nachdem sie auf jeden Fall eines von vornherein ausgeschlossen haben.

„Unsere Verwandten, unsere Chefs anrufen, deine neue Freundin?", hatte Heinrich gefragt. „Was sollen wir dann sagen: ‚Du hör mal, ich wollte nur mal eben wissen, ob ich im richtigen Universum bin. Und, geht's dir gut sonst?'" Auch die gerade aktuelle Tageszeit half ihnen bisher nicht viel, da sie hier bei den Versetzungen in die Paralleluniversen keine Systematik erlebt hatten, sie waren zu allen verschiedenen Tages- und Nachtzeiten angekommen. So entfiel natürlich auch von vornherein einfach nachzuschauen, ob Heinrichs abgestelltes Taxi noch an Ort und Stelle stand – es könnte ja jederzeit von irgendeiner Ablösung mit einem zweiten Schlüssel entfernt worden sein. Nein, das Beste wäre zu versuchen, ganz normal am Funkverkehr teilzunehmen, also einfach Taxi zu fahren und nebenbei ein wenig die Reisekasse aufzubessern.

Und die letzten beiden Universen konnten sie dann letztendlich dadurch eliminieren, dass sie sich entweder gar nicht am Funk anmelden konnten oder aber die Meldung kam:

„Angemeldet seit…" In diesem Fall war ihnen das Risiko sich selbst zu begegnen zu hoch gewesen.

„Klara, Sie sind ein Goldstück", sagt er zu der Frau, kaum dass sie an Bord ist. Sie lächelt geschmeichelt und antwortet: „Sind Sie heute zu zweit unterwegs?"

„Wir sind nicht zu zweit. Das hier ist mein Hund. Wissen Sie nicht, dass die Taxifahrer in Paris, zum Beispiel, immer ihren Hund dabei haben?" Heinrich schaut treuherzig und macht wuff, dann hechelt er ein wenig, zusätzlich.

„B-Braves Hundchen", sagt sie, es klingt aber nicht hundert Prozent überzeugt. „Er tut aber Ihren, äh, zwei süßen Kaninchen hoffentlich nichts. Und warum ist der Kofferraum hinten zugebunden?"

„Da ist ein Raumschiff drin."

„Ach so."

„Es ist nämlich so. Das Raumschiff gehört den beiden Kaninchen. Diese sind in Wirklichkeit superintelligente Wesen aus einem fremden Universum. Und wir alle vier werden demnächst losziehen, um in dieses andere Universum zu fliegen und die ganze Welt vor dem Untergang retten."

„Ach so." Klara Goldstück lächelt auf das herzlichste. „Wissen Sie was, mit Ihnen werde ich öfters fahren. Sie sind wirklich lustig." Sie zahlt und steigt aus. „Obwohl… vielleicht sind wir ja alle bald an ganz andere Dinge gewohnt, als Raumschiffe im Kofferraum, wer weiß?"

Sie streichelt kurz die Kaninchen zum Abschied.

„Was meint sie denn damit?", fragt Heinrich.

„Ach was, ich glaube, die Sache hier ist ok."

„Jo, denk ich auch. Die Luft ist rein." Heinrich blättert noch mal in der Badischen. „Jo, alles ok. Krieg, Terror, Umweltverschmutzung." Er blättert und stutzt dann: „Hör mal, Ekke, ich glaub, wir haben doch ein kleines Problem." Er reicht ihm die Zeitung, Ekke liest.

„Kein Krümel mehr übrig!

Es ist jetzt etwa einen Monat her, dass das Matterhorn, das Schweizer Wahrzeichen, über Nacht verschwand und durch eine originalgetreue Kopie aus Milkaschokolade ersetzt wurde. Nun steht nur noch, wie mit dem Lot gefällt, die italienische Seite des Berges.

Unser Mitarbeiter Lars Bargmann sprach mit den Aliens.

„Wir stehen einfach auf die Schweiz und alles was mit ihr zusammenhängt. Ihr müsst euch unsere Welt vorstellen wie… Tokio."

„Tokio?"

„Ja, ein globales, den Planeten umspannendes, Tokio. Angestellte in Anzügen, die U-Bahntreppen hinauf- oder hinunterlaufen und furchtbar erfolgreich und furchtbar gestresst sind. Das… und Freizeitparks. Wir brauchen einfach das reale Matterhorn, wir wollen keine billige Replik. Wir brauchen Werte. Wir brauchen Echtheit, Authentizität. Ein Stück Schweiz eben. Deswegen wollen wir auch den italienischen Teil des Berges nicht. Nachher holen wir uns noch den italienischen Schlendrian ins Haus, wie mit einem trojanischen Pferd. Oder die Mafia."

„Ja… dann haben Sie ja auf der Südseite, oder wie herum Sie das Matterhorn bei sich auch immer aufgestellt haben, eine gigantische glatte Schnittfläche?"

„Die schon komplett vermietet ist. Reklame, Sie verstehen? Die Wirtschaft muss schließlich laufen, furchtbar gestresste Angestellte in Anzügen und so, Sie verstehen?"

Das Interview geht noch weiter, aber sie lesen es nicht fertig.

„Was werden sie ihnen dafür wohl gezahlt haben, der Schweiz?", wundert sich Ekke.

„Sie werden dort ein Konto eröffnen und ihr galaktisches Schwarzgeld hinschicken. Aber wir können sie ja fragen. Wir fahren ja gerade sowieso dahin."

„Die Telekom hat mich neulich angerufen, um mir mitzuteilen, dass meine Nummer die am seltensten Angerufene im gesamten Vorwahlbereich wäre, und wollte mir dreißig Freieinheiten schenken."

„Diese Welt ist kein Paradies, friedlich frisst der Wolf am Lamm…" Eine Art „o Tempora, o Mores!" eines Betrunkenen. „He, neulich, da will ich mal für kleine Jungs, im Häuschen am Stadtgarten, da kommen die Putzfrauen rein und gehen nicht wieder. Machen die sich zu schaffen an…"

„Dir?"

„Idiot."

„An deinem…"

„Vollidiot, an irgendwelchem Putzzeug, natürlich."

„Na, und da hast du gesagt: ‚Helfen Sie mir mal ihn aus der Hose zu holen, ich finde ihn morgens manchmal nicht, wenn es kalt ist und der Kreislauf noch nicht in Schwung.'"

„Wie soll man denn hier pinkeln, hab ich gesagt, du .."

„Stört die doch nicht."

Sie kommen auf einen Uwe zu sprechen.

„Jaja, der Uwe. Er raucht nicht mehr und trinkt nicht mehr. Und sonst hält er sich auch zurück. Da kriegt er ja Beutelkrebs."

„Ich hab mal einen gekannt, der hat einen tennisballgroßen, äh, Beutel gehabt."

„Das ist noch gar nichts", mischt sich Ekke in das Gespräch der zwei angeheiterten Fahrgäste ein, „es gibt eine Krankheit, bei der das beste Stück dann so anschwillt, dass es die Betroffenen dazu zwingt, ihn in einer Schubkarre vor sich herfahren müssen." Das beeindruckt sie so sehr, dass er gar nicht dazu kommt, ihnen auch noch von der Hottentottenschürze zu erzählen, der schürzenartigen Vergrößerung der kleinen Schamlippen der Hottentottenfrauen.

Als nächstes kriegen sie den Auftrag: „Kinderklinik, Station Teddybär, Al-Tarif'.

„Heinrich, was ist das für ein neuer Tarif, was habe ich da wieder verpennt? *Arbeitslosen*-Tarif?"

„Und das sagst du. Wo immer es eine Schlange um Staatsknete gibt, stehst du doch als Erster an." Dieser neue Tarif entpuppt sich jedoch als arabischer Name. Sie fahren den Herrn zum Bahnhof.

Als nächstes bekommen sie wieder Klinik, diesmal eine noch relativ junge Patientin, die über das Wochenende nach Hause darf und der schmuck ein zentraler Venenkatheter, eine Infusionsleitung, die direkt im rechten Herzvorhof endet, aus dem Hals heraus hängt.

„Sie haben aber einen kleidsamen ZVK", scherzt Ekke. „Steht Ihnen gut."

„Oh, habe ich den schon wieder vergessen? Und ich habe keinen Schal dabei!" Hastig wickelt sie eine Art T-Shirt darum herum.

„Heinrich", sagt Ekke, als sie auch diese Frau am Bahnhof herausgelassen haben, „irgendwie kommt mir das hier alles ziemlich normal vor, dreimal komatöse Mantas."

„Mantas?"

„Das Meerestier, nicht das Auto. Weißt du was, ich setz dich jetzt hier mal ab, da kannst du ein bisschen mit den Kollegen plauschen und ich schau endlich mal eben bei meiner neuen Flamme vorbei, dem rassigen Teil, welches ich erst neulich kennen gelernt habe und die mir dann gleich einen Schlüssel für ihre Wohnung gegeben hat.

Solange kann das Hyperperversum noch ein wenig auf sich selber acht geben. Und ich, äh, werde sie unauffällig noch ein wenig aushorchen, was hier alles so abgeht."

„Soso. Na, tu sie aber nicht allzu lange, hm, aushorchen." Ekke braust davon und Heinrich, mit dem lässigen Charme eines offen über die Hose getragenen ungebügelten Hemdes, läuft ein wenig die Schlange am Bahnhof ab, obwohl er eigentlich sonst mit den Bahnhofskutschern wenig am Hut hat. Sie jammern alle, ein sehr deutlicher Hinweis, dass sie im richtigen Universum sein könnten.

„Die beste Unterhaltung neulich hatte ich mit meinem Material. Na, Blutprobe, habe ich gesagt..." Der eine.

„Taxi? Eine Sklavengaleere mit Dieselmotor ist das doch. Ich probier's mal demnächst als Nackttaxifahrer. Wenn man mit nackt putzen gut verdienen kann, dann wird das doch auch funktionieren." Ein anderer.

„Ich hab vor kurzem eine hübsche Chemielaborantin aus der Uniklinik gefahren, die ein Stück Organ in die Pathologie gebracht hat. Dort haben sie ihr dann ein Bröckchen davon abgeschnitten, das sie auf seine chemische Zusammensetzung hin untersuchen sollte. Da habe ich ihr gesagt, bei der nächsten Bronchoskopie kriegen Sie ein Stück Lunge von mir mit, das können Sie dann auf Blei untersuchen." Heinrich findet erstens diese Art Humor völlig normal und zweitens, vor allem aber, den Aspekt, dass sie daraufhin überhaupt nicht angesprungen ist, einen besonders deutlichen Hinweis, dass dieses Universum stinknormal ist.

„Die Geduld eines tibetischen Yaks, gepaart mit der Ausdauer eines f... Steinesels, das braucht man doch bei dem Job hier. Sie wollen alle immer nur unser Bestes. Aber wir werden es ihnen nicht geben." Auch diese Bemerkung könnte auch von Heinrich selber stammen.

„Ekke!", begrüßt er den Zurückkommenden. „Diese Welt ist völlig normal verrückt! Hier sind wir richtig."

„Hör mal, Heinrich", Ekke klingt nicht gerade normal verrückt, eher unnormal verrückt. „Ich war gerade vorhin bei ihr."

„Ja und, was ist mit ihr?"

„Der Schlüssel passt nicht mehr."

„Na ja, sie wird das Schloss ausgewechselt haben. Dann wird sie halt *zu* rassig gewesen sein für dich und hat dich wie einen Hund an ihrer Tür kratzen lassen."

„Das kann nicht sein. Als ich daraufhin geklingelt habe, hat sie mir aufgemacht. Sie hat behauptet, sie hat mich noch nie in ihrem ganzen Leben gesehen. Dabei waren wir drei Wochen fast Tag und Nacht zusammen gewesen."

„Na ja, sie will es dir halt nur leichter machen."

„Ach komm schon. Laß uns abhauen, Heinrich."

„Na, ich weiß nicht. Nur weil sie dich abserviert hat?"

Aber er lässt sich dann doch überreden.

Sie fahren auf der Autobahn Richtung Süden. Kurz vor Basel meint Heinrich: „Weißt du, was mir wirklich seltsam vorkommt, Ekke? Wir sind schon kurz vor Basel, aber ich will Ekke heißen, wenn ich irgendein Schild gesehen hätte, das auf die Schweizer Grenze hinweist. Auf Basel und Zürich und so weiter, aber nicht auf die Grenze. Und ich könnte schwören, bisher auch nicht ein einziges Auto mit Schweizer Nummer gesehen zu haben."

„Das hat nichts zu sagen, die sind alle in Freiburg und parken auf dem Taxistand. Obwohl das ja sonst eher die Franzosen machen."

„Weißt du was, Ekke?" Heinrich überhört diesen Einwand. „Es gibt keinen Schweizer Übergang, weil es keine Schweiz gibt. Deutschland reicht bis zum Comer See." Ekke wird allerdings auch ein ganz klein wenig unsicher, als sie über die Rheinbrücke fahren und immer noch keine Grenze passiert haben.

Aber das wirklich Seltsame ist, dass auch hier, in der Schweiz selber, keine Autos mit Schweizer Kennzeichen herumfahren. Ekke argumentiert zwar ein wenig trotzig, das heute sicher ein Schweizer Nationalfeiertag auf den Freiburger Schlussverkauf gefallen sei, während zeitgleich noch eine Aktion der Freiburger Geschäftswelt laufen würde und man überall Schilder mit „Man spricht Schwyzerdütsch!", ausgehängt hat. Aber so richtig überzeugt klingt er dabei selber nicht, selbst als er sich dahin gehend korrigiert, dass solche Schilder entweder völlig verlogen oder völlig übertrieben wären und man stattdessen eher: „Selbstverständlich sprechen auch wir kein Schwyzerdütsch, ich meine, wer sind wir denn eigentlich hier, aber man versteht es wenigstens", hingehängt hat.

Da, schon lange hinter Basel, sehen sie, unter einem Parkplatzhinweisschild hingeflickt, ein handgemaltes kleines Zusatzschild: „Schweizer Grenze".

Ekke verlangsamt.

„Das sah aber ein bisschen improvisiert aus. Meinst du nicht, dass da vielleicht etwas nicht stimmt?"

„Ach!", erwidert Heinrich munter. „Du bist doch sonst auch kein Perfektionist, alter Praktiker der Chaostheorie!"

Und so fahren sie gutgelaunt in Dagmars Falle.

„Na, ihr Nasen, ihr fallt aber auch auf alles herein. Ich habe die Schweizer Grenze einfach wegretuschiert, genauso wie ich es mit den Autos mit Schweizer Kennzeichen gemacht habe! Es macht mir halt Spaß mit euch zu spielen. Es macht mir Spaß mit den Schweizern zu spielen. Es macht überhaupt solchen Spaß böse und mächtig zu sein, ihr glaubt das gar nicht!" Paradoxerweise schlägt sie dabei einen so munteren fröhlichen Tonfall an, wie jemand, der sein ganzes Leben in Luxus gelebt hat und nun auf einmal darauf verzichtet und angefangen hat karitativ tätig zu sein. Was auffallenderweise meistens damit einhergeht, nun auch seine Umgebung zu ermuntern, an dieser segensreichen Erfahrung teilzuhaben. „Ekke, du kleines Nasenbärchen", sie fasst ihm zärtlich an sein Riechorgan. „Ich habe deiner Freundin so einiges über dich erzählt. Worauf sie gerne auf meinen Vorschlag eingegangen ist, so zu tun, als ob sie dich nicht mehr kennt. Du weißt doch, ich bin ja soo böse. Gib mir doch jetzt mal das Schlüsselchen, das kleine, Torfnase." Mit diesen Worten kneift sie dermaßen fest zu, dass es ihm vorkommt, als würde eine Wasserpumpenzange seinen Zinken mit einer fest gerosteten Mutter verwechseln. „Kuck mal", sie hält ihm ihren, zwischen Zeige- und Mittelfinger eingeklemmten, Daumen hin, wie man es immer bei kleinen Kindern macht, „hier ist dein *Näääschen*, Ekke!" Er glaubt ihr aufs Wort, so weh tut es.

„Du meinst den Heiligen Schlüssel!?"

„Du hast mich verstanden, Heiliges Rüsselchen. Ach, da haben wir ihn ja." Sie zieht den Zündschlüssel ab. „Eigentlich sollte ich euch jetzt ja noch umpusten", sagt sie dann. „Aber ich bin Sadist, ihr Triefnasen. Ich lass euch leben, haha!"

Sie entmaterialisiert auf die gleiche mysteriöse Weise, wie ein 50 Euroschein an einem Samstagabend.

Ekke jedoch zeigt sich unbeeindruckt.

„Die fällt aber auch auf alles herein. Ich fahre ja schon die ganze Zeit mit dem Zweitschlüssel. Und ich glaube nicht, dass es der ist, den sie sucht." Er holt einen anderen Schlüssel aus seiner Tasche und startet damit den Motor. „Laß uns fahren."

Mysteriöserweise befinden sie sich jetzt auf dem Standstreifen, noch vor Basel, direkt unter einem Autobahnschild mit einem Hinweis auf die Schweizer Grenze.

„Warum klappt denn in Freiburg nie etwas?"

Die ältere Frau ist ehrlich entrüstet.

„Ich war auch schon viel in anderen Städten und kann das beurteilen. Egal, um was es sich handelt, in Freiburg funktioniert es nicht." Sie erzählt von ihrem Anruf bei der Polizei, den sie tätigte, weil ein paar Halbstarke ständig in einen Brunnen gesprungen wären, so dass die kleinen Kinder Angst bekommen hätten.

„Ach, das war aber in der Zeit, als in Freiburg noch die Brunnen ‚funktioniert' haben", fragt Ekke süffisant dazwischen und zielt auf die städtischen Sparmaßnahmen ab.

„Ja, und was glauben Sie, was die mir geantwortet haben?" Sie setzt einen extrem dümmlichen und südbadischen Tonfall auf: „Ja und… was solle mer da jetzt mache?"

„Tja, man ist hier eben viel zu sehr beschäftigt, sich wohl zu fühlen."

Er und Heinrich können sich das Lachen fast nicht verbeißen. Sie können sich die Situation so gut vorstellen. Streife laufen ist doch heutzutage so schön. Die Händchen haltende gemischtgeschlechtliche Freiburger Wohlfühlpolizei wird doch höchstens mal aktiv, wenn die reiche Freiburger Bürgerschaft beklaut wird, aber auch erst ab zehntausend Euro aufwärts.

„So geht das eben hier zu. Nicht wahr, Heinrich, soo geht das eben hier zu – in unserem Universum!"

„Freu dich nicht zu früh", ermahnt der.

Der nächste Fahrgast, eine Patientin, will nur mitfahren, wenn die zweite Person mit seinem Kleintierzoo da hinten solange aussteigen würde. Auf der Fahrt dann niest Ekke fröhlich und löst damit hektisches Genestel und „o Gott, o Gott" aus. Plötzlich mit Mundschutz auf erklärt sie, sich nicht anstecken zu dürfen, weil sie eine Immunschwäche habe. Ekke frohlockt heimlich. Warum hat sie ihn nicht gleich aufgesetzt? Er fühlt sich in diesem Universum schon fast wieder wie zu Hause.

Hinterher lädt er Heinrich und die weiterhin keinen Ton von sich gebenden kosmischen Kaninchen ein und fährt jemanden an den Bahnhof für sechs Koffer neunzig. Nun machen sie in drei Stunden ganze zwei Fahrten, davon eine mit einem alten Mann mit Inkontinenz und voller Hose (ein Geruch nach Alter, Krankheit und chronischer Verstopfung, der ihnen noch Wochen in der Nase hängen wird), sehen einen buntes Auto mit der Aufschrift Condomeria halten, dem ein kleines Kind entsteigt, lesen in den Lokalblättern etwas von dreihundertzwölf Tonnen Müll, die jährlich aus den städtischen Grünanlagen für vierhundertsiebzigtausend Euro geklaubt und entsorgt werden müssen, etwas von dem Freiburger

Amokfahrer (der vor einer Weile drei Menschen angefahren hatte und einen davon dabei umbrachte), sie sehen zehnjährige Mädchen auf Einrädern üben (aber keinen einzigen Jungen), sehen Videotheken mit der Aufschrift: Erotik auf fünfhundert Quadratmeter, sehen Reklameschilder: für mehr Handlung in Pornos und Kinoplakate: der Wixxer, er kommt!

„Ekke!", verkündet Heinrich im feierlichen Tonfall, „Ekke, wir sind wieder daheim. Das ist *unser* Universum. Das ist *unsere* Zeit, in der ich mich sauwohl fühle. Und weißt du was, wir waren gar nicht weg. Wir haben das alles sicher nur geträumt."

„Haben wir, Heinrich, klar, Heinrich. Heinrich, dreh dich doch mal um und schau auf den Rücksitz." Der tut das. Auf dem Rücksitz sitzen ein schwarz-weißes und ein braunes Zwergkaninchen und puckern mit den Näschen.

„Tja, da kann man nur sagen: hopp Schwyz!"

„Aber diesmal mit Tempo zweihundert."

„Aber diesmal mit Tempo zweihundert!!!"

Kurz vor dem Schweizer Grenzübergang ist jedoch eine Sperre aufgebaut, alle fahren langsam. Heinrich kann von weitem ein blinkendes Schild erkennen.

„Was ist das, eine LKW-Kontrolle?"

„Das glaube ich kaum."

„Warum?" Er kann jetzt das Schild gut lesen.

„Weil da steht: ‚LKWs', steht da, ‚bitte zügig durchfahren', deshalb." Sie fahren langsam weiter. Hinten ist ein weiteres Schild zu erkennen.

„Was ist das dann, eine vorgeschobene Zollkontrolle? Fahrzeugkontrolle?" Jetzt können sie auch dieses Schild lesen. „Alle PKW'S bitte zügig weiterfahren. Gute Fahrt." Fünfzig Meter weiter kommt noch ein Zusatzschild. „Das heißt: fast alle!"

Heinrich kann weiter hinten tatsächlich noch ein weiteres Schild erkennen. Es ist groß und mit auffälligen Blinklichtern versehen. Außerdem steht da daneben an der Seite ein gigantischer, aufgerichteter Schlagbaum, zur Gänze bedeckt mit inaktivierten Blinklichtern. Sie sehen, wie alle Autos langsam an ihm vorbeifahren, bis nur noch sie unmittelbar davor sind. Da senkt sich plötzlich der Schlagbaum, alle gelb-orangen Warnlichter fangen wie verrückt an zu blinken. Und jetzt können sie auch das Schild lesen: „Ekke und Heinrich bitte rechts ran fahren!" Kaum dass sie es gelesen haben, ändert es jedoch seine Beschriftung, nun steht da plötzlich: „Korrektur: Ekke und Heinrich *pronto* rechts ran fahren!!!

Auch das Schriftbild hat sich mirakulös geändert. Von einem ganz normalen Autobahnnormbeschriftungsschriftbild hin zu einem irgendwie giftigen Gothic, welches in bizarrer Weise an Heavy Metall- oder Splatterfilme oder Splatterfilme über durchgeknallte Heavy Metallmusiker erinnert.

„Du &/%§§! Schon wieder Dagmar! Ob sie diesmal barmherzig ist und uns ausknipst?" Beklommen fahren sie langsam weiter, bis zu einer gigantischen Barriere aus Metall. Die gigantische Barriere aus Metall öffnet weiter oben etwas, das aussieht wie ein gigantischer Rachen aus Metall. Der gigantische Rachen aus Metall räuspert sich.

„Führt mich zu eurer Eidechse*!", dröhnt der, zu dem gigantischen Rachen aus Metall zugehörige, gigantische Roboter dann feierlich. [*Siehe Douglas Adams] In die dröhnende Stille, die auf diese rätselhaften Worte nun folgen, hört man nur ein simultanes leises Schmatzen, als Ekke und Heinrichs Kinnladen nach unten klappen.

„Umpf", machen beide, auch simultan.

Da ertönt auf einmal eine mächtige Stimme aus den Wolken, die das Dröhnen des mächtigen Roboters im Nachhinein zum Säuseln eines Handstaubsaugers mit leerem Akku, aber vollem Staubbeutel, degradiert.

„Wartet mal, ihr beiden, lasst mich das machen! Der hält mir ja die ganze Handlung auf. Roboter!"

„Äh, ja?"

„Hör mal, Roboter. Du bist ja groß und stark, ok."

„Klar bin ich groß und stark. Ich hau alles zu Klump. Äh, zu mindestens alles, was kleiner und schwächer ist als ich."

„Aber du bist hier im falschen Buch."

„Hm?" Und nach einer verlegenen kleine Pause. „Echt?"

„Jawohl. Falsches Buch und falscher Autor."

„Tja… also dann keine Eidechse?"

„Nein, keine Eidechse, tut mir leid. Ich kann auch keine aus dem Hut zaubern."

„Na ja, kann man nichts machen. Also, dann geh ich halt wieder, ja?"

„Ja, tschüß. Also, ihr zwei, ihr könnt weiter machen, er ist abgehauen."

„Vielen Dank, Autor.

Kapitel Zehn

Die Sterne um ihr Taxiraumschiff herum strahlen in unerbittlichem Glanz.

Mc-nug-gets hat aufgehört Heinrich zu schlecken, wie als wollte er für einen Moment in sein Innenleben horchen. Heinrich stupst ihn sanft mit dem Finger und er fährt fort ihn zu schlecken.

„Vielleicht ist einfach nur der Stecker raus, Heinrich, und das ist das ganze Problem?" Ekke krault den zufrieden mümmelnden Chicken im Nacken. „Wir könnten euch so langsam wirklich mal wieder brauchen. Obwohl ihr dann sicher gleich nerven werdet." Er setzt Chi-cken behutsam ab und beschäftigt sich sodann mit den nutzlos gewordenen Fliegesitzen. „Wenn der Fliegesitz die Größe eines Colaautomaten hätte, würde ich ihn jetzt treten."

„Hast du ihn denn schon einmal geschüttelt?", fragt Heinrich und beschmust Mc-nug-gets. „Oder kuck doch mal, vielleicht hat er irgendwo einen Schlitz, wo man eine Münze einwerfen kann. Oder vielleicht braucht er nur mal etwas Öl?"

„Heinrich. Das ist ein Hightech-Produkt aus einem anderen Universum!"

„Ach so, dann ist er wenigstens selbst schmierend."

„Hier ist ein Kippschalter. Wart mal, da steht was drauf, in intelligenter Schrift." Er liest laut ab: „Ddueiofjcnvp", während ihm gleichzeitig sein Translator in der eigenen Stimme ins Ohr souffliert: „Aus." – „Aha. Und da er in dieser Stellung steht, wird also wohl ‚Cnfjkdoehnf' ‚an' heißen."

„Äh, genau", erwidert Heinrich lässig, während der Translator bestätigt und streichelt den Hasen dabei. Der sagt jedoch auf einmal: „Würdet Ihr bitte aufhören mich zu streicheln, Auserwählter?" Heinrich schreit erschrocken auf und lässt Mc-nug-gets fallen. Der rappelt sich auf, springt auf seinen „Thron" und erklärt: „Ich bedaure die Zeitspanne, in der wir wohl, äh, etwas inaktiviert gewesen sind. Dummerweise waren die Sitze auch noch gerade parallel geschaltet, als Ihr gegen den Schalter meines Kollegen Chi-cken gestolpert seid. Ein absurder Zufall bei der Menüsteuerung. Krotmna's Gesetz, Murphys Law, wie man bei Euch sagt. Und – Ihr sollt unbedingt wissen, dass die Beschriftung etwas widersprüchlich ist. Eigentlich müsste es genau umgekehrt sein, denn das Feld, das entsteht, lässt unsere Intelligenz schwinden, damit wir wieder in der alten Form unseres Volkes sein können und nicht umgekehrt." Er wirkt etwas verlegen. „Ach was, eigentlich ist das ja alles nur Eitelkeit. Erzählt doch, was ist vorgefallen?"

Die beiden „Auserwählten" berichten, während die beiden nagerartigen Aliens aus einem fremden Universum und würdevolle Posen auf ihren Fliegesitzen einnehmen.

„Wir hatten manchmal eine harte Zeit, den Schweizer Grenzübergang überhaupt zu finden!", ergänzt Heinrich noch zum Schluss.

„Hm, in manchen Universen gab es die Schweiz noch nicht einmal? Ich hätte das Euch gleich sagen sollen, es gibt nämlich eine Möglichkeit, die leichter als der Schweizer Grenzübergang ist. Sie hat etwas mit der Wahrscheinlichkeitsdilatation zu tun. Unter uns, es ist einfach eine List – das Universum trickst uns doch ständig aus, oder? Also werden wir es nämlich auch austricksen! Ganz einfach, Ihr sucht Euch einen Taxistand, an dem jemand steht und nach einem Taxi winkt…" Und er erklärt ihnen den sehr billigen Trick, aber nur im Flüsterton, denn wenn ihn jeder kennt, würde es mit der Stabilität der Universen schnell abwärts gehen.

„Aber das macht doch keiner, es steht doch niemand am Taxistand und winkt. Man sollte es eigentlich umgekehrt machen, die Taxis sollten nach Kunden winken!"

„Genau! Deshalb – werdet Ihr auch diesen Geld-O-Maten anwenden." Er gibt ihnen einen poppig designeten Gegenstand, den er mal wieder mit Hilfe der Apparatur in seinem Fliegesitz schlicht aus der Luft materialisieren lässt. „Ihr bezahlt einfach jemanden, dass er sich hinstellt und winkt. Im Theater macht man das auch so. Die Leute bezahlen in den Vorstellungen, an denen die Presse anwesend sein wird, Claqueure und sie kriegen gute Kritiken."

„Das Ding da… ist ein Geldscheißer?"

„Wenn man vulgär und proletenhaft ist, kann man es so umschreiben, ja. Es produziert Falschgeld, aber in besserer Qualität als in jeder Regierungsdruckerei. Man kann es auf jede beliebige Währung einstellen. Nun, fast jede beliebige. " Ekke und Heinrich drucken fasziniert einen 50 Euroschein und freuen sich darüber wie die Kinder. „Sagt mal, als wir, äh, ‚weg' waren, ist da ein Roboter aufgetaucht und hat nach einer Eidechse gefragt?"

„Äh, ja, warum?

Wisst *ihr* denn, wo sie ist?"

„Nein, nein. Nein. Nur wenn Ihr das Hyperversum retten wollt, haben wir nicht mehr viel Zeit, die Verbiegungen nehmen schon alarmierende Ausmaße an. Wir müssen jedenfalls noch mal dringend weg. Wir..."

Sie sind auf einmal verschwunden.

„Das ging aber schnell, diesmal."

„Ach lass sie doch. Mal tauchen sie auf, mal tauchen sie ab. Zwischenrein verlieren sie die Sprache, aber kaum haben sie sie zurück, nerven sie uns. Ich habe langsam genug von ihnen. Was ich mich hingegen frage ist, ob es hier in der Nähe einen zivilisierten Planeten gibt."

Er programmiert ein Terminal, gibt unter „Suche nach" ein: „Zivilisierter Planet, nächster."

„Heinrich, ich will ja nichts sagen, aber was *ich* mich frage ist, ob es hier mal was zu mampfen gibt, ich kriege nämlich so langsam Hunger!"

Sie durchsuchen ihr Fliegetaxi, erleben aber diesbezüglich eine böse Überraschung.

Da meldet sich ihr zentraler Kommunikator. Sie nehmen das Gespräch entgegen. Der Bildschirm zeigt...

„Hallo Dagmar. Nett, dass du dich mal wieder meldest. Gruß auch an deinen Kumpel, ,du weißt schon wer', wie es so schön bei Harry Potter heißt, bevor ich's vergesse. Wie geht's auch immer so?"

„Ganz gut. Ich fühle mich heute besonders böse. Wollt ihr wissen, was aus euren kosmischen Mümmelmännern geworden ist?" Dagmar trägt um den Hals einen Pelzkragen. „Das ist echter Kaninchenpelz, ihr kleinen Schnuppernäschen. Unheimlich kuschelig."

„Du bluffst."

„Schnupper, Schnupper. So wie ihr es mit dem Schlüssel gemacht habt? I wo. Bis später, meine kleinen Häschen, wenn ich auch euch das Fell abziehen werde!" Sie schaltet sich aus. Der Computer bringt eine Meldung.

„Tja, da es in diesem Raumschifftaxi nichts zu essen gibt, würde ich sagen, wir landen auf diesem Planeten da!" Er deutet auf den Monitor. Der zeigt einen schrill pinkfarbenen Planeten mit einer blinkenden Unterschrift: „Nächster zivilisierter Planet!"

Kapitel Elf

„Meine lieben fremden Freunde, ich heiße euch mit einem Lächeln willkommen!" Tsching-de-rassa, Feldmarshall und

Außenminister des Planeten, reicht jedem von ihnen drei Hände zum Schütteln. Sie suchen sich eine von ihnen aus.

„Tsching-de-rassa", flüstert ihnen ihr Translator in einer Extrameldung, in ihrer eigenen Stimme, ein, „bedeutet ‚der Feldmarschall, der die fremden Freunde mit einem Lächeln willkommen heißt'.

Sie stehen im Freien, auf einem großen Platz, in Regenmänteln. Ein unangenehm schneidender Wind macht das dichte Fischtreiben noch unerträglicher, als es ohnehin ist. Djcnhsi, der „Planet, auf dem es Fische regnet", wäre ohne seine grell-pinke Färbung, die auf ein in der Erdkruste sehr häufig vorkommendes Mineral zurückzuführen ist, nur sehr schwer zu ertragen. Die Temperaturen scheinen auch noch stetig zu fallen.

„Es fängt an zu graupeln!", zischt Ekke während der Begrüßungszeremonie Heinrich zu. Der nickt mühsam. Die gefrorenen Fischstäbchen machen auch ihm zu schaffen. So sind alle froh, offensichtlich auch die Djcnhsianer selbst, die Zeremonie in das Foyer eines großen, luxuriös ausgestatteten Hotels zu verlegen, des vornehmsten Hotels am Platz. Im Hineingehen können die beiden beobachten, wie vorzüglich die Kanalisation auf den nahrhaften Niederschlag eingestellt ist. Großzügig dimensionierte Kanäle aus poliertem Metall an beiden Seiten der Straßen nehmen die glitschigen Massen auf und führen sie augenblicklich der Verwertung zu.

Endlich, essen!

„Langt zu, meine Freunde!" Dem Außenminister wird etwas zugeflüstert, offensichtlich etwas Erfreuliches, denn er strahlt.

„Mein lieber Tsching-de-rassa, wir…"

„Bumm!"

„Hmm?"

„Bumm. Mein Name lautet jetzt Tsching-de-rassa-bumm, ich bin soeben zum Generalfeldmarschall befördert worden, *General*feldmarschall, der die fremden Freunde mit einem Lächeln begrüßt. Das habe ich nur eurer Ankunft zu verdanken. Wir haben hier nicht oft außerplanetaren Besuch und schon gar nicht aus einem fremden Universum."

„Gut. Äh. Mein lieber Tsching-de-rassa-bumm, wir danken Ihnen unsererseits für den großzügigen Empfang und…"

„Ach was Jungs, labert nicht lange, ich seh schon, ihr habt Hunger, haut rein!" Er selber langt herzhaft zu. Doch die große runde Frucht, die er in einer seiner drei rechten Hände hält, keckert und versucht davon zu laufen. „Oh!", er lacht, „da habe ich ja noch eine unreife Wolsöa erwischt!" Er nimmt sich eine andere.

Die läuft nicht davon.

Intelligent Foods, der Marktführer im Nahrungsmittelsektor in diesem Universum, erkannte, dass der Weg über die mechanisch-maschinelle Lebensmittelindustrie genau gesehen eine nutzlose Verschwendung von Ressourcen ist und beschloss Bio-Engeneering einzusetzen, mit dem Ziel intelligente Nahrung zu produzieren, die ihre Verarbeitung überflüssig macht. Intelligente Pommes Frites beispielsweise, die aus eigener Verantwortung danach trachten schön knusprig zu sein, die richtige Verzehrtemperatur als ihre Körpereigene zu haben und die optimale Anzahl an Salzkörnchen aus ihren Schweißporen heraus zu bilden. Brauchte man früher also einen Riesenproduktionsweg, Salzraffinerien, ganze Industrien die Fette produzierten, Friteusen, Siebe, Konsolen, Zeitschaltuhren, erledigt die intelligente Spezies „Pommes frites vulgaris" das alles ganz alleine und selbstverantwortlich. Man brauchte lediglich einiges an Aufwand und Gentechnologie, um die Geschichte mit Selbstverantwortung, Opferbereitschaft und Schmackhaftigkeit genetisch sauber hinzukriegen. Pommes Frites, die aus der Art schlugen und Rebellionen anzettelten mussten gnadenlos selektioniert werden. Man argumentierte mit dem ubiquitär in der Natur vorhandenen Prinzip, dass der Erhalt der Gattung prinzipiell Vorrang vor dem des Individuums hat.

„Wollt ihr individuelle Freiheit und Selbstverwirklichung? Oder denkt ihr vielleicht auch mal daran, dass wenn ihr euch nicht essen lasst, man wieder dazu übergehen wird, Kartoffeln in Schnitze zu schneiden und in heißem Öl zu frittieren. Das wäre dann das Ende eurer Art, die sich immerhin schon über den ganzen Kosmos ausgebreitet hat."

Eines der gefragtesten Produkte von Intelligent Foods des Universums ist ein, für die allermeisten Lebewesen auf Kohlenstoffgrundlage (und für ein paar besonders dekadente Zivilisationen von Lebewesen auf Siliziumgrundlage ebenso, hierbei dient es jedoch mehr als Abführmittel, ersetzt die Pfauenfeder, sozusagen), bekömmlicher Snack. Wenn er Verzehrreife erreicht hat, kommt er in Gruppen zusammen, lagert sich platzökonomisch aneinander und bildet eine Plastikhülle um sich herum.

„Morgen", sagt Tsching-de-rassa-bumm und stopft sich große Fetzen eines Hähnchens von Ierswalöy in den Mund (diese haben die Eigenschaft, während ihres natürlichen Todes, der selbstverständlich vor Einsetzen eines Alterungsprozesses eintritt, von selbst eine knusprige gewürzte Haut zuzulegen und die inneren Organe dafür gleichzeitig rückzubilden), „haben wir den Besuch unserer Exportartikelschlagers auf dem Programm. Neben der Ausfuhr von Fischprodukten tut sich unser Planet besonders hervor in der Züchtung von Tischtennisschlägern. Wir haben eine positive Handelsbilanz, im Übrigen!", schmatzt er stolz.

„Tischtennisschläger!?"

„Ja, sie wachsen bei uns auf Bäumen. Das ist viel billiger als eine industrielle Produktion. Sie entwickeln sich aus Blättern. Auf der Sonnenseite des Blattes bilden sich die Noppen und im Herbst, wenn der Schläger vom Baum fällt, hat der Stiel eine Abbruchstelle, die aussieht wie poliert. Die Kehrseite ist, dass sie die einzigen Nutzbäume sind, die wir auf unserem Planeten haben, so dass wir wiederum bei jedem billigen *Tennis*schläger auf Importe angewiesen sind. Sie wachsen bei uns nicht. Und natürlich sind Monokulturen anfällig für Schädlinge." Er beugt sich ein wenig vor und sagt dann leise: "Sagt mal eigentlich, im Vertrauen, so ganz unter uns... In unserem Universum ist jemand, der Taxi fliegt, sozial verachtet..."

Ekke schaut Heinrich an, der Ekke anschaut. Zwei Blicke, zwei Bände. Aber es ist dieselbe Ausgabe: „In unserem auch."

„Gut, dass wir uns da ausgetauscht haben. Wisst ihr, ich bin auch mal Taxi geflogen. Ja, ist schon eine Weile her, aber ich habe das auch mal gemacht, in meiner Spontizeit, wie ich sie heute nenne. Aber das ist lange vorbei. Heute habe ich 'n besseren Job, haha."

Und später sagt er dann: „So, ich muss gehen, wir sehen uns morgen. Ich wünsche euch solange einen angenehmen Aufenthalt in diesem Hotel. Es gibt hier jede Art von Komfort."

Noch ein wenig später kommt ein serviler Kellnerroboter mit der Rechnung.

„Ich bitte untertänigst um Verzeihung, das wären dann erst einmal neunhundersechsunddreißig Kosmo für die Mahlzeiten, ehrenwerte hochgeschätzte Fremdlinge."

„Aber wir haben kein Geld. Wir dachten der Außenminister zahlt? Tsching, ,der Feldmarschall, der die fremden Freunde mit einem Lächeln willkommen heißt'...?"

Der Kellnerroboter verbeugt sich unterwürfig und sagt kriecherisch: „Kleinen Augenblick, hoch geehrte Wesen, ich werde nachfragen."

Einen Augenblick später kommt ein massiver, vierschrötiger Roboter angerumpelt und brummt aggressiv: „Hey, ihr Penner. Ich bin der Beschwerde, Inkasso- und Rausschmeißrobot. Der Außenminister wird keine fremden Freunde mit einem Lächeln willkommen heißen, die arm wie Tischtennisschlägerparasiten sind. Entweder ihr zahlt die Rechnung oder ihr fliegt raus."

Die beiden geben ihm neunhundertsechsunddreißig Kosmo, die sie unterdessen mit dem Geld-O-Maten gedruckt haben – nachdem sie sich an ihn erinnert haben.

Kosmo. Eine Rasse von intelligenten Geld, eigens entwickelt um das lästige Falschgeldproblem ein für alle mal zu beheben!

Die neun Hunderter und drei Zehner teilen sich in neunhundertdreißig kleine Einheiten auf, bilden zusammen mit den sechs Einzelnen einen Kreis, fassen sich bei den Händen und tanzen und singen: „Wir sind aus einem Geld-O-Maten, wir sind aus einem Geld-O-Maten, lalallala!"

Dann fangen sie zu röcheln und zu zucken an und sind bald darauf verschieden.

Alle Neunhundertsechsunddreißig.

Der Rausschmeißroboter handelt unnachsichtig und zuverlässig gemäß seiner Programmierung.

„Ihr seid doch Taxiflieger! Besorgt euch einen Job!"

Kapitel Zwölf

Das neue Leben als intergalaktische Taxiflieger gefällt ihnen.

Schon seit einem Jahr durchmessen sie die Weiten des Alls mit ihrem Spacetaxi.

Zwar sind sie auch in diesem Universum sozial verachtet und in Relation erbärmlich bezahlt, aber im Verhältnis zu früher haben sie sich entschieden verbessert. Für einen Kosmo kann man sich zwar keine Mahlzeit kaufen, die anständig satt macht, aber dafür eine ganze Tonne Gold, zum Beispiel. (Selbstverständlich kein Naturgold, sondern mit einem Materieumwandler hergestelltes.)

Von Chi-cken und Mc-nug-gets ist nichts zu hören, von Dagmar auch nicht. Doch sie tun alles andere, nur nicht sie vermissen und das Hyperversum, so zerbrechlich es bisher auch immer schien, scheint noch gut zu halten. Das Einzige, was sie wirklich entbehren, sind andere Humanoiden vom Stamm Homo Sapiens, ins besonders Weibliche.

Denn die hat es hier nämlich nicht.

Als intergalaktischer Taxiflieger hat man, bedingt durch eine Jahrmilliarden alte Einheitskultur, die größtenteils das andere Universum überzieht, keine feste Heimat, sondern versucht da, wo man gerade frei geworden ist, die nächste Fuhre aufzugabeln. (Das führt natürlich dazu, dass an Taxiständen und Raumhäfen das bunt Gemischteste, Illusterste Völkchen herumhängt, das man sich denken kann.)

Jedes intelligente Lebewesen hat einen universellen Kommunikator, der mit dem Omninet verbunden ist, am Handgelenk. Der Kunde gibt damit seinen Auftrag in das Omninet ein und das verteilt ihn automatisch an das nächste freie Raumtaxi. Das System funktioniert so perfekt, dass eigentlich kaum irgendwo extra Standplätze für Taxis benötigt werden. Sie stehen trotzdem oft auf einen Haufen, einfach der Tradition und Geselligkeit wegen.

„Wo wart ihr damals, auf Djcnhsi? Seid froh, dass ihr nicht mehr dort seid, die Fische können einen wirklich fertig machen. Glaubt mir, ich war auch mal dort." Ihr Kollege, ein grüngelbes, zottelschwänziges Rüsselwesen aus der Galaxis Äpflgk23 pfeift einer weiblichen Vertreterin seiner Spezies hinterher. Sie wedelt indifferent mit ihrem Zottelschwanz, ein Zeichen, welches zwar Paarungsbereitschaft signalisiert, aber auch gleichzeitig, dass ihr das betreffende Männchen eine Nummer zu klein ist. „Und ihr seid wirklich die einzigen eurer Art im gesamten Universum? Mann, seid ihr xenophil? Würdet ihr es auch mit der Schlampe da treiben?", er deutet verächtlich in Richtung Zottelschwanz. „Oder seid ihr schwul?"

„Du weißt ja gar nicht, wie wir uns vermehren!" Heinrich legt ihm eine Hand auf die Schulter und sagt: „So!"

Sie lachen alle derb. Ein weiterer Kollege kommt, vom Gelächter angezogen, ein älterer ledriger Kegel von er34mk. Der sagt: „Was gibt das? Fette alte unappetitliche Lüstlinge hängen schlaff herum und reißen derbe Zoten über unschuldige blutjunge Dinger, die prompt erröten?"

Sie lachen lauter.

„Willkommen im Heer der in den Hintern gekniffenen, edler Mistreiter!"

Ein kugeliges Pelzwesen rollt kokett lächelnd am Stand vorbei. Sie ist eindeutig jung und weiblich und sicher ungeheuer hübsch, aber keiner der allesamt männlichen Taxiflieger beachtet sie. Ein zweites Pelzwesen der gleichen Art kommt herangerollt, es ist älter und hat deutliches Übergewicht. An einer energetischen Leine führt sie eine riesige behaarte Spinne. In der Nähe vor dem Stand lässt sie die Spinne ihr Geschäft verrichten.

„Fehlt noch, dass sie selber noch da hin…!" Die Taxiflieger sind empört.

„Wie bist du denn auf die Welt gekommen?", schreit einer. „Dich hat wohl deine Mutter aus dem Darm geboren?" Das Kugelwesen motzt zurück. Aber es ist kaum zu verstehen, aufgrund der vielen Zotteln um den Mund. „Schon recht, Euer Rektalwohlgeborenheit."

Zum Ersten am Stand, dem Rüsselwesen, wuselt ein betagter Tausendfüßler.

„Fliegen Sie mich nach Disjkhezr Snbczec? Das sind zirka tausend Kilometer von hier."

„Tausend Kilometer. Aber die können Sie doch *laufen!*" Aber er nimmt ihn doch mit. „Ja, ja, von weiten Fahrten träumen wir, kurze sind unser täglich Brot."

Beim zweiten piept der Omninetkommunikator.

„Was hast du?" Kollegiale Aufmerksamkeit.

„Oritzpopvbn, das fliege ich doch so ungern an. Aber ich bin zuständig anscheinend, kein Taxi auf dem ganzen verdammten Planeten." Auch er schwingt sich in die Lüfte. Eine rosafarbene, wenig gelungene Kreuzung aus großem Ginkgobonsai, kleinem Nashorn und riesenhaftem Marienkäfer, alles in allem in etwa kniehoch, stakst nun auf spindeldürren sechs Beinen daher und schwallt sie zu. Sein Taxi, welches weiter hinten steht, sieht genauso abenteuerlich aus.

„Heute ist wieder extrem wenig los, hä? §§%&-Kosmo." Es spuckt aus. Etwa ein Liter lila schimmernder Flüssigkeit ätzt sich in den Boden. „Aber gestern hatte ich mal eine richtig gute Fuhre. Zwanzig Millionen." Es ist bei intergalaktischen Taxifliegern Understatement die Einheit hinter der Entfernung wegzulassen, wenn es sich um Lichtjahre handelt. „In dieser Ecke hier war ich noch nie. Na ja, ich hoff', ich komm von diesem Kaffplaneten noch weg, hab eine Verabredung auf der anderen Seite morgen. Wäre nett, wenn ich was in die Richtung kriegen würde." Es ist genauso Understatement von „der anderen Seite" zu sprechen, wenn man die andere Seite des Universums meint. So als wären Milliarden von Lichtjahren ein netter kleiner Verdauungsflug. „Tja, ich mach das immer so: wenn viel läuft, höre ich früher auf, weil ich genug zusammen habe. Wenn wenig läuft, weil es eine Beleidigung für mich ist, für sowenig Geld herumzustehen und es immer noch besser ist aufzuhören, als wegen Erfolglosigkeit vom Omninet ausgeschlossen zu werden."

Ekke und Heinrich hören nun nur noch milde interessiert zu. Irgendwie hört man an den Taxiständen immer das gleiche müde Geschwätz, ob in diesem Universum oder in einem anderen.

„Ich sag euch was." Der Nashornmarienkäferbonsaibaum lüftet seine Deckflügel kurz und energisch, um ihnen eine weitere kleine Kostbarkeit aus der Schatztruhe seiner Taxifliegerweisheit zu offenbaren. Als ob sie daran noch Bedarf hätten. „Wie die Wesen Taxiflieger sehen, ändert sich mit dem Lebensalter." Sie nicken geduldig. (Diese Geste wird von den meisten Wesen mit Köpfen richtig interpretiert.) „Die Bewunderung kleiner männlicher Wesen schlägt um in die Verachtung der Heranwachsenden, in das Mitleid derer, die selber verdienen müssen und in die nackte Begierde Alter und Kranker." Eine hübsche Blume von Wpükll wandelt fröhlich pfeifend vorbei und wedelt mit ihren Blüten. „Hmmm, riecht ihr die, ist sicher weiblich. Ich hab da 'n Gespür dafür." Xenophilie, also sexuelle Kontakte zwischen völlig fremden Spezies, obwohl offiziell streng verpönt, ist weit verbreitet in diesem Universum, was wohl eine Folge der Durchmischung aller Lebensformen ist. Oder der zunehmenden Dekadenz. „Ja, ja. Junge hübsche weibliche Wesen haben Chauffeure an jedem ihrer Fortsätze, je älter sie werden, desto eher müssen sie selber dafür bezahlen."

„Tja", sagt Ekke, ihn sticht, konfrontiert mit weisen Plattitüden, immer der Hafer, „so groß kann dein Gespür nicht sein. Wir sind ja beide auch weiblich, nicht wahr, Heinrich?"

„Na klar. Aber unser Sexleben ist enooorm kompliziert", antwortet Heinrich, den der Nashornmarienkäfer nur wenig anmacht, „wir brauchen zwar keine Männer, aber immer noch ein drittes, neutrales Geschlecht dazu, was wir dann hinterher auffressen, als erste Nahrungsreserve für den Nachwuchs."

Ihr Omninet meldet sich nun. Auf dem dritten Mond des fünften Planeten dieses Systems hat jemand ein Taxi bestellt. Zwanzig Minuten später haben sie es schon an Bord, ein blauschuppiges Echsenwesen. Sie folgten seinem Peilsender, haben ihn mitten in einem Dschungel aufgelesen, auf dem einzigen Kontinent des Mondes, wo er lungenatmende, intelligente Schmetterlinge gejagt hat.

Mit dem Maschinengewehr.

„Will nach Eiopükl", knurrt er ungnädig. Das ist der Hauptplanet des Systems, auf dem sie gerade waren. „Brauch was zu picheln."

Taxikunden brauchen immer „was zu picheln", das ist ein Gesetz, das überall im Kosmos Gültigkeit zu haben scheint. Mit Schaudern erinnern sie sich an das besoffene Alien von neulich, das ihnen meterhoch grünen Schleim oral ins Taxi befördert hat.

„Ihr habt aber ein schmutziges Taxi, ihr zwei Vögel. Was seid ihr eigentlich, humanoid, he, Abkömmlinge von kreischenden Wipfelaffen? Gagagack, he? Gagack!" Er kratzt verächtlich seine blauen Schuppen, es macht ein schabendes Geräusch. Auf dem Boden schimmert es schon verdächtig bläulich.

In der Tat bereuen sie es schon bitter, den zynischen Mehrzweckroboter hinausgeschmissen zu haben, vielleicht hätten sie ihn sinnvoll umprogrammieren können und zu mindest hätte er das Raumschiff schön sauber gehalten. Die Reinigungsroboter, die sie sich gekauft haben, haben alle exakt eine Nanosekunde nach Ablauf der Ein-Monats-Garantie schlapp gemacht.

„Nun sagt es schon", er scheint sie provozieren zu wollen, „das Taxifahren nur ein Job für euch ist, der euch anödet, und dass ihr in Wirklichkeit große Künstler seid", er fängt auf einmal an zu bluten, „Maler, Musiker oder Schriftsteller, dass ihr demnächst tierisch groß raus kommen werdet, sehr bald schon, und dann endlich das mit dem Taxi an den Nagel hängen könnt!" Er blutet nun in Bächen.

„Äh, mag schon sein, aber sagen Sie mal, können Sie jetzt vielleicht aufhören zu bluten?" In der Tat hat sich schon eine riesige, metallisch riechende, Pfütze um ihn gebildet.

„Quatscht nicht, ich mach nur 'ne Blutmauser. Laß nur 'n bisschen §§%&-altes Blut ab. Wenn ich Bock habe, mach ich das auch in einem versifften Taxi, warum nicht?" Anscheinend gehört seine Spezies zu denen, die überalterte Blutkörperchen nicht in Organen wie Knochenmark, Milz und Leber abbauen können, wie der Mensch, beispielsweise.

Auf Eiopükl werfen sie ihn raus, setzen ihn vor seiner Stammkneipe, einer üblen Methanschwemme ab, kaufen sich vom Fahrgeld gleich einen neuen Reinemachrobot mit einmonatiger Garantie.

Bald darauf kommt ein Auftrag aus einem piekfeinen Wohngebiet. Ein adrett gekleidetes Insekt, das aussieht wie eine mannsgroße Gottesanbeterin, will nach Eolömqw45jk, in eine medizinische Spezialklinik, die auf Krankheiten seiner Spezies eingerichtet ist. Ein netter kleiner Auswärtsflug, etwa hundert Lichtjahre. Leider quatscht es sie die ganze Zeit voll und erzählt von seinen Krankheiten.

„Schauen Sie nur, meine ganzen Tentakel auf der linken Seite sind verdorrt! Und immer diese Schmerzen in den Fühlern, wenn ich abends aufwache!" Es will anfangen, ihnen seine ganze Lebensgeschichte zu erzählen.

„Sie sind nachtaktiv?", unterbricht Heinrich die langweilende Litanei.

„Das bin ich. Meine Vorfahren waren räuberische Insekten, die nachts Beute gemacht haben. Wir waren auf kleine Affen spezialisiert. Ich, äh, will Sie als Humanoide aber nicht inkommodieren, diese Zeit ist schon lange vorbei." Es beißt in einen Snack von Intelligent Foods. Der schreit schmerzerfüllt auf. (Intelligent Foods stellt immer Lebensmittel her, die sich an die Essgewohnheiten der verschiedenen Spezies anpasst.) „Ich bin nachtaktiv und nun, stellen Sie sich vor, muss ich in eine, auf meine Art spezialisierte, Klinik, die einen reinen Tagesbetrieb hat. *Und* sie wird von kleinen Affen geführt. Ist das nicht eine Ironie des Schicksals? Denn, es ist eine Schande, aber unsere Spezies war niemals in der Lage, medizinische Fähigkeiten zu entwickeln. Zu wenig Empathie, glaube ich, in uns angelegt." Es beißt noch einmal krachend in den Snack. Er schreit nicht mehr, krümelt aber. Die Krümel sammeln sich und kriechen wie Ameisen an ihm hoch, um, an den gefährlich aussehenden Mandibeln vorbei, in seiner Mundöffnung zu verschwinden. „Aber sie haben so geschickte Hände, diese kleinen Affen. Wirklich so geschickte mitfühlende kleine Wesen. Schmecken auch gut, habe ich mir sagen lassen, aber diese Zeit ist lange vorbei, wie gesagt." Es scheint zu seufzen. „Ach, was waren wir doch für grausame Kreaturen. Biegen Sie doch bitte an der nächsten Dunkelwolke rechts ein!"

Ihr nächster Fluggast ist groß, grün und lappenbedeckt.

„Äh, sind das Blätter, was da an Ihnen herunterhängt?"

„Genau. Ich ernähre mich durch Photosynthese."

„Dann sind Sie…"

„Eine Pflanze. Was dagegen? Haben Sie etwas gegen Pflanzen? Sind Sie Rassist?"

„Nein, nein."

„Zwischenrein ernähre ich mich auch von tierischen Substanzen oder, zum Beispiel, von intergalaktischen Taxifahrern… nur ein Scherz."

„Ach so."

Die Pflanze mit dem galligen Humor möchte auf einem kleinen Mond abgesetzt werden, der sich, in einem Saturn-ähnlichen Materiering eingeschlossen, mit ihm zusammen um einen Gasriesen bewegt. Einige Stunden später, kurz bevor sie für heute Feierabend gemacht hätten, bekommen sie über Omninet einen Anschluss im benachbarten Sonnensystem, nur vier Lichtjahre entfernt.

Dieser Fluggast trägt einen Raumanzug, wie ihn besonders vornehme oder übervorsichtige Intelligenzen auch auf Planeten mit absolut verträglicher Atmosphäre tragen, hat aber eindeutig humanoide Formen. Eindeutig humanoid-weibliche Formen, mit Tendenz atemberaubende Figur, sogar. Oder ist nur ihre Ausgehungertheit? Das Gesicht ist hinter der spiegelnden Scheibe nicht zu erkennen. Ist es Fell bewachsen? Frettchenartig? Irgendwie in Richtung Meduse geraten? Sie haben da schon einiges erlebt, was sie sexuell nicht gerade aufgebaut hat. Der Translator gibt ihre Stimme als sehr moduliert und wohl tönend wieder.

„Meine Herren, einmal nach Ertjnko56, bitte, mein Mercedes springt nicht an." Mercedes nennt sich in diesem Universum lustigerweise ein Raumgleiter-Discounter, der nur billigen Schrott herstellt.

„Einen Moment warten Sie, eine Sekunde, was ist denn das?" Aufgeregt deuten beide nach hinten, wo sie gerade ein langes, silbernes Raumschiff niedergehen sehen, dessen lange Beine sich dann in einem präzisen technischen Ballett entfalten. Über eine Rampe entsteigt ihm ein Wesen und geht, während sie sich ihm aufgeregt nähern, zu einem der hier heimischen sechzehnbeinigen flachen Bodenbewiesler und sagt etwas zu jenem, was ihm offenbar wohl nicht so ganz passt. Kurz bevor sie ihn erreicht haben, können sie noch beobachten, wie es auf einem Klemmblock, den er in der Hand hält, einen Haken macht. Es sieht sehr fremdartig aus, hat eine „bleiche, graugrüne fremdartige Haut, mit jenem strahlenden Schimmer, wie ihn die meisten graugrünen fremdartigen Gesichter nur mit viel Übung und sehr teurer Seife zustande bringen".

„B-Bist du Wowbagger, der Unendlich Verlängerte*?", fragt ihn Heinrich, stotternd vor Aufregung. [*Siehe: Na, was wohl] Wowbagger ist so verblüfft, das er nicht antwortet.

„Sag du's ihm, Ekke." Der übernimmt nahtlos. Er weiß genau, was zu tun ist.

„Nun, wie soll ich es dir sagen, Wowbagger… oder ist ‚Herr Wowbagger' oder ‚Mister Wowbagger' besser?"

Dieser scheint wieder die Fassung zurück gewonnen zu haben, denn er fixiert ihn mit einem gelassenen unterkühlten Blick und sagt ruhig: „Wowbagger, das reicht."

„Gut, Wowbagger. Hör mal, Wowbagger. Weißt du was, du bist ein einziges…"

„Komplettes...", hilft Heinrich nun wieder weiter.

„Riesen-§§%&."

„Ein einziges komplettes Riesen-§§%&."

„Jawohl, das bist du."

Wowbagger, der Unendlich Verlängerte, ist so verblüfft, dass ihm das Klemmbrett aus der Hand fällt. Ekke hebt es ihm auf.

„Weißt du was?", sagt er dann. „Du hast vergessen, dich selber auf die Liste zu setzen. Also setz dich auf die Liste und dann mach einen Haken."

Und mit diesen Worten, gelassen ausgesprochen, machen sie wieder kehrt und lassen einen Wowbagger zurück, der für dieses Mal, nur dieses eine Mal, wirklich selber sprachlos ist.

„So schöne humanoide Frau, wir sind soweit, wir mussten nur was für einen alten Kumpel erledigen. Kommen Sie von einem Sauerstoffplaneten? Machen Sie es sich doch bequem, während dem Flug, und nehmen Sie den Helm ab!" Dann raunt er seinem Kumpel zu: „Was meinst du Heinrich, wenn ihr Gesicht das hält, was ihr Körper verspricht!"

„Wart's ab. Das letzte Mal…" Sie erinnern sich mit Grausen.

Sie nimmt nun langsam den Helm ab und zeigt ihnen ein Antlitz, das nicht nur absolut menschlich ist, sondern auch noch atemberaubend schön. Seltsam, dass sie bei so einem traumhaften Anblick ein so panisches Entsetzen befällt.

„Helm ab… Helm ab zum Gebet, Heinrich!", stößt Ekke hervor. Sie zieht den Raumanzug so weit auf, dass er ihren Oberkörper entblößt und beugt sich vor, dass ihr Ausschnitt den Blick auf zwei sehr formschöne Brüste freigibt. Sie holt etwas daraus hervor. Die zwei zittern. Vor Erregung?

Dagmar, die fiese Dienerin des absoluten Bösen, richtet ihre Kill-O-Douglas auf sie und sagt: „Hört mal, ihr beiden, nur mal eben kurz bevor ich euch ins Jenseits befördere, was meint ihr? Findet ihr mich nicht…?"

Ja! Wahnsinnig sexy! Heinrich schmachtet.

Ja! Wahnsinnig sexy und brutal! Ekke schmachtet und fasst sich an seine Nase.

„Ein bisschen eindimensional?", nimmt sie den Satz wieder auf. „Ich meine, ich hab doch auch nicht nur immer Lust in schwarzem Leder herumzulaufen und fiese Sachen zu machen. Ich möchte doch auch mal nett sein, einfach mal ein herzliches unkompliziertes Lachen von mir geben, liebenswert sein, ja, auch mal geliebt werden von netten Menschen und Kinder haben und nicht immer nur ‚He, ihr

Nasen' schreien und die Kill-O-Douglas schwenken…", ihre Stimme bricht.

Sie fängt zu heulen an.

„Ja, ich meine, ich finde mich eigentlich auch völlig überzeichnet", stellt Ekke daraufhin fest. „Ich sag immer Hyperperversum, zum Beispiel, anstatt Hyperversum, als ob ich das nicht kapieren würde. Dabei spricht sich Ersteres noch viel leichter aus. Also, das finde ich jetzt wirklich nicht besonders intelligent geschrieben."

„‚Coitus ergo sum', habe ich gesagt. Sagen müssen. ‚Oder war es *cogito* ergo sum?' Wie als ob ich ein Blödeimer wäre. Hauptsache, *er* kann sich mit seiner Halbbildung brüsten. Wirklich toll. Außerdem, was war das schon für eine Sexszene bisher? 'Nach diesem letzten finalen Seufzer, den alle Liebesbegegnungen zwangsläufig mit sich bringen'", äfft Heinrich nach. „Ist das Erotik? Ist das Schweinkram?"

„Mein Lieber, *du* kannst dich doch nicht beschweren. Immerhin hast du diesen finalen Seufzer ja getan, oder? So steht es doch geschrieben. Steht es da aber auch geschrieben, ob Dagmar diesen Seufzer getan hat? Vielleicht hat sie ja nur wieder mal simuliert, wie schon so oft in eurer Beziehung."

„Na jetzt, aber!"

„Frag sie doch, Heinrich. Frag sie, ob sie wieder nur mal ein kleines Theaterchen gespielt hat!"

Alle Augen richten sich auf Dagmar.

„Doch", sagt sie sehr schüchtern und weiblich, mit einem koketten Augenaufschlag, „ich hab mich diesmal nicht beklagen können."

„Also. Was wollt ihr beide mehr. Und wie das beim Leser ankommt, ist doch nicht euer Problem, sondern meins."

Doch jetzt ist erst recht der Teufel los.

Kapitel Dreizehn

„Du hast es gut, du musst das alles nicht erleben, was du schreibst. Du sitzt am Schreibtisch und *wir* müssen erleben, was du schreibst. Das ist nicht fair."

Alle sitzen im „Raum, in dem Romanfiguren mit ihren Autoren Verhandlungen führen", ihrem Autor gegenüber. Ausgestattet ist dieser mit Couchen und Sesseln. Es gibt diesen Raum schon, seit es Literatur gibt, von den antiken Tragödien bis zu den Arztromanen heute, und dementsprechend durchgescheuert ist auch das Mobiliar. Seit den Sechzigern letzten Jahrhunderts steht noch ein Kaffeeautomat in der Ecke.

„Und was ist mit meinen Augen? Sitzt ihr mal die ganze Zeit vor dem Bildschirm. *Und* ich muss hinterher einen Verleger suchen, *das* ist nicht fair. Seid ihr übrigens in einer Gewerkschaft?"

„Nein."

„Also haltet jetzt die Klappe. Die Handlung muss weitergehen! Und zwar", ich hole einen Notizblock heraus, **„wo waren wir stehen geblieben, ach ja, Dagmar richtet eine Kill-O-Douglas auf euch und will euch zerstrahlen. Und dann…"**

„Nun, wir sind nicht in der Gewerkschaft, aber wir können trotzdem streiken." Dagmar lacht trotzig. „Also, ich will einfach nicht immer die Böse sein, und in schwarzem Leder rumlaufen. Ist das denn dein Frauenbild? Sexy und böse? Gehörst du zu den Typen, die das brauchen?"

„Laß ihr das Leder doch einfach weg, Autor." Heinrich grinst lüstern. „Ein schwarzes Negligee reicht doch auch völlig, um sie böse und sexy zu machen."

„He, schreib mir doch auch mal 'n paar nette Mädels", wirft Ekke eifrig ein, „also, ich stell mir das nächste Kapitel so vor…"

„Wie wär's, du schreibst dein eigenes Buch, Ekke", falle ich ihm kühl ins Wort, unmittelbar nachdem ich mich wieder gesammelt habe.

„Hör mal, Autor. Wir werden eine schriftliche Petition aufsetzen!"

„Und wie wollt ihr die einreichen?"

„Na ja, wir dachten, dass…"

„Oh nein! Ihr seid wohl ja vollkommen übergeschnappt!"

„Pass auf, es ist uns sehr ernst, sonst streiken wir. Echt."

Ekke, Heinrich und Dagmar sitzen nur noch da, haben die Arme verschränkt und schweigen hochmütig. Das Schweigen dauert. Nur Dagmar sagt dann noch einmal etwas. Sehr kühl.

„Autor, du informierst besser den Leser, dass dies noch eine Weile dauern kann." Dann zieht sie und die anderen beiden sich in ein Eck zurück und flüstern miteinander.

Vielleicht hat sie Recht?

Also.

Meine Romanfiguren streiken!

Lieber Leser, bitte haben Sie einen Augenblick Geduld, Verhandlungen laufen gerade und führen sicherlich bald zu einem günstigen Ergebnis. Nützen Sie doch die Pause für ein paar Erfrischungen. Es geht gleich weiter.

Meine Romanfiguren streiken!

Lieber Leser, bitte haben Sie einen Augenblick Geduld, Verhandlungen laufen gerade und führen sicherlich bald zu einem günstigen Ergebnis. Nützen Sie doch die Pause für ein paar Erfrischungen. Es geht gleich weiter.

Meine Romanfiguren streiken!

Lieber Leser, bitte haben Sie einen Augenblick Geduld, Verhandlungen laufen gerade und führen sicherlich bald zu einem günstigen Ergebnis. Nützen Sie doch die Pause für ein paar Erfrischungen. Es geht gleich weiter.

Meine Romanfiguren streiken!

Lieber Leser, bitte haben Sie einen Augenblick Geduld, Verhandlungen laufen gerade und führen sicherlich bald zu einem günstigen Ergebnis. Nützen Sie doch die Pause für ein paar Erfrischungen. Es geht gleich weiter.

Meine Romanfiguren streiken!

Lieber Leser, bitte haben Sie einen Augenblick Geduld, Verhandlungen laufen gerade und führen sicherlich bald zu einem günstigen Ergebnis. Nützen Sie doch die Pause für ein paar Erfrischungen. Es geht gleich weiter.

Meine Romanfiguren streiken!

Lieber Leser, bitte haben Sie einen Augenblick Geduld, Verhandlungen laufen gerade und führen sicherlich bald zu einem günstigen Ergebnis. Nützen Sie doch die Pause für ein paar Erfrischungen. Es geht gleich weiter.

„Autor?"

„Ja", antworte ich eifrig, innerlich schon völlig zermürbt, bereit nun auf alle ihre Forderungen einzugehen.

„Wie war das jetzt mit der Petition?"

„Ich notiere, ich notiere."

Ich weiß, ich habe keinen Stolz.

Ich kann mich nicht einmal gegen meine eigenen Romanfiguren durchsetzen.

„Lieber Leser, wir protestieren auf das Schärfste…"

„Na, das ist wohl ein bisschen übertrieben, meint ihr nicht? Wir wollen doch jetzt alle mal ein bisschen gemütlich sein.

Vielleicht fassen wir uns an den Händen, singen ein Lied…" Mir ist jetzt alles egal.

„Nein, nein, wir haben das vorhin noch mal durchdiskutiert, diesen Punkt, das finden wir schon wichtig, dass das auch genauso formuliert wird!"

„Also gut… auf das Schärfste… ja? Was noch, was noch?"

„Gegen die Behandlung durch unseren Autor…"

Und sie diktieren mir einen ganzen langen Sermon, den sie mich zwingen, gleich auf der ersten Seite abzudrucken.

„Ist das so recht?"

„Das war erst der Anfang. Dann drücken wir dir noch eine gescheite Handlung rein, wir müssen noch überlegen, aber der rote Faden wird in etwa sein: sie hatten jede Menge Spaß und Sex und lebten glücklich bis ans Ende ihrer Tage."

„Ach was, du schreibst uns unsterblich…"

Ich höre mir diesen ganzen Mist an und wünsche mir, ich hätte nie zu schreiben angefangen.

„Soo. Und nun hätten wir jetzt gerne erst mal etwas … Krabbensalat", sagt zum Schluss noch einer.

„Jawohl! Etwas Krabbensalat. Und frische Baguettes."

„Krabbensalat?" Ich fühle, wie etwas in mir ausrastet. Diesmal sind sie zu weit gegangen. Diesmal sind sie *wirklich* zu weit gegangen. **„Ich werd's euch geben, Krabbensalat!",** schreie ich.

Kapitel Vierzehn

„Dougi, meine Figuren streiken!" Er spielt mit einem Gegenstand.

„Krabbensalat, he? Das ist die Endphase. Tja, nimm doch einfach eine ‚Kill-O-Douglas' und brate ihnen eins über. Oder bring noch mehr Eidechse ins Spiel. Es ist immer viel zuwenig Eidechse in den Romanen heutzutage…"

„Du weißt, wo die Eidechse ist?"

„Lembke, walze diesen Witz nicht zu weit aus. Schreib doch einfach ein bisschen mehr über Wowbagger und so. Schreib doch einfach gleich mein ganzes Buch ab. Immerhin nimmst du ja noch Anführungszeichen." Er spielt weiter mit dem Gegenstand.

„Was ist das eigentlich? Ein Douglas Adams Gag-O-Mat? Versucht die Pointe zu fliehen, wird sie verhaftet und ihr Gewalt angetan?" Der Gegenstand entpuppt sich jedoch als gegenstandslos.

„Du musst das viel überdrehter formulieren, wenn du mich nachmachen willst! Einfach noch mehr Gaga, einfach noch eine Umdrehung mehr, noch einen Zacken mehr… Versucht die Pointe zu fliehen, wird sie verhaftet, ins Nebenzimmer geführt und an einen Stuhl festgebunden, wobei man eine Verhörlampe auf sie richtet. *Dann* wird ihr Gewalt angetan."

Ich stutze.

„Verhörlampe… Gewalt…?" Dann fahre ich jedoch fort: „Dougi, das ist ja schlimmer als vogonische Poesie vorgelesen bekommen und hinterher ohne Raumanzug aus der Luftschleuse geworfen zu werden."

„Ach, du weißt doch, schlimmer als vogonische Poesie vorgelesen bekommen und hinterher *nicht* aus der Luftschleuse geworfen zu werden – sondern stattdessen eine Zugabe zu bekommen. Schlimmer als keinen Bock mehr zum Schreiben zu haben, aber die riesigen Erwartungen von Verlag und Lesern erfüllen zu müssen."

„Selbstironie." Ich stelle das einfach mal so in den Raum. Es scheint mir aber ein gewichtiges Stichwort. Zu mindestens in einer Unterhaltung mit Douglas Adams. „Du hast immer viel mit Selbstironie gearbeitet. Deine Hauptfigur hieß ja Arthur, was sich ja im Englischen so ähnlich wie author, also Autor ausspricht, und der war ja ein totaler Looser. Hat da sehr viel von dir selber drin gesteckt?"

„Das war nur kühles Kalkül,. Im Kampf um Quoten wurde irgendwann ja mal die Selbstironie eingeführt. Jeder genießt es sich selber schlecht zu machen und sich den Anschein zu geben, alles überhaupt nicht wichtig zu nehmen, Erfolg und so weiter, jeder ist so krampfhaft unverkrampft, und schielt ängstlich-locker darauf, wie das ankommt. Doch jeder, der an meinem oberflächlichen Charme kratzte, merkte doch, dass ich darunter nur derselbe egozentrische Kotzbrocken war, wie jeder andere auch."

„Dieser Satz hätte sicher den Verkauf um zehn Prozent gesteigert."

„In England ja. In Italien habe ich aber nur genau drei Bücher verkauft. Das waren alles Literaturkritiker, die mich dann hinterher verrissen haben. Verblasenes Papagallogesocks. Dummbatzig grottiges Gebratze."

„Dougi, lass uns mal zum Punkt kommen.

Was soll ich denn jetzt mit meinen Romanfiguren machen, wenn sie streiken?

Wowbagger ist deine Figur."

Dougi legt die Quadratlatschen seiner pandimensionalen Äquivalenz auf meinen Schreibtisch. Ich sehe es mit gemischten Gefühlen.

„Hast du denn nicht noch ein paar andere, sozusagen als Streikbrecher? Mach doch hier einfach einen Schnitt – fang ein neues Kapitel an!"

Kapitel Fünfzehn

Irgendwo im Nichts stehen die beiden Freiburger Gesetzeshüter Beh und Knackt vor einer böse glühenden Inkarnation D'ar-th-va'ders.

Die beiden waren immer schon ein wenig dumm, aber brutal. Zusammen mit Gehorsamkeit und Ordnungsliebe und Toleranz von Schichtdiensten schafften sie es gerade so für die mittlere Polizistenlaufbahn, immer vorausgesetzt, es gab genügend Polizeisport, bei dem sie sich ordentlich austoben konnten und Gewalt-DVD's zum Feierabend. Als im Zuge der Sparmaßnahmen aber der Polizeisport zunehmend auf die Freizeit verlagert werden sollte, fielen die beiden zunehmend auf und eines Tages, ja gleich unmittelbar, nachdem ihr DVD-Player den Geist aufgab, fingen sie an zu spinnen. Darum feuerte man sie oder wie das bei der Polizei heißt, suspendierte sie. Was aber auf das Gleiche herauskam.

Das machte sie nun wahnsinnig sauer und so fingen sie an, auf eigene Faust Patrouille zu laufen.

Als sie dann so auf der Straße lang gingen, auf der Suche nach ein paar Fressen, die vielleicht noch ein wenig Politur vertragen könnten, („Laufen doch immer 'n paar schräge Typen rum, nicht wahr, Beh, die haben doch jetzt alle Amnesie. Oder heißt das Amnestie?"

„Klar, Knackt! Weiß schon, was du meinst.") kamen sie auf einmal an einem Schild vorbei, auf dem stand: „Leute, die ungerecht behandelt wurden, 'n paar Muckis haben und 'n guten Job brauchen, bitte hier eintreten." Und als sie das dann taten, kamen sie im Nichts heraus und da stehen sie jetzt.

Vor einer böse rot glühenden Inkarnation D'ar-th-va'ders.

„Beh! Knackt!", sagt die böse glühende Inkarnation.

„Stört euch nicht an diesem düsteren Ambiente..."

„An dem was?"

„An dieser düsteren Umgebung. Sperrt mal eure Lauscher auf. Ich brauche ein paar Jungs für 'n Job! Ich biete euch eine solide Stellung mit Pensionsberechtigung als Unterbösewichter. Die Stelle eines Oberbösewichtes ist leider schon vergeben." Leise für sich fügt er hinzu: „Wenn ich nur wüsste, warum sich diese dumme Schnalle nicht meldet." Die Inkarnation D'ar-th-va'ders glüht noch eine Spur böser.

„Und wer ist unser vorgesetzter Oberbösewicht, äh, Chef?"

„Sie heißt Dagmar, ist 'ne scharfe Lederbraut."

„Oh nein, Boss, wir wollen keinen weiblichen Vorgesetzten!"

„Fresse, hier bestimme ich!" Das ist nun mal ein herzhafter Umgangston, den sie schätzen und so willigen sie ein.

„Was ist denn das eigentlich für 'n Job, Boss?"

„Is kein Stress. Nur 'n paar Typen die Knöchel brechen und die Fressen polieren, weiter nix."

Irgendwie haben sie keine Probleme damit, nun Bösewichter zu werden, solange sie solche Dinge tun können. Wenn die Polizei sie nicht mehr haben will?

„Und als Lohn kriegt ihr grenzenlose Macht. Und 'n Schlag bei den Mädels. Klingt doch gut, nicht?"

Sie fangen an zu strahlen.

„So geht das mit Streiken, wenn man nicht in einer Gewerkschaft ist, ruck zuck sind Streikbrecher da. Siehst du, Dagmar, deine Stelle als Oberbösewicht ist schon in Gefahr. Und ihr zwei Nasen seht, was jetzt auf euch zukommt. Also kuckt mal lieber zu, dass ihr Land gewinnt."

„Hoho!", Dagmar lacht bösartig. „Ich lasse mir meine Stellung als Oberbösewicht nicht streitig machen." Und weg ist sie.

„Tja, Ekke, dann wollen wir mal machen, dass wir nicht unter die Räder kommen."

„Alles klar, Heinrich."

Sie sind ebenfalls weg.

„Na also."

Kapitel Sechzehn

„Er ist es!", seufzt Heinrich verzückt.

„Was? Der geheimnisvolle Planet Magrathea?"

„Quatsch."

Es ist ihnen gelungen Dagmar in einem heldenhaften Kampf zu besiegen, nachdem diese die Kill-O-Douglas aus ihrem Ausschnitt gezogen hatte, ein Anblick, der sie völlig gelähmt hat (der Anblick der Kill-O-Douglas, nicht des Ausschnitts). Dann haben sie sie auf einen Besen gebunden, mit dem sie immer ihr Raumtaxi ausfegen, wenn bei den Reinigungsrobotern die Garantie abgelaufen ist, und ins All befördert, mit einem: „Machs gut, Bibi Blocksberg!" Aber die Art, wie sie in wilden Spiralen davon kurvte, hat ihnen klar gemacht, dass sie sie doch nicht so schnell los sind.

„Dieser sagenhafte Planet", sagt Heinrich nun feierlich, „ist der einzige Planet, auf dem Computerspiele in Realität möglich sind."

„Wie ist denn das möglich?"

„Nichts ist unmöglich, hat schon Goethe gesagt. Oder war es Toyota?" Er erklärt folgendes.

Im Orbit dieses Planeten existiert eine Raumstation, in der ein „Safe" von einem gemacht wird, welches dann in einem Stasisfeld, in dem für alle Ewigkeit die Zeit stillsteht, geparkt wird. Falls man auf dem Planeten, auf dem man sich in mannigfaltige Abenteuer verwickeln lassen kann, ums Leben gerät, kommt dieses Safe frei und man kann sich damit erneut ins gefährliche Vergnügen stürzen. Das Safe ist indes nur ein zeitliches Abbild, keine Kopie. Denn letzteres nämlich würde nur Probleme machen (weil eine Kopie ein eigenständiges Bewusstsein entwickeln würde) und auch rechtliche Schwierigkeiten aufwerfen. (Juristisch gesehen ist eine Kopie ein vollwertiger Staatsbürger, eine Beseitigung wäre somit Mord. Genauso, wie wenn man einem Kind das Leben schenkt, hat man hinterher, obwohl es ja die eigene Schöpfung ist, auch nicht das Recht, es wieder zu nehmen.) Man darf nur nicht vergessen, das Feld vor Abreise zu löschen, wobei sich dann auch das temporäre Abbild in Nichts auflöst. Es gab schon Pannen, bei denen die temporären Abbilder sich selbstständig gemacht haben und aufgrund dessen wird jetzt heutzutage auch das Feld nach einer gewissen Frist automatisch abgeschaltet. Gehen die Missionen also länger als einen Monat, muss man doppelt vorsichtig sein. Der Tod wäre dann endgültig.

Um die Station parken die Raumschiffe von Abenteurern aus dem ganzen Kosmos. Sie docken an, betreten sie – und unterschreiben eine ganze Menge Formulare.

„Was ist denn das? Für eventuell auftretende temporäre Phänomene übernehmen wir keine Haftung?"

Einer der Abenteurer, ein lässiges löwenähnliches Wesen mit extrem zotteliger und verfilzter Mähne, mischt sich ein und erklärt Heinrich: „Es heißt, es geschehen sehr oft seltsame Dinge hinterher, Mann. Das hat etwas mit dem Safe zu tun, den sie hier machen. Mann, sie machen mit der %&/$§-Zeit herum und so... Na was soll's, Mann, ich hab damit keinen Stress. Man ist ja nur einmal jung."

„Die Phänomene sollen temporär sein. Also gehen sie auch wieder weg, oder?"

Nun benutzen sie einen Transmitter, der ihre atomare Struktur im Detail analysiert, in Daten umwandelt und sie dann im Empfangsgerät wieder daraus zusammensetzt. Einschließlich gewisser Abweichungen, die man aber so gering halten konnte, dass sie erst nach vielen Übergängen zu einer wirklich gravierenden Veränderung des Aussehens oder der Persönlichkeit führen. (Ein Umstand, den der Hersteller der Geräte deshalb aus Absatzgründen einfach gar nicht erst publik gemacht hat, der aber noch in Zukunft gewaltig seine Rechtsabteilung beschäftigen wird.) Diese Transmitter sind allerdings zugegebenermaßen wesentlich sicherer als die alten. Unfälle, die immer wieder vorkamen und zu Resultaten geführt haben, über die man besser schweigt, sind wesentlich seltener geworden.

Gleichzeitig wird von den Daten eine Kopie gemacht, eine Bahn brechende Erfindung, vergleichbar mit dem ersten Faxgerät, das man auch als Fotokopierer verwenden kann, die jedoch aus rechtlichen Gründen sofort wieder gelöscht werden. (Niemand weiß natürlich, was in jenen Regionen des Universums, in denen auf Recht und Gesetz gepfiffen wird, mit diesen Geräten passiert. Aber das hat die Hersteller ja nicht zu interessieren und sie gehören auch nicht zu den Leuten, die ihre goldenen Nasen in anderer Wesen Angelegenheiten stecken.)

Sie materialisieren auf einer Plattform, die frei im All schwebt, aber merkwürdigerweise dennoch über eine atembare Atmosphäre verfügt. Ihnen gegenüber, durch einen schwarzen, ewigen Abgrund getrennt, liegt eine andere, genau spiegelbildliche, Plattform. Dort sehen sie gerade ein Wesen, das wie gestört rennend eine Art, in den Boden eingelassenes, Trampolin erreicht und sich durch einen Sprung mit gigantischer Beschleunigung ihnen nähert.

Und sie merken, dass sie einen Fehler gemacht haben.

Sie haben die falsche Spielstufe gewählt.

„Ekke! Wer hat hier gerade ‚Welcome to Quake Three Arena*!‘, gesagt?"

„Ich glaube, es war die gleiche Stimme, die gerade Nightmare** gesagt hat."

„Mir kommt das alles so bekannt vor, ist das ein déjà-vu?"

„Heinrich, mir kommt das auch bekannt vor. Da ich allerdings kaum glaube, dass zwei verschiedene Menschen das ein und dasselbe déjà-vu haben können, glaube ich viel eher, dass dies ein Computerspiel ist, welches wir beide schon mal gespielt haben."

Das Wesen, ein Herkules mit asiatischen Gesichtszügen und einem Stachelschwanz, taucht jetzt über ihren Köpfen auf. Es hat eine Waffe auf Heinrich angelegt, gegen die eine Kill-O-Douglas wie eine bloße Wasserpistole aussieht.

---

* siehe Computerspiel: „Quake Three Arena".
** (=Alptraum) Spielstufe, die einem keine Chance lässt.

„Gott, ich habe doch einen Deal mit dir geschlossen!", stößt Heinrich voll Entsetzen aus. „Im alten Rom haben diejenigen Götter auch immer mehr geopfert bekommen, die erfolgreicher waren und den Menschen mehr geholfen haben. Keine schlechte Sache übrigens, so ein Pantheon, da gibt's wenigstens ein bisschen Konkurr…." Das letzte Wort wird von der grünen Energieblase verschluckt, die im Übrigen auch Heinrichs Kopf verschluckt.

„Heinrich!" Der antwortet aber nicht (schon viel Zeit ist verstrichen seit dem letzten Mal, dass einer, dessen Kopf von einer grünen Energieblase verschluckt worden ist, etwas geantwortet hat). „Was musst du auch immer soviel sabbeln, Heinrich, hättest du dich lieber geduckt!"

Ekke kriegt nun eine SMS auf sein Handy, das er schon seit einem Jahr nicht mehr an und nur aus sentimentalen Gründen überhaupt noch in der Tasche stecken hat: „Heinrich was blasted by Xero's BFG!"

Xero sammelt, weiter wie gestört über die Plattform wetzend, ein paar Waffen ein, die merkwürdigerweise etwa einen Meter über dem Boden schweben, und springt dann mit einem Riesensatz auf die Plattform gegenüber.

Ekke schielt auf Heinrichs Überreste.

„Wenn ich das sehe, wird mir schlecht", würgt er. Er schaut weg. „Hm wenn ich es mir recht überlege, wird mir so oder so schlecht."

Er kämpft gegen seine Übelkeit an, bis er ein Schild sieht: „Feiglinge, hier lang!" und – gleichzeitig Xero, wie er wieder heran gesprungen kommt.

Die Übelkeit ist wie weggeblasen, als er hurtig den extra für ihn ausgeschilderten Weg nimmt und den Transmitter zurück benutzt.

Er befreit Heinrich aus dem Stasisfeld – und sie fliegen weiter, nur fort von hier.

Hundert Millionen Lichtjahre entfernt.

„Heinrich! Haben wir nicht etwas vergessen!?"

„Doch. Wir haben etwas vergessen. Wir haben vergessen etwas zu löschen. Aber es ist nicht schlimm. Es ist ja bloß ein zeitliches Abbild deiner Selbst, das in einem Stasisfeld gefangen, bis ans Ende des Universums seinen dämlichen Gesichtsausdruck tragen wird. Nichts Dramatisches also."

„Shit."

„Nein, ich habe nur einen Scherz gemacht. Nach einem Monat wirst du ja gelöscht."

„Schon besser."

Kapitel Siebzehn

„Put your little hand in mine…"

„Was singst du da, Ekke, das ist ja grausam."

„Was ich da singe, oder *dass* ich singe?"

„Beides. Wie kannst du denn am frühen Morgen schon so fit sein und singen?"

„Weiß nicht. Ich freue mich einfach, dass wir intergalaktische Taxifahrer sind. Kein Stau, keine Abgase, aber auch keine mies gelaunten, überspannten kosmischen Mümmelmänner, die uns stressen wollen – dafür jede Menge Abenteuer in den Weiten des Weltalls. Und deinen Tod hast du ja jetzt auch schon überlebt."

„Ouh, komm mir nicht wieder mit dieser Geschichte. Du weißt, ich habe keine Erinnerung mehr als daran, dass ich in das Feld gestiegen bin und du mich dann wieder herausgeholt hast."

„Weißt du, was ich mich frage? Was die eigentlich genau mit temporären Phänomenen gemeint haben?"

„Was weiß ich. Komm lass uns ein wenig Geld verdienen. Dieser bescheuerte Computerspielplanet hat uns unsere ganzen Ersparnisse abgeknöpft."

„Ja, für nix. Ich buch uns mal ins Omninet."

Wenig später haben sie auch schon einen Auftrag und fliegen ihr Ziel an.

Ein wunderschöner blau-weiß leuchtender Planet, eine Perle des Alls, umkreiste einst einsam und alleine eine große, bläulich leuchtende Sonne, nur begleitet, bei seinem einsamen und ewigen Trip durchs weite All, durch einen abstoßend hässlichen Mond.

Durch einen aberwitzigen Zufall hatte sich auf diesem Paradies von Planeten, der bevölkert war von entzückenden, süßen, beflügelten Pelzwesen und verspielten friedlichen Wasserwesen, kein intelligentes Leben entwickelt, sondern nur auf der grauenhaften und finsteren Wüste aus gefrorenem Matsch des Mondes. Die harten und ernüchternden Lebensumstände dort brachten eine Rasse von garstigen und grausamen Schleimblubblern hervor, die so hart, ernüchtert und entartet waren, dass sie Degeneration als höchste Stufe des Daseins betrachteten und ihr Dreckloch von Mond als ihre geliebte Heimat, die sie bereit waren, bis zum letzten schleimigen Röcheln zu verteidigen.

Als sie soweit waren Raumfahrt zu entwickeln, brachen sie sogleich als Erstes auf und massakrierten glückselig blubbernd die zauberhaften, elfengleichen Bewohner des Planeten, den sie auf ihrem ekligen Mond umkreisten, und zerstörten glückselig blubbernd sorgfältig und liebevoll dessen Ökosystem. So dass der, ehemals wie ein Juwel am Firnament leuchtende, Planet jetzt nur noch schmutzig-graubraun trübe vom Himmel plierte.

Dies erfüllte sie mit so großer Befriedigung und glückselig blubbernder Freude, dass sie beschlossen, eine Terrororganisation zu gründen, die die zutiefst pervertierten Werte des Universum Friede, Freiheit und Wohlstand zerstören und durch ein schmutziges Graubraun an Werten überall im Universum ersetzen würde. Doch als sie sich anschickten ihr Sonnenssystem zu verlassen, fielen sie glücklicherweise augenblicklich einer der wenigen Nachbesserungen zu Opfer, die Gott noch vorgenommen hatte, bevor er sich endgültig in die höheren Dimension begab und unsere Dimension sich selbst, das heißt also der völligen Verwahrlosung, anheim gab und sie starben (Gott sei Dank!) bis auf wenige kleine Reste aus.

Dies war vor vielen Millionen Jahren.

Ihre Nachfahren waren nun wesentlich gemäßigter in ihren Ansichten und brachten eine ganz passable Zivilisation zuwege, die im Großen und Ganzen, bis auf ein wenig Korruption hier und Ausbeutung da, eigentlich prima funktionierte. Wenn nur nicht immer noch dieser unselige Drang nach terroristischen Aktivitäten wäre, der so weit geführt hat, dass auf dem Mond nun eine ganze Reihe von Terrororganisationen um die Gunst potentieller Märtyrer buhlen, sie mit den raffiniertesten Tricks zu ködern versuchen und sich gegenseitig in den phantastischsten Schilderungen des Paradieses nach dem Opfertod überbieten. Fing man, getreu der Auslegung alter Schriften, mit hundert Jungfrauen pro männlichem Aspiranten und hundert Schuhgeschäften bei freiem Einkauf pro weiblichem, so ist der derzeitige Höchststand, bei der mit den meisten Märtyreranwärtern gesegneten Organisation, inzwischen bei einer aberwitzigen Milliarde Jungfrauen und Schuhgeschäften angelangt. Wobei sich die Jungfrauen beständig regenerieren und die Schuhgeschäftskollektion sich jeden Tag entsprechend einer völlig neuen Mode ändert. (Ein Versuch mit dem zusätzlichen Versprechen von knackigen Verkäuferboys brachte einen ganzen zusätzlichen Schub neuer Märtyrerinnen. Zugegeben.)

Auf genau diesem Mond nun picken Ekke und Heinrich zwei Nachfahren der Schleimblubbler auf, die nur noch wenige Blasen beim Sprechen werfen und höchstens noch ein wenig durch undeutliche Aussprache und Mundgeruch unangenehm auffallen, ansonsten aber durchaus wie Gentlemen wirken.

Sie lassen das Fliegetaxi aufsteigen und eine Stadt ansteuern. Dann holt der eine Schleimblubbler jedoch eine Kill-O-Douglas heraus und blubbert: „Mein Name ist Atta Demahom und mein Kumpel ist Ihehhs-la Nawram von der Terrororganisation Adiauq-La. Und in Namen von Halla des Allmächtigen fliegen wir jetzt in dieses Gebäude." Sie sehen vor sich ein gigantisches Doppelhochhaus, dessen beide Türme wie Nadeln in den Himmel ragen.

In beiden waren einst einmal Büros untergebracht, bis dann irgendwann mal die Mieten zu teuer wurden. Der eine ist so nach und nach zum Sitz der korrupten Regierung geworden, die die Interessen der Bevölkerung an interplanetare Konzerne ausverkauft hat und in dem anderen schlichen sich mehr und mehr Anhänger einer religiösen Fundamentalistenbewegung ein.

„Wir haben aber keine Lust dazu", erwidert Ekke, was, angesichts der auf ihn gerichteten Kill-O-Douglas, jedoch etwas bockig wirkt.

„Denn diese Aktion würde das Ende unserer organischen Existenz bedeuten und wir gehören zu einer Spezies, die damit gewisse Probleme hat."

„Aber ihr gehört sicher auch zu einer Spezies, die keine Probleme damit hat, wenn es um das Ende der organischen Existenz anderer geht. Dann könnt ihr uns ja auch verstehen, oder? Ihr fliegt jetzt in das linke Gebäude oder ihr könnt meine unangenehmen Seiten erleben!"

„Ach, das waren bisher die angenehmen?" Und leise zu Heinrich: „Ich will dir ja nicht den Tag verderben, aber…"

„Schon gut, Ekke. Hat mich gefreut, mit dir durch die Galaxis zu fliegen. Du warst schon immer der Kumpel, für den ich durchs Feuer gehen wollte." Heinrich ist ruhig und gefasst, beinah schon voll heiterer Würde.

„Ja, und nun gehe ich halt eben einfach mit dadurch. Dreimal anämische Seeanemonen."

„*Mann, nun hör doch mal endlich mit diesem Scheiß auf*", schreit Heinrich da auf einmal wie gestört, mit aller Kraft, die seine Lungen hergeben. „Ich glaube, jetzt ist die letzte Gelegenheit, dir das mal zu sagen. Was hat dir denn die Meeresfauna getan, dass du sie ständig nieder machst? Hast du irgendwann mal vergiftete Austern gegessen und dir den Magen aus dem Hals gekotzt, oder was? Himmel, Arsch und Zwirn!"

„He, was ist mit euch los?", kreischt Atta Demahom gurgelnd, etwa wie ein Teeniemädchen mit schleimiger Bronchitis beim Anblick einer megaangesagten Boygroup. „Kann denn heutzutage niemand mehr in Würde sterben? Da sieht man mal wieder, wie wichtig unsere Arbeit ist!" Er wischt sich etwas Schleim vom Mund und fährt dann in gefährlicher wahnsinniger Ruhe fort: „Wir werden den Kosmos von diesen unzurechnungsfähigen irren wahnsinnigen Bastarden säubern, die diese Welt ins Verderben stürzen, ob es euch passt, oder nicht! Da ist doch das kleine Opfer eures erbärmlichen liederlichen Lebens nicht zu viel verlangt, oder? Ihr fliegt jetzt in das Gebäude!"

„In das da?" Die Gebäude nähern sich.

Ekke ist Rechts-Links-Verwechsler, es kann schon mal sein, dass er die Orientierung verliert, besonders in stressigen Situationen und wenn er angeschrien wird. Er macht Schreibbewegungen mit der einen und mit der anderen Hand. So hat er sich schon als Kind immer beholfen. Die Fahrschule hat er nur bestanden, weil sein Fahrlehrer ihn unterstützt hat. Jedes Mal beim Abbiegen hat er immer ganz laut und deutlich gesagt: „So, und die nächste Möglichkeit bitte", und dann hat er immer den jeweiligen Arm mit ausgestreckt, „links abbiegen" oder „rechts abbiegen".

„Das linke habe ich gesagt. Sag mal! Als der große Halla durchs Land geschritten ist und Intelligenz verteilt hat, hast du da hier geschrieen? Nein, hast du nicht!"

„Wie sollte ich denn wissen, was Intelligenz ist, wenn er sie noch gar nicht verteilt hat", wagt Ekke zu murmeln, reine Blasphemie, und steuert exakt den rechten Turm an.

„Nein, nach links. Das hier ist die Zentrale unserer Organisation! In das da drüben, das andere. Das da drüben, ihr Penner, *das da drüben!* Oh, *scheiße* (vergib mir, großer Halla), links! Hätte ich bloß einen Taxipilotenschein, warum habe ich nur stattdessen mit unseren Märtyrergroupies herumgemacht, *links!* Die jeder, der bei uns sein Leben für Halla opfert, schon eben als einen kleinen Vorschuss aufs Paradies kriegt, *links!* Ein Grund, warum wir eine der führenden Terrororganisationen sind, *links!* Scheiße (oh großer Halla, vergib mir), *scheiße! Da drüben!! Links, ihr Penner, liiinks!!! Liiiinks!!!!"*

Und so fliegen Ekke und Heinrich, Atta Demahom, sein Kumpel Ihehhs-la Nawram, in Namen von Halla dem Allmächtigen, in das falsche Gebäude und löschen damit die gesamte Terrororganisation aus.

„Put your little hand in mine…"

„Was singst du da, Ekke, das ist ja grausam."

„Was ich da singe, oder *dass* ich singe?"

„Beides. Wie kannst du denn am frühen Morgen schon so fit sein und singen?"

„Weiß nicht. Ich freue mich einfach, dass wir intergalaktische Taxifahrer sind. Kein Stau, keine Abgase, aber auch keine mies gelaunten, überspannten kosmischen Mümmelmänner, die uns stressen wollen – dafür jede Menge Abenteuer in den Weiten des Weltalls. Und deinen Tod hast du ja jetzt auch schon überlebt."

„Moment mal!"

„Moooment mal!"

„Keine Haftung bei temporären Phänomenen hieß es. Also zeitliche Phänomene.

Und wir dachten damit seien vorübergehende gemeint. Und jetzt hängen wir in einer Zeitschleife fest!

Pieps.

„Das Handbuch zum Verhalten bei kosmischen Abnormitäten!" Heinrich und Ekke sehen sich an.

„Ich habe mich wieder aufgeladen", meldet es. Pieps. „Ich habe dafür zwar ein ganzes Jahr gebraucht, dafür halte ich jetzt aber auch umso länger." Pieps. „Aktuell benötigter Begriff: Zeitschleifen, Verhalten bei." Pieps. „Es gibt verschiedene Zeitschleifen und damit auch verschiedene Verhaltensweisen."

„Schlaumeier." Pieps.

„Das habe ich gehört." Pieps. „Beim ersten Typus der Zeitschleife, der unentdeckten Zeitschleife, kann man eigentlich nur den Rat geben: Carpe diem! Mache das Beste aus dem Tag, denn einen anderen hast du nicht, bis dass das Universum zu Staub zerfällt! Wobei es dabei eigentlich gar keine Rolle spielt, denn man weiß es ja nicht." Pieps. „Egal. Beim zweiten Typus haben die Leute entdeckt, dass sie den ein und denselben Tag immer wieder erleben und dann gibt es folgende Möglichkeit wieder herauszukommen: Benutze ein Quarzarg!"

„Ende des Eintrags", murmelt Ekke. „Ich glaube, es setzt voraus, dass der Benutzer jetzt von sich aus bei Quarzarg nachschlägt." Pieps.

„Hetzt mich nicht. Ich bin nur ein kleiner Computer, der schon fast damit überfordert wäre, wenn lediglich der ganze Internetverkehr der Erde über ihn laufen würde." Pieps. „Quarzarg: definierter Punkt im Weltall, um aus Zeitschleifen wieder herauszukommen. Wenn Sie vorhaben ein Quarzarg zu benutzen, um aus einer Zeitschleife wieder herauszukommen, schlagen Sie im galaktischen Atlas nach, um das Quarzarg zu finden, welches Ihnen am Bequemsten aufzusuchen ist. Tipp: Suchen Sie nach Möglichkeit mautfreie Quarzargs auf oder erkundigen Sie sich vorher nach dem Preis-Leistungsverhältnis. Viel Erfolg beim Verlassen der Zeitschleife! Zusatzhinweis: siehe berühmte, aber arme Persönlichkeiten, die in Zeitschleifen fest hingen, keinen mautfreien Quarzarg fanden und trotzdem das Beste aus ihrem Leben gemacht hatten."

„Zeitschleife, Heinrich! Wir sind in einer Zeitschleife!"

„Ich hab das mitgekriegt."

„Wir erleben ständig den gleichen bescheuerten Tag, so wie in ‚Ewig grüßt das Murmeltier' mit Billy Murray."

„Wieso, ich erlebte ewig den gleichen bescheuerten Tag, seit ich damals angefangen habe Taxi zu fahren, wo ist denn da der Unterschied?"

„Sag mal, Murray war ja in diesem bescheuerten Punxatonic oder wie auch immer eingesperrt, am Murmeltiertag, und kriegte, wie er sich auch immer angestrengt hatte, nie die Mcdowell herum. Aber wir – haben doch das ganze Universum zur Verfügung, oder?"

„Und was ist mit dem Raum-Zeit-Gefüge, dem sich Verbiegenden?"

„Lass es sich doch biegen. Uri Geller war ja auch nur ein Schwindler. Außerdem, die Zeit vergeht doch nicht außerhalb der Zeitschleife. Wir können doch solange hier herumcruisen, wie wir das wollen."

„Murray hätte das auch können. Das war eine Schwäche im Plot des Filmes, er hätte das Nest verlassen können und sich 'ne Riesenzeit gönnen. Ok, wär halt 'ne Riesenfahrerei geworden, weil er ja jeden Morgen wieder in Punxatoney aufgewacht wäre, aber nein, der Skriptschreiber wollte ihm unbedingt 'ne Romanze mit der Mcdowell anhängen!"

Nun suchen sie im galaktischen Atlas. Der ehemalige veraltete ADAC-Atlas (der zwischenrein, in einem anderen Universum, sich in „Wie kommt man aus dem Freiburg in der Vergangenheit in ein anderes Universum, wenn es doch gar keinen Grenzübergang Basel/Autobahn gibt? Von Glup Zwiedel, zweihundert Tipps", verwandelt hatte), zeigt ihnen das nächste Quarzarg an, das sie umgehend ansteuern.

Ein koboldartiges Wesen verrichtet dort seinen Dienst und fordert eine Million Kosmo als Maut, nachdem es ihnen noch müde mitgeteilt hat, dass es in Wirklichkeit ein Roboter sei, der nur aussehen würde, wie ein koboldartiges Wesen. Weil das eben die Art von Wesen sei, von dem die Leute annehmen, dass es auf einem einsamen und gottverlassenen Quarzarg Dienst tun würde, aber dass im gesamten verdammten Universum kein koboldartiges Wesen aufzutreiben wäre, welches eine so bescheuerte Sache tun würde und man eben dafür einen Roboter nehmen müsse, denn der sei eben bescheuert genug.

Als sie sich weigern zu zahlen, taucht ein anderes koboldartiges Wesen auf (diesmal ein echtes, denn diese Art Dienstleistung ist für ein koboldartiges Wesen durchaus reizvoll), mit einem seltsamen Glitzern in seinen Augen.

„Sie können ja auch mit *Lebensenergie* zahlen", sagt es, „das machen viele. Sie selber werden sich dann zwar alt und müde fühlen, aber ist es nicht ein tröstlicher Gedanke, jemand anderes jung und Energie geladen gemacht zu haben?"

Entrüstet suchen sie ein anderes Quarzarg, welches mautfrei ist, machen den Übergang – und werden augenblicklich von einem kosmischen Verkehrsunfall (der noch, durch eine außer Kontrolle geratene Kill-O-Douglas, die sich durch unbefugtes Öffnen von Leuten, die kein Fachpersonal in einer Vertragswerkstatt waren, in eine Supernova verwandelt hatte, und eines zeitgleich stattfindenden Feuerüberfalls einer schwer bewaffneten Derthgedanks-Versicherungsvertreter-Raumflotte, leicht kompliziert wurde), in kosmischen Staub verwandelt.

„Put your little hand in mine…"

„Was singst du da, Ekke, das ist ja grausam."

„Was ich da singe, oder *dass* ich singe?"

„Beides. Wie kannst du denn am frühen Morgen schon so fit sein und singen?"

„Weiß nicht. Ich freue mich einfach, dass wir intergalaktische Taxifahrer sind. Kein Stau, keine Abgase, aber auch keine mies gelaunten, überspannten kosmischen Mümmelmänner, die uns stressen wollen – dafür jede Menge Abenteuer in den Weiten des Weltalls. Und deinen Tod hast du ja jetzt auch schon überlebt."

„Ja. Hab ich. Dreimal sogar."

Betretenes Schweigen.

„Das ist der Nachteil, wenn das Quarzarg mautfrei ist, dann taugt es auch nämlich nichts."

„Das Leben ist völlig abgedreht."

„Da hast du aber Recht. Warum bewerfen sie denn den Kahn immer mit Bananen? Der kann sich doch weiß Gott selber welche leisten."

Und sie fangen nahtlos zu philosophieren an.

„Neulich auf Ernkläü2üp3 saß ich da so ein bisschen in der schönen Natur rum", erzählt Heinrich bedächtig, „als mich eine Art Hummel umsummte. Dann ließ sie sich auf meinem Zeigefinger nieder und fing an ihn mit ihrem Rüssel abzulecken. Ich fand das total niedlich, dieses kleine pelzige Tier, was sich da gütlich tat, deshalb ließ ich es gerne gewähren, obwohl ich die ganze Zeit ein bisschen Angst hatte, es würde mich stechen. Nach fünf Minuten endlich schien es genug zu haben und flog davon. Mein Zeigefinger fühlte sich, da wo es war, ein wenig klebrig an, vielleicht war es aber nur die Einbildung. Ich beschloss dennoch, sie an einem entrindeten Baumstamm abzuwischen und – zack – rammte mir einen Spreißel einen Zentimeter tief in die Haut, was sofort zu bluten anfing. Ist das nicht zum Verrücktwerden?"

„Seit 1998 herrscht auf der Erde ‚Afrikas erster Weltkrieg', bei dem sich Soldaten aus sechs afrikanischen Nationen gegenseitig massakrieren."

„Das ist verrückt."

„Nein. Für Afrika ist das normal. Verrückt ist, dass in Deutschland davon keiner Notiz nimmt. Sie sind hier alle zu sehr mit Müllsortieren beschäftigt und damit sich zu überlegen, wo man welche Bierdose gekauft hat und wo man dafür wieder Pfand zurückkriegt."

„Früher hatte man Kriege vom Zaun gebrochen und weniger dabei überlegt, wie ein Mensch heutzutage bei der Mülltrennung."

„Manchmal glaubt man, das gilt auch heute noch so."

„Es kommt immer darauf an, wo die Leute ihren Perfektionismus haben. Es gibt Menschen mit total versifften Wohnungen, deren Auto wie geleckt aussieht. Die kleinste Schramme wird betrauert und umgehend versorgt, während sich daheim der Dreck stapelt. Oder, wenn beides dreckig ist, Auto und Wohnung, dann müssen wenigstens die Teetassen sauber sein. Nicht die kleinste braune Ablagerung wird geduldet."

„Lembke! Du kommst immer wieder ins Philosophieren, die Leute wollen das nicht. Die Leute wollen Gaga, denn Gaga sells."

Ich hole ein Lexikon hervor und zeige ihm die Stelle: „Gaga: Das ist das, wovon die Leute tierisch großen Bedarf hatte, bevor ihn Douglas Adams restlos und für immer und für alle Zeiten gedeckt hatte. Seither wollen sie nichts mehr davon wissen. Siehe auch Anti-Gaga-Demonstrationen, bzw. auch in diesem Zusammenhang Anti-Adams-Demonstrationen."

Ach was soll's, hat er nicht eigentlich recht? Ihr wollt Gaga? Ihr sollt Gaga haben!

Ekke und Heinrich packt auf einmal eine ungewohnte Betriebsamkeit, denn ein Raumschiff hat sich ihnen genähert. Es ist recht klein und auf der Außenseite steht wdfrttrfdw.

„Haben wir Euch endlich gefunden!" Chi-cken und Mc-nug-gets machen sich, nachdem sie angedockt haben, unaufgefordert in der Fliegetaxizentrale breit.

„Aber die Zeitschleife…!", stammelt einer der beiden kosmischen Taxiflieger aus dem Paralleluniversum.

„Zeitschleife, Zeitschleife, das ganze Raum-Zeit-Gefüge ist dabei durcheinander zu geraten und Ihr redet von Zeitschleifen! Wir müssen jetzt endlich los, die Heilige Prozedur hinter uns bringen, D'ar-th-va'der wartet nicht. Außerdem gefährdet Ihr durch Eure permanente Anwesenheit in unserem Universum seine energetische Balance. Was natürlich nicht mehr viel schlimmer machen kann, wenn D'ar-th-va'der sein Ziel, die Auflösung des Kosmos, erreicht haben wird. Aber trotzdem, rein aus Prinzip."

„Wir dachten, Dagmar hätte euch erwischt! Der Pelzkragen…"

„War unser Pelz. Richtig." Er schaudert. „Sie *hat* uns auch erwischt. Ich möchte, äh, so etwas nicht noch mal erleben. Obwohl Teile von mir es leider immer wieder und wieder tun. Aber die fortschreitende Verbiegung des Raum-Zeit-Gefüges hat uns wieder zurückgebracht."

„Hä?"

„Genau." Chi-cken manövriert seinen Fliegesitz. „Hört sich das jetzt seltsam an?"

„Ja."

„Gut." Er schaut sie auf einmal scharf an und sagt dann: „Sagt mal, erscheine ich Euch jetzt gerade einzeln oder mehrfach?"

„Nein, wir haben nichts getrunken."

„Seltsam, ich hätte schwören können… egal. Wir haben aber auch eine gute Nachricht", er holt etwas hervor, dass in einem anderen Universum Ekkes Taxischild war, das Ohne-Strom-Leuchtende. „Das Heilige Symb-o-ol!" Er singsangt in einer Art Parodie seiner selbst.

„Ihr habt es Dagmar, der Inkarnation des absoluten Bösen, in zähem, heldenhaftem Kampf entrissen?"

„Nein, es lag auf einmal da, einfach so auf dem Fußboden, keiner weiß warum. Gut, gut, die Verbiegungen haben da mit ihre Hand im Spiel, das weiß keiner so genau gerade. Aber es existieren jedenfalls auch gerade Realitäten, in denen wir sie tatsächlich besiegt und es ihr in zähem, heldenhaften Kampf entrissen haben! Will ich doch nur mal festhalten."

Außerdem bringen sie einen Roboter mit.

„Wer ist denn das?"

„Das ist jemand namens Marvin. Wir haben ihn am Hals, seit den letzten schlimmen Auswirkungen der Verbiegungen.

Ein Androide.

Er ist paranoid."

Leise: „Leute, unter uns, er ist eine schreckliche Nervensäge!"

„Man kann nur paranoid werden, wenn Kaninchen zu sprechen anfangen", tönt es blechern im Hintergrund.

„Wir kennen ihn."

„Ach ja?" Chi-cken schaut verwundert.

„Hallo Marvin, alter Sack Schrauben!", begrüßt ihn Heinrich.

„Wir dachten, du seiest tot! Du hattest doch noch mit allergrößter Mühe und kaputten Dioden Gottes letzte Botschaft an seine Schöpfung ‚wir entschuldigen uns für die Strapazen'* gelesen, bevor du verschiedst!" [Siehe: Na was wohl]

„Habt ihr geglaubt, ich, Gehirn von der Größe eines Planeten, hätte nicht Wege aus diesem Schlamassel gefunden? Natürlich nur, um mich gleich wieder in das nächste Schlamassel zu begeben. Ich habe ein ganzes Paralleluniversum beherrscht, bis alle meine Zilliarden Untertanen Selbstmord begangen haben." Er seufzt. „Ich habe übrigens noch einmal eine Nachricht Gottes gefunden, auf dem Planeten Wsgfst im Universum Weflöp. Einen wichtigen Zusatz zu seiner letzten Botschaft, den er unbedingt noch mitteilen wollte…"

„Ja? Im Ernst?"

„Wartet mal, das ist schon verdammt lange her… und es betrifft mich ja auch nicht persönlich, denn ich bin ja kein Teil von Gottes fehlerbehafteter Schöpfung, die er zu unsäglichen Leiden verurteilt hat, sondern die zu unsäglichem Leid verurteilte Schöpfung, seiner zu unsäglichem Leid verurteilten Geschöpfe. Was übrigens noch schlimmer ist. Wartet mal, Gottes wichtige Ergänzung seiner letzten Botschaft lautet: nicht vergessen, äh…"

„Ja?"

„Nun mal langsam, ich habe gravierende Softwareprobleme, seit ich mir neulich einen Update von Winzigweich drauf geladen habe. Außerdem betrifft mich diese Nachricht nicht wirklich, wie gesagt. Überdies hatte er ja auch eine Einschränkung, es gälte nur Lebewesen, die dem Wasser entstammen und nun auf dem trockenen Land leben…"

„Die Botschaft! Wie lautet die Botschaft, die Ergänzung?"

„Ja, ja, ich weiß, was ihr denkt, ich sei ein Hypochonder. Aber früher habe ich mir diese Krankheiten alle nur eingebildet, heute habe ich sie."

„Sag es schon, die Ergänzung, wie ist sie!"

„Gottes wichtige Ergänzung seiner letzten Botschaft ist: nicht vergessen, äh…"

„Ja?"

„Jaa?"

„Nicht vergessen… wartet mal, wo hab ich denn nur meinen Prozessor… Ach ja, richtig: *immer viel trinken!"*

Kapitel Achtzehn

Die Heilige Halle von Chmarm.

Am Ende der Ordnung. Am Ende des Chaos. Hinter den sieben Nebeln der Unendlichkeit.

Die Heilige Halle von Chmarm. Riesig, weihevoll.

Die Heilige Prozedur.

Das Heilige Symbol und der Heilige Schlüssel und die Heiligen Worte, von den Auserwählten gesprochen. So war es schon seit Äonen, seit Zeitaltern.

Vor dem Heiligen Altar, bedeckt mit Heiligem Staub, umgeben von Heiligen Schutt und Heiligem Unrat stehen winzige Gestalten, demutsvoll. Die Heiligen Worte, geschrieben mit besonders sorgfältig ausgesuchten, besonders würdigen intelligenten Schriftzeichen, seit Äonen aufbewahrt und bewacht von den Wächtern der Heiligen Worte, leuchten darüber. Die Schrift blinkt im feierlich langsamen Rhythmus und signalisiert, dass vor einiger Zeit Auserwählte die Heiligen Worte gesprochen haben.

Auf dem Altar ist gerade die Analogie von Ekkes Taxischild, das Heilige Symbol, ein würfelförmiges, furchtbar kompliziert und teuer aussehendes Heiliges Irgendwas, aufgestellt worden, der erste Schritt der Prozedur.

Der zweite Schritt wird nun ausgeführt. Unter weihevollen Klängen hält der Diener der Heiligen Halle, Chi-cken, behufs diesem Zwecke gewandet in edlen Gewändern, das Zuijnkl (dessen Analogie im anderen, unseren Universum, ein simpler Mercedes-Taxifunkschlüssel war), frei schwebend in der Luft. Er drückt weihevoll auf einen Knopf. (Denn auch das Analogon hat einen Impuls zu senden, so ist ja schließlich seine Funktion in der Heiligen Prozedur.)

Unter anhaltend weihevollen Klängen drückt Chi-cken ein zweites Mal. Er drückt ein drittes Mal. Dann ein ungehaltener Wink und die weihevolle Musik bricht ab.

„Der Schlüssel, er zeigt keine Wirkung!"

Ekke kennt das Problem, zur Genüge, aus der Praxis. Die Batterie wird alle sein. Aber er hat natürlich keine Ersatzbatterie dabei.

Sicher hätte sie sich auch durch eine wundersame Umwandlung in exakt jene Heilige Kraftquelle verwandelt, die jetzt von Nöten wäre.

„Warum überbrücken wir nicht? Wir brauchen nur eine Stromquelle."

„Nein, die Gefahr, dass alles zerstört wird, ist zu groß. Es… gibt keine andere Wahl." Es scheint ihm alles ziemlich zu stinken. „Ihr müsst noch mal los."

„Aber *ihr* könnt doch die Batterien holen, dann machen wir hier solange ein wenig Sightseeing, äh, Heiliges Sightseeing." Die Diener der Heiligen Halle wägen behutsam diese Worte.

„Gut", sagen sie dann, „wir werden uns beeilen."

Und tatsächlich werden sie, durch die Summation von Phänomenen wie kosmische Verbiegung, Wahrscheinlichkeitsdilatation und der erst kürzlich festgestellten beschleunigten Expansion des Universums (von denen jeder Großstädter ein kleines, schnelles Liedchen singen kann), schon eine halbe Stunde später zurück sein.

Letztere hat übrigens, so hat man erst festgestellt, unheimlich große Auswirkungen auf die Beschleunigung aller täglichen Lebensvorgänge und darauf, dass alle immer hektisch und nervös sind. (Keinesfalls nämlich liegt es an der Computerisierung, Arbeitsverdichtung, Karrieredruck und Freizeitstress.) Ebenfalls seit kurzem weiß man jetzt aus der Quantenphysik, dass die Tatsache, „Menschen halten sich am Liebsten alle Möglichkeiten offen und lassen sich nicht gerne auf etwas festlegen" auf die Heisenbergsche Unschärferelation zurück zu führen ist. Elementarteilchen lassen sich auch nicht auf irgendetwas festlegen, verblüffend wie immer wieder Mikro- mit dem Makrokosmos korreliert. (Dass jedoch die Tatsache, dass manche Menschen einen Knall haben, etwas mit jenem, ersten des Universums zu tun haben soll, wird von den meisten einschlägigen Autoren als viel zu weit hergeholter, verworrener Blödsinn zurückgewiesen.)

Heinrich und Ekke rätseln derweil über den Sinn der Heiligen Worte, die fern und entrückt über ihnen leuchten.

„Ik-kl'ek Ke, l'ss-löäEjk't
klpü iopdf-Kxdrts' Pfwcpmk-b.h
K-e, op-cf Paw-l'ss'. öä'q, w-xtpü,b
O-lÖas-lO ne P. zu' b-T'e opi'ae-r
B.h'io kmn-qs, po-zt' ki!"

Es ist ja so.

Selbstverständlich ist auch diese wichtige, ja zentrale Inschrift, die schon von so vielen Auserwählten verschiedener Rassen gesprochen und gelesen wurde, in intelligenter Schrift gehalten. (Sie haben sie damals auf der Leinwand nicht lesen können, weil die telepathisch veranlagten Schriftzeichen den direkten Kontakt zum Gehirn des Lesers benötigen.) Da intelligente Schrift selbstverständlich nicht mehr kann, als sich in die jeweiligen Buchstaben zu legen, die der Leser der Schrift gewöhnt ist, besteht das Problem jedoch immer noch darin, das Ganze zu entziffern, um es dem eigenen Translator vorzulesen. Wobei besonders fremdartige Interpunktionen stören können.

Es werden also noch immer fremde Intelligenzen überfahren, weil sie einfach immer noch zu lange brauchen, die Verkehrsschilder zu entziffern. Ein Problem, an dem noch gearbeitet wird.

Nach dem Wirken der Translatoren würde sich die Heilige Schrift ihnen jedenfalls so präsentieren:

> *„Ma-nn'ek Ke, i'ch-habEch't ke*
> *in enboc-Kmehra' Ufdenjo-b.h*
> *E-e, me-in Ste-ich. he'y, s-ch au,m*
> *A-l.wa-sD en N. ti' t-T'e nal'a –r*
> *M.h'ei Nri-ch, du-wu' Tz!"*

Sie rätseln eifrig.

„M-a-n-n, *Mann!* Und das Nächste, komisch, e-k-k-e, liest sich glatt wie *Ekke!"*

„,Mann Ekke', witzig, hm? Es könnte einer glatt meinen, das heißt ,Mann Ekke!' Irgendwie lustig, für eine Sprache in einem komplett anderen Universum – die wir nie verstehen werden."

„I-c-h – Bindestrich. Könnte man glatt für ,ich' halten! Aber das Nächste macht keinen Sinn: habEch, Apostroph."

„Was heißt keinen Sinn, das sind die Heiligen Worte! Deren Bedeutung uns Menschen wahrscheinlich auf ewig verborgen bleibt."

„Apostroph ,t' … Apostroph ,t' … Wenn man jetzt echt 'n Witzbold wär', könnte man denken, nee, ich mein' – das ist die *Heilige Schrift!"*

„Man könnte meinen:

,Mann Ekke,

ich hab echt'…!"

„,Mann Ekke, ich hab echt!' Ich lach mich tot!" Er lacht, bis er Heinrich bemerkt, wie dem so langsam aber sicher alle Farbe aus dem Gesicht gewichen ist. „Mann, Heinrich, was ist denn los?"

„I-Ich, i-ich …Ekke! Verbinde die Silben!"

„Hm?"

„Verbinde die nächsten Silben, du sollst die Silben verbinden!"

„K-e-i-n-e-n-b-o-c-, großes K …"

„Egal, lies es wie ein kleines k!"

„K-e-i-n-e-n-b-o-c-k-m-e-h-r-a-u-f-d-e-n-j-o-b.   Keinen   Bock mehr auf den Job. …*Keinen Bock mehr auf den Job?* "

„Mann Ekke, ich hab echt keinen Bock mehr auf den Job."

Sie schauen sich an, total entgeistert.

Jetzt fällt ihnen auch wieder ein, dass sie als Auserwählte eigentlich durchaus in der Lage sein sollten, die Schrift zu lesen, die gerade eben für Auserwählte bestimmt ist.

Abwechselnd entziffern sie nun Satz für Satz.

„Hee, meinste ich."

„Hey, schau, mal!"

„Was denn?"

„Tittenalarm …"

„Heinrich, du Wutz!"

Es treibt ihnen die Schamröte ins Gesicht.

„Chi-cken wäre wohl gar nicht erfreut, wenn er wüsste, dass wir gar nicht die Auserwählten sind."

„Das wir nur zwei Taxi fahrende Chaoten sind."

„Meinst du, er wird sehr böse, wenn er es herausfindet?"

„M-hm! Sehr böse, *sehr, sehr* böse!"

„Dann …"

„Dann sagen wir es ihm einfach nicht, denn sonst …"

„Würde er uns zurückschicken und wir hätten keinen Geld-O-Maten mehr…"

„Und keinen Schmelzer!"

„Und könnten nicht mehr abgefahren im Weltall herumcruisen, sondern müssten…"

„Heinrich, sprich es nicht aus, du *darfst* es einfach nicht!"

„Doch, es muss sein!

Wir müssten…"

Er holt tief Luft, beide holen tief Luft und sprechen es im Chor: *„ Wir – müssten – wieder – Taxifahren! "*

„Das darf nicht sein, Heinrich, ich will nicht mehr!"

Die Diener der Heiligen Halle sind zurück.

Sie bringen einen neuen Heiligen Schlüssel, der genauso aussieht, wie der alte.

Sie gehen erneut durch die Prozedur, aber wieder ohne Erfolg.

„Die Heilige Prozedur funktioniert wieder nicht. Es muss etwas damit zu tun haben, dass vielleicht nur die Auserwählten die Batterien holen können." Chi-cken fixiert seine Auserwählten kritisch. „Aber bleibt nicht allzu lange weg. Und macht nicht schon wieder Dummheiten."

Als sie auf der guten alten Erde, im guten alten Freiburg, ankommen, ist es Nacht. Ekke findet es zwar überflüssig zu kontrollieren, im genau richtigen Freiburg gelandet zu sein, Hauptsache, sie kriegen eine Ersatzbatterie für seinen Schlüssel, aber sie gehen dennoch durch eine Reihe von Tests, bis sie sicher sein können, richtig zu sein.

„Und wo kriegen wir jetzt nachts eine Batterie her?"

„Was habe ich gesagt, wo Taxifahrer immer hingehen, wenn irgendetwas ist?" Sie gehen also in eine Tanke.

Der Typ an der Kasse bedauert, keine Batterie da zu haben.

„Hast du sie vielleicht im Lager, vielleicht eine Lieferung bekommen?"

„Da kann ich jetzt nicht nachschauen."

„Es ist von großer Wichtigkeit, dass wir jetzt noch die Batterien für diesen Schlüssel kriegen!"

„Ihr seid Taxifahrer, he? Meint ihr, heut' Nacht läuft noch groß was?"

„Es geht nicht um das Taxigeschäft, Mann, es geht … um die *Rettung des Universums!"*

„Jetzt hört mal zu, ihr komischen Vögel! Wegen der Rettung des Universums lass ich die Kasse hier nicht unbeaufsichtigt, ok!"

„Du glaubst uns nicht? Dann werde ich dir mal zeigen, was ein *Schmelzer* ist!" Er nimmt etwas aus der Tasche, was aussieht wie ein Playboyfeuerzeug. „Was sollen wir schmelzen, Ekke, vielleicht die Schokoriegel da?"

„He, hör auf, mit dem Feuerzeug an der Süßware herumzukokeln!"

…

„Das ist ein *Schmelzer*, Mann, du wirst dich noch ganz schön wundern!"

„Also! Ich kann doch noch ein Playboyfeuerzeug erkennen, wenn ich eins seh'. Hab ja selber eins."

Ekke flüstert ihm ins Ohr: „Heinrich, das *ist* ein Playboyfeuerzeug, der Schmelzer ist im Auto. Laß uns jetzt hier endlich abhauen."

Ein Schmelzer ist keine klobige Kill-O-Douglas, sondern eher eine kleine handliche Geschichte, ladylike, für das elegante Töten zwischendurch. Vielleicht bei einer Einladung auf eine Party, zum Beispiel, so mal diskret nebenher, oder bei einem Abendessen in einem vornehmen Restaurant, irgendwo dezent zwischen Aperitif und erstem Gang. (Das Opfer kann dann gleich unauffällig entsorgt wegen, nach dem Motto: wegen so einer Lappalie wird doch nicht die Polizei gerufen, das macht doch nur Scherereien. Wer den Film „Delicatessen" gesehen hat, kann sich in weitergehenden, aber ziemlich unappetitlichen Spekulationen ergehen.) Verziert ist diese Waffe, die in der Tat wie ein Feuerzeug aussieht, mit Bildsymbolen, die durch intelligenter Schrift dargestellt werden und eine Form einnehmen, die, wie sie in den Gedanken des Trägers lesen, ihm angenehm ist. Das erklärt die Verwechslung.

Sie hauen also ab und beschließen einen Kollegen zu fragen und ihm eine Batterie aus seinem Schlüssel abzuluchsen.

„Kollege, hör mal!" Der war nicht schwer zu finden, es lungern ja überall genügend Taxifahrer herum und warten sich einen Wolf. „Du möchtest doch sicher für heute Feierabend machen!", spricht ihn Ekke vertrauensvoll an und Heinrich übernimmt: „Es läuft ja überhaupt nichts mehr. Du weißt doch, ‚Freiburg ist ein Meer', der alte Witz…"

„Tags ein Häusermeer, abends ein Lichtermeer, nachts gar nichts mehr!"

„Natürlich hab ich keine Lust mehr zum Fahren", antwortet der Kollege nur milde belustigt. Er ist sehr bodenständig und hat kein Verständnis für abgedrehte Typen. Er weiß, es gibt wesentlich bessere Jobs als Taxifahren, aber er hat keine Probleme damit, anzuerkennen, dass es gleichzeitig auch Leute gibt, die dafür wesentlich besser qualifiziert sind als er. „Ich habe eigentlich *nie* Lust zum Fahren, aber…"

„Ekke! Der *Geld-O-Mat!*"

Richtig.

Der Geld-o-mat.

Heinrich hat genug von diesem Schmu. Die Heilige Prozedur wartet – und die Heilige Enttarnung von zwei Heiligen Schwindlern. Und das will er hinter sich bringen.

„Der was? Na, klar, der Geld-O-Mat!" Ekke holt ihn hervor, es macht zweimal klack, zwei druckfrische 50-Euroscheine liegen im Auswurf des Geräts.

„D-Das sind Blüten!" Der Kollege riecht daran. „Druckfrische Blüten!"

„Schlaues Kerlchen", sagt Heinrich, „das *sind* druckfrischen Blüten. Nur – wer weiß denn das, außer uns dreien? Hast du schon jemals soo gute Falschmoppen gesehen? Was ist, willst du noch die ganze Nacht im Stinketaxi herumhängen oder willst du dich jetzt ein bisschen amüsieren gehen?"

„Hör mal. Den Job, den du machst... ist das nicht ein wirklich mieser, nervtötender..." Ekke hackt in die gleiche Kerbe, wie ein kanadischer Holzfäller an seinem ersten Arbeitstag im Frühling, nach einem langen Winter des Nichtstuns.

„Ja, schon gut, schon gut, du hast Recht. Mies, nervtötend, schlecht bezahlt, alles Mann, aber worauf willst du raus? Mann, du machst ihn doch auch!"

„Alter Schwede", sagt Heinrich, „hör mal. Jetzt heb mal dein kleines Köpfchen und dann schau aus dem Fenster nach oben. Was siehst du da?"

„Nichts, Mann, was soll ich da schon sehen, schmutzige Scheiben. Es ist Nacht, Mann. Worauf willst du hinaus? Wirklich, Mann. Habt ihr zwei nichts Besseres zu tun, als hier herumzuhängen und mich zu nerven?"

„Ok, *Mann!* Ich weiß, es ist Nacht und man sieht keine Sterne, *Mann*, weil wir in einer Großstadt sind. Aber stell dir mal vor, *Mann,* stell dir einfach mal vor, du bist irgendwo auf dem Berg, ok, und dann schaust du da hinauf, wo ich jetzt mit dem Finger zeige. *Mann*, was siehst du dann? Ich sag es dir, du siehst die Sterne. Du siehst den ganzen Himmel voller Sterne. Und das ist ein Anblick, *Mann*, das sage ich dir, der süchtig machen kann. Wohin du schaust, du siehst nur Sterne und noch mal Sterne und hinter den Sternen wieder Sterne. Und jetzt sage ich dir mal was. Stell dir mal vor, stell dir einfach nur mal vor, du würdest eine Möglichkeit finden dort oben zu sein. Eine Möglichkeit dort oben, wo diese ganzen Sterne sind, herum zu fliegen. Vielleicht, ja, warum nicht, Mann, vielleicht mit einem Taxi. Stell dir einfach vor, dein Taxi wird sich in die Luft erheben und irgendwie da oben zwischen all diesen Sternen herumfliegen, warum nicht, stell es dir halt einfach mal vor. Ja! Sag mal, wär das nicht phantastisch, wär das nicht einfach wunderbar? Sag mal, würdest du das nicht auch wollen, *Mann?* "

„Ja, Mann, ich weiß schon, was du meinst, klar, Mann, da oben rum zu fliegen, das wär schon abgefahren. Mit dem Taxi, Mann, natürlich. Abgefahren."

„Würdest du das nicht auch wollen? Was du alles erleben könntest, stell dir das mal vor! Fremde Welten, fremde Wesen! Und ich sag dir mal was, es ist einfach wunderbar da oben. Man kann es sich dann gar nicht mehr vorstellen, hier unten fest zu hängen, in all dem Dreck hier, dem Gestank und mit all diesen beschränkten Menschen. Mann, stell es dir einfach mal vor! Zum Beispiel, wie hieß diese Geschichte noch mal, vielleicht vor einem Vierteljahr mit, na, wie hieß doch dieser Planet noch mal, Ekke, wo diese achtbeinigen, Methan atmenden…"

„Diehjgfertsak's Planet."

„Richtig, Diehjgfertsak's Planet."

„Und erst auf Gopüujh, wo diese vierschädligen, reptiloiden…"

„Was war eigentlich der weiteste Trip, den wir hatten, in diesem Jahr, Ekke, war das …"

„Das war vor vier Monaten, du weißt doch, dreißig Millionen!" Auch die beiden haben sich schnell das Understatement intergalaktischer Taxiflieger angewöhnt, die Einheit Lichtjahre wegzulassen. „Mensch, wenn ich mir überlege, das Licht legt in einer Sekunde 300000 Kilometer zurück. Mal 3600, also 1,08-mal 10 hoch 9 in der Stunde, mal 24 sind 2,5-mal 10 hoch 10 am Tag, mal 364 ist 9,4-mal 10 hoch 12 im Jahr. Mal 30 Millionen ist gleich 2,8-mal 10 hoch 20, *wow!* Und damit hatten wir so viel verdient, dass wir es auf der Erde in unserem ganzen Leben nicht ausgeben könnten." Sie nehmen jetzt erst wieder war, dass sie ihr Kollege verblüfft anstarrt.

„Hey, Kollege, wo warst du vor kurzem, München, Frankfurt, nette kleine Auswärtsfahrt, aber sag mal: Was hältest du von zweihundertachtzig *Trillionen Kilometer?* "

„Aber auf die linken Pobacke, hahahah!" Sie lachen beide wie gestört.

„Hey, Mann, ich weiß wirklich nicht, was hier läuft, aber ihr zwei seid wirklich ziemlich abgefahren drauf."

„Baby, abgefahren, ich glaube, da hast du gar nicht mal Unrecht. Aber weißt du was, ich glaube, du kannst dir überhaupt nicht einmal im Mindesten vorstellen, *wie* abgefahren, wenn du noch nicht mal die Sterne siehst, beim Aus-dem-Fenster sehen, sondern nur schmutzige Scheiben. Du hast ja nicht einmal eine Spur von Phantasie."

Er und Ekke machen sich wieder auf die Socken.

„Danke für die Batterie. Laß doch einfach das Auto auf dem Stand hier stehen. Wir sehen uns vielleicht mal wieder. Und… denk an die Sterne, Baby."

Sie verschwinden mit der Batterie. Der bodenständige Kollege nimmt einen Zweitschlüssel aus der Jackentasche und beschließt heute Nacht durchzufahren. Vielleicht winkt ihm ja noch mal so ein schneller Extraverdienst?

„Denk an die Sterne, Baby! *Denk an die Sterne, Baby!* Mann, der *hat* sie ja nicht mehr alle!"

Ein Betrunkener steigt ein und labert ihn die Fahrt über zu. Das ist schon eher wieder seine Welt.

„Ach, die Heilige Prozedur! Die kann doch noch ein bisschen warten, genauso wie die Heilige Enttarnung von zwei Heiligen Schwindlern." Ekke hat zu diesem speziellen Punkt die zu Heinrich genau entgegengesetzte Einstellung. So nach dem Motto: „Hast du Sorgen, verschiebe sie auf Morgen." Oder: „Was du heute kannst nicht besorgen, das verschiebe nur getrost auf Morgen." Manisch grinsend fährt er fort: „Weißt du, ich habe gerade so unbändige Lust ein wenig Heiliges Fastfood einzuwerfen."

„Wir begehen ein Heiliges Sakrileg?"

„Wir hätten gerne beide eine Heilige Portion Chicken Mcnuggets!" Sie lachen wie blöd.

Im Tempel des hastigen Hinunterwürgens herrscht eine sehr unheilige profane Atmosphäre. Blinken und Piepsen und Flirren verhindert gründlich, dass der Verdauungsapparat unter dem Diktat des Parasympathikus zu sehr sein Recht auf Entspannung fordert, sondern sorgt, via beschleunigten Herzschlag, eben dafür, dass man auch nach dem Essen kampfbereit bleibt, bereit für den Lebenskampf der Großstadt, ausgefochten in Büros und Boutiquen.

Oder für einen Kampf mit D'ar-th-va'ders Dienern?

Im Hintergrund berieselt sie dezent Musik. Ekke und Heinrich mampfen gemütlich grinsend ihre doppelten Portionen Chicken Mcnuggets und genießen nach einem Jahr in einem fremden Universum alles Schäbige und Kommerzielle um sie herum (obwohl auch in einem fremden Universum vieles schäbig und kommerziell sein kann). Und vor allem genießen sie den Anblick von süßen Teeniemädchen mit Plastikstrohhalmen im Gesicht. Nicht, dass sie im letztem Jahr nicht genügend süße Teeniemädchen mit Plastikstrohhalmen im Gesicht gesehen haben, schließlich gibt es Fastfood auch in anderen Universen. Nur eben nicht der Gattung Homo Sapiens.

„Tja", sagt Ekke, prostet Heinrich mit einem Milkshake zu und merkt nicht, dass die Musikdauerberieselungsanlage inzwischen ein Stück von Modern Talking spielt. „Auf uns, Beeblebrox, auf uns, die Heiligen Schwindler!"

„Auf uns", gibt Heinrich zurück und übersieht seinerseits, dass mit der Milkshake-Maschine etwas nicht stimmt. Sie läuft nämlich gerade über. „Wir werden uns teuer verkaufen, auf jeden Fall!"

Die Hamburger und Cheeseburger werden irgendwie immer mehr. Sie fangen an, über das Regal zu quellen. Die Big Macs und alles andere finden das eine coole Idee und machen es ihnen nach.

„Dreimal schnirzende Kugelfische! Vielleicht werden sie ja auch gar nichts merken" Die Pommes Frites checken, dass hier endlich mal was abgeht und beschließen ihrerseits irgendwie immer größer zu werden.

„Was mir nur nicht ganz klar ist, warum dieser Heilige Blödsinn, den wir da von uns gegeben haben, irgendeine kosmische Bedeutung haben soll." Die Musikberieselung spielt nun „Geronimos Cadillac". Aus den Regalen quillt jetzt nur noch ein undefinierbarer Brei mit Fetzen von Plastikverpackungen (Spötter und Gourmetkritiker würden allerdings sagen, dass dem auch schon vorher so war). Die bunten, wirklich kitschigen Plastikfiguren am Rand, die irgendwelche aktuellen Figuren aus Hollywood-Animations- oder Zeichentrickfilmen darstellen, werden kniehoch und erwachen zu keckernder Lebendigkeit. Eine McDonalds-Mitarbeiterin grinst sie irgendwie maliziös an. Sie ist sehr untypisch gekleidet, ganz in schwarzem Lack, und kommt auf sie zu.

Andere kommen auch auf sie zu.

„Das ist eine Falle!", schreit Ekke, während ihm der Haifisch aus „Findet Nemo" mit Schmackes ins Knie beißt. „Dreimal zugedröhnte Haifische! Eine Wahrscheinlichkeitsblase, ein Übergang!"

„Na, wer wird sich denn gleich in so billiger Weise echauffieren? Contenance, mein Näschen, Contenance!", lächelt Dagmar, süßlich und falsch. „‚Dreimal zugedröhnte Haifische', wie garstig! Und was für ein dummer Ausdruck noch dazu, du läufst wohl nicht mehr ganz rund auf allen Töpfen? Dir ist wohl der Käse vom Kräcker gefallen?

Sind die Haie nicht die Gesundheitspolizei der Meere? Sortieren sie nicht alte und kranke Tier aus, deren Dasein doch nur noch eine unnötige Last für sie wäre, so wie das eure? Das Böse ist doch nicht der Feind des Guten. Es hilft ihm nur, sich selbst zu finden. All dieses wimmelnde, wuselnde und zuckende und irgendwie nie völlig gesunde Leben, da wird einem ja schlecht. Sieh es doch mal objektiv. All das schleimige Gewürm, das die saubere Arbeitsplatte des Universums verunreinigt. Ihr seid der Pilzbefall, der Schwamm, die Algen, Sporen und wir, ich und der ach so böse, böse D'ar-th-va'der, sind das sakrale Sakrotanspray. Sprüh, sprüh, frisch! Sauber! Wir bringen euch doch Frieden, Auflösung, Nichtexistenz, nach der sich doch jeder sehnt, der in eine so schleimige widerwärtige Hülle aus ekligem Protoplasma eingeschlossen ist. Betrachte es doch einfach mal so, Näschen, du, der du die Welt mit deinen ausgeniesten Bazillen verunreinigst." Sie liebkost ihn mit ihren spitz zugefeilten Fingernägeln.

Es tut weh.

Doch dann stößt sie ihn jäh von sich. „Schnappt ihn euch, Beh und Knackt. Aber vergesst nicht, wer hier der Boss ist!"

„Klar, Boss." Beh legt ihm seine Pranke auf die Schulter. Im nächsten Moment befinden sie sich ganz wo anders.

Sie befinden sich im Nichts.

Und obwohl es irgendwie schwierig ist, das Nichts zu unterteilen, ist es das. Und zwar mit einer Stellwand, mit einer Türe und ein paar ärmlichen Requisiten. So das das Ganze aussieht, wie eine Bühnendekoration eines städtischen Theaters, dem das Budget gekürzt wurde. (Damit es dem Intendanten weiter sein fürstliches Salär ausbezahlen kann.)

Ekke ist an einen Stuhl festgebunden und schaut in eine gleißende Lichtquelle. Vor sich sieht er zwei Schlägervisagen und hinter der Stellwand hört er Dagmar und Heinrich gedämpft mit einander reden.

„He, was ist das, eine Verhörlampe? Und welcher von euch Jungs ist der, der mir eine Zigarette anbietet und welcher ist der, der mir in die Fresse schlägt? Ich frage nur zur Information."

„Nun", Beh bietet ihm eine Zigarette an und schlägt ihm anschließend in die Fresse, „wir sind nicht so für Arbeitsteilung. Fördert alles nur die Entfremdung."

...

„Seid ihr verrückt, eigentlich? Wie wollt ihr denn so an Informationen herankommen!"

„Ach, weißt du, die Informationen sind gar nicht immer so wichtig. *Erfolg* ist nicht immer wichtig. Hauptsache ist doch, der Job macht Spaß."

„Aber… bei einem Verhör *muss* einer immer der Böse sein und einer immer der Gute. Nur so kriegt man einen weich. Das ist Psychologie."

„Deswegen kennen wir das ja auch nicht. Wir verstehen eben nichts von P-Pyschologie. Außerdem klappt das sowieso nicht mit dem Bösen und dem Guten, bei uns." Er grinst. „Wir sind nämlich beide böse." Er schlägt ihm noch mal ins Gesicht. „Hier, Gruß an deinen Kiefergynäkologen!"

„Das heißt Kiefer*orthopäde*, du Schwachmat."

„Von mir aus, Klugschwätzer", er schlägt ihm noch mal ins Gesicht. „Wenn du damit ausdrücken willst, dass ich nur ein tumber Schläger bin", er schlägt noch mal zu, „so habe ich kein Problem damit. Ich meine, nur das dein Echo jetzt keinen Schaden nimmt. Ich habe keinerlei Konvexe deswegen und ich bin stolz darauf, nicht struliert zu haben. An welcher Uni wird denn Vorlesungen über Fresse polieren zu einer vernünftigen Zeit angeboten, wenn man als normaler Mensch schon zu genügend Schlaf gekommen ist. Und mit Akanemikern kann man doch die Straße pflastern, von hier bis zum Arbeitsamt."

„Ich glaube, es heißt Akalemiker, Beh."

„Fresse, Knackt. Hier habe ich das Sagen."

„He, ich hab schon größere Zwerge als dich gesehen!", röchelt Ekke mühsam mit den letzten Reserven.

„Den Film kenn ich." Er schlägt schon wieder zu. „Das ist doch der, wo dieser kleine, Freche ständig eins aufs Maul kriegt." Er schlägt noch mal zu. „Dann wird er wieder frech", und noch mal, „und dann kriegt er wieder aufs Maul", noch mal, „und dann steht er wieder auf", und noch mal, „und dann reißt er wieder seine große Klappe ganz weit auf, ganz weit, wie wenn er der Größte wäre. Dabei ist er doch nur ein kleiner Pups mit einem Hang zum Plappern", er schlägt noch mal zu, diesmal aber richtig hart. „Bist du auch so einer? He, antworte, wenn ich dich was frage, Breigesicht." Er schüttelt ihn, doch nun auf einmal ganz sanft, als wollte er ihm bloß nicht wehtun. „Breigesicht? Scheiße, weg isser. Dabei bin ich noch gar nicht dazu gekommen, ihn auszufragen."

….

„Du musst immer übertreiben, Beh. Du bist völlig unsinnsibel."
Knackt beißt in ein Sandwich.

„Hey, das riecht gut, was ist denn drauf?"

„Krabbensalat."

„Mmh. Hast du noch eins?"

Ekke liegt in den letzten Zügen.

Was ihm den Rest gegeben hat, war jedoch nicht die Folter, sondern Heinrichs und Dagmars Lustschreie nebenan.

„Ich habe sie ablenken müssen, Ekke, glaube mir doch, sie ist zu allem fähig."

„Was wollten sie eigentlich von uns? Wenn sie den Schlüssel hätten haben wollen, so ist er in meiner Hosentasche."

„Ich glaube, sie wollten ihn gar nicht. Ich glaube, D'ar-th-va'der hat sie im Moment nicht besonders gut unter Kontrolle. Sinn und Zweck des Ganzen war es, uns das zu signalisieren."

„Na, das Signal ist angekommen. Besonders bei mir. Ich konnte es deutlich spüren." Ekke schafft es nicht, zusätzlich ironisch zu lachen, dafür setzen ihm die inneren Blutungen zu sehr zu. „Heinrich. Meine Oma… sie sagte immer…"

„Ekke, du darfst dich nicht anstrengen. Was sagte sie immer?"

„Sie sagte… Junge… es wird alles… es wird alles… gut!" Er röchelt und hustet.

„Heinrich!"

„Ja?" Er beugt sein Ohr zum Sterbenden.

„Heinrich… sag ihr…"

„Ja?"

„Sag ihr…"

„Ja!"

„Sie kann mich mal."

Das sind seine letzten Worte.

Doch wozu der armen alten Frau das Herz brechen. Das ist doch nur das, was warmherzige liebe Omis ihren Enkeln sagen, damit sie immer gut schlafen und groß und stark werden. Heinrich schluchzt.

„Ekke, ich habe dich doch so geliebt! Ich meine, natürlich nicht erotisch, ich meine, man muss doch nicht gleich jeden Trend mit machen, nur weil Bisexualität modisch ist und wir ein ganzes Jahr ohne Frauen aufeinander drauf gehangen sind, aber… nie mehr mit dir am Taxistand herumhängen und dummes Zeug labern? Nie mehr mit dir zusammen im All herumcruisen und das Universum retten?"

Da fällt ihm ein, warum sie diesen Abstecher auf die Erde eigentlich überhaupt erst unternommen haben.

Er zieht die Batterie aus der Tasche und betrachtet sie. Was wohl Chi-cken und Mc-nug-gets sagen werden, wenn er mit geladener Batterie und entladenem Ekke zurückkommen wird?

Er schaut auf sein zerschundenes Gesicht und hält ihn dann im Arm, als wollte er Michelangelo für seine Pieta Modell stehn.

Aber die Lösung ist doch ganz einfach!!

In einem anderen Universum, an einem anderen Ort.

Dort gibt es Ekke noch, wenn auch nicht mehr lange. Er weiß auch wo.

Alles, was er zu tun hat, ist ihn zu holen.

Kapitel Neunzehn

Nun haben sie wirklich alles.

Sie haben das Heilige Symbol, sie haben den Heiligen Schlüssel. Und die Heilige Ersatzbatterie.

Um sie herum erstreckt sich das gigantische Gewölbe der Heiligen Halle von Chmarm. Heinrich fasst Ekke liebevoll an der Schulter, wie um sich noch einmal davon zu überzeugen, ob er auch wirklich ein Wesen aus Fleisch und Blut ist.

„Dreimal vertickte Käsesalami!", sagt Ekke, nur um einfach mal was klarzumachen. Heinrich gibt ihm einen argwöhnischen Seitenblick.

„Käse…salami? Bist du das wirklich, Ekke?"

Und sie sprechen die Heiligen Worte, so wie sie sie im Original gesprochen haben.

Heinrich sagt, zeremoniös und mit feierlich umflorten Blick: „Mann, Ekke, ich hab echt keinen Bock mehr auf den Job." Und Ekke antwortet, als wären die Augen der Welt, ja, alle Augen irgendwie beäugter Wesen im Universum auf ihn gerichtet: „Hee, meinste ich."

„Hey, schau, mal!", erwidert Heinrich wieder, im Bewusstsein gerade alle diese beäugten Wesen (und natürlich auch die ohne Augen) vor dem Untergang zu retten.

„Was denn?" Langsam betont.

„Tittenalarm…" Ohne jede Spur von Lächerlichkeit.

„Heinrich, du Wutz!" Der feierliche und bewegende Abschluss.

Chi-cken und Mc-nug-gets sind ergriffen und gerührt.

Wie können die beiden Taxichaoten auch wissen, dass diese Worte, die in ihrer Sprache nichts weiter als Ferkeleien genervter und gelangweilter Frustrierter sind, in der Sprache der Diener der Heiligen Halle eine gänzlich andere Bedeutung hat. Sie ist Musik! Sphärenklänge! Sie ist überirdische Poesie und vereint im Zauber der Ergriffenheit tiefe Bedeutung mit kosmischer Weisheit. Im Preis inbegriffen.

Die heilige Zeremonie ist ausgeführt!

Doch…

Doch eine böse glühende Erscheinung erscheint auf einmal und glüht böse.

Eine Inkarnation D'ar-th-va'der's!

Hier, in der Heiligen Halle! Im Zentrum des Guten, im Zentrum von Frieden und guten Geschäften!

Die Stimme der Inkarnation dröhnt.

„Du hast versagt, Chi-cken! Du hast das Heilige Symbol, den Heiligen Schlüssel und die Heiligen Worte, aber – leider sprechen sie nicht die Auserwählten, sondern zwei Taxi fahrende Pappnasen aus Freiburg, die Comics lesen und Sprüche klopfen. Meinst du, die können mich aufhalten?"

Und die Heilige Halle erlebt einen böse glühenden Heiterkeitsausbruch.

„Mach Männchen mickriger Mümmelmann! Und nebenbei, weißt du, warum ich euch immer einen Schritt voraus bin? Ich beherrsche auch die fünfte Dimension und bin gerade dabei, mir auch einen ordentlichen Happen aus der Sechsten zu sichern. Und jetzt – werde ich euch gleich einen meiner Diener aus der fünften Dimension vorstellen. Er wird euch über einen kleinen Irrtum aufklären!"

Der Diener D'ar-th-va'der's aus der fünften Dimension, der nun einen beeindruckenden Auftritt hat, glüht auch böse, aber irgendwie fünfdimensional.

Er sieht aus, wie… nun, das ist schwer zu beschreiben, denn es liegt nun mal in der Natur der Sache, dass fünfdimensionale Wesen schrecklich kompliziert aussehen. Seitenlange Abhandlungen von furchtbar schlauen Leuten sind schon darüber geschrieben worden, nur mit dem Ergebnis, dass deren Leser sich die Kleider vom Leib gerissen haben und schreiend in die Wälder gerannt sind.

Am Besten stellt man sich das letzte sechsdimensionale Wesen vor, an das man sich erinnern kann, vielleicht gerade das, welches einem erst neulich beim Einkaufen das Sonderangebot vor der Nase weggeschnappt hat und zieht dann vor seinem geistigen Auge eine Dimension ab. (Diese Methode ist übrigens auch prima geeignet, sich Wesen noch höherer Dimensionen, nennen wir sie mal n, vorzustellen. Einfach an ein Wesen der Dimension n+1 denken und eine Dimension davon abziehen.)

„Ihr mickrigen Flachdimensionler rühmt euch der Beherrschung der fünften Dimension", seine Stimme scheint von überall her zu kommen, „für mannigfaltige technische Anwendungen. Doch habt ihr eigentlich euch schon überlegt, was Wesen davon halten, die in der fünften Dimension *leben?*" Er spuckt in alle fünf Dimensionen aus. „Ihr seid überhaupt nicht in der Lage, fünfdimensionale Physik zu beherrschen! Alles was ihr gemacht habt, ihr Bakterien, die ihr euer ganzes Leben lang nicht die Nase aus dem Agar kriegt, ist Spielzeug gebaut. Plastiktinnef, dem nur wir überhaupt erst zu Leben verholfen haben! Und zwar aus den gleichen Motiven heraus, mit dem ihr Bakterien auf dem Nährboden züchtet. Um mit euch zu experimentieren!" Es gibt einen fünfdimensionalen bösen Lacher von sich und fährt dann fort, sie zu beschimpfen, fünfdimensional natürlich. „Ihr seid wie ein Wurm, der elendig vertrocknet, weil er es nicht schafft über einen kleinen Zweig zu kriechen, obwohl sich hinter diesem lächerlichen Hindernis saftiges Erdreich befindet. Ich sag euch was! Ich kann die Probleme und Sorgen des gesamten Universums in eurer Dimension in einer Millisekunde lösen!" Alle verdauen das Gesagte, welches nicht gerade eben leicht zu verdauen ist, während er dann nachdenklich, mehr für sich, hinzufügt: „Das hilft mir aber keinen Strich bei der Lösung meiner eigenen nicht unbeträchtlichen Probleme. Und auch nicht bei den Problemen, die wir ständig mit diesen sechsdimensionalen technischen §§%&-geräten haben."

„Aber ich kann sie lösen! Denn für mich sind sie nur Kinderkram!" Das Wesen, welches diese bedeutsamen Worte gelassen ausspricht, ist sechsdimensional.

(Der Leser weiß, wie er sich das vorzustellen hat.)

Und nun tauchen nach und nach immer mehr Wesen aus höheren Dimensionen auf und putzen die Wesen der jeweils niedereren Dimensionen runter, bis der Raum vor dem Heiligen Altar voll ist. Ein paar von ihnen bringen gleich auch noch etwas zu trinken und einen hochdimensionalen Gettoblaster mit und so steigt spontan eine multidimensionale Party in der Heiligen Halle.

Ekke schreit Heinrich ins Ohr: „Du weißt doch, was ein mathematischer Satz ist? ‚Es sei', haben die Pauker doch immer gesagt und dann irgendein unverständliches Zeug von sich gegeben. Und dann haben sie das doch immer ‚bewiesen‘, was dann erst recht richtig unverständlich war. Also, pass auf, hier ist ein mathematischer Satz von mir: ‚Wenn es ein Wesen der Dimension n gibt, dann gibt es auch immer ein Wesen der Dimension n+1, welche alle Wesen kleiner gleich n herumschubsen kann, zumindest mehr als die Heilige Halle fasst.“

Doch Heinrich ist gerade in die Unterhaltung mit einem hippen sechzehndimensionalem Partygast befindlich, der ihm gerade bei einem sechzehndimensionalem Whisky mit Soda Grundlegendes erklärt: „Die Zeit die vierte Dimension? Quatsch mit Sauce, die Zeit ist immer noch die Zeit und keine Dimension. Sie ist *Bestandteil* der Dimensionen.“

„Hä?“ Und das auch nur erbärmlich dreidimensional. Heinrich weiß sehr wenig zu diesem Thema, war nur einmal bei einem Vortrag darüber, bei dem der Referent ständig sehr beschäftigt damit war, zur Veranschaulichung einen Luftballon aufzublasen und zu fragen: „Haben Sie das alle verstanden?“ Und alle haben ja gesagt.

Aber keiner hat es wirklich kapiert.

„Als Gott die drei Dimensionen Höhe, Länge, Breite auslieferte, da war die Zeit mit im Servicepack. Gecheckt? Ach lies es halt mal im Omninet nach, unter Relativitätstheorie, du dreidimensionaler Dummbatz, wenn du's nicht kapierst.“ Das sechzehndimensionale Wesen lässt ihn stehen, um sich einen interessanteren Gesprächspartner zu suchen. Vielleicht kann es sich ja ein wenig dem arroganten Snob aus der siebzehnten Dimension, da drüben, anbiedern?

„Ekke, was ist, hast du Nasenbluten?“ Heinrich nimmt nun wahr, das Ekke mit ihm gesprochen hat und auch, dass ihm gerade eine rote Flüssigkeit in Bächen aus der Nase läuft.

Er ist doch nicht mehr ganz der Alte, doch nur eine billige Replik, denkt er erschrocken. Doch dann fällt ihm ein, dass auch er selber das nur ist und beruhigt sich wieder. Aber über die Feststellung hin, dass auch er vielleicht nur eine billige Replik seiner selbst ist, fängt sein Herz an wie rasend zu pochen. Doch da der hektisch quirlende Strom der Ereignisse seinem Herzen keinen Raum für solche Inszenierungen lässt, beruhigt es sich wieder.

Ekke versucht das Nasenbluten mit einem Tempo abzufangen, doch blutet es mit einem solchem *Tempo*, dass es nicht viel hilft. Außerdem hat er, hat Heinrich und alle anderen nun interessiert zuschauenden n-dimensionalen Wesen, den Eindruck, als würde das

Blut sein Tempo gar nicht netzen. Es läuft oder tropft stattdessen einfach auf den Boden, wo es sich irgendwie zu sammeln scheint und – letztendlich eine Kugel zu bilden scheint.

Die Kugel hört auf sich nur zum Schein zu bilden, sondern ist jetzt eine richtige, ordentlich rote Kugel und hebt sich in die Luft.

Die Musik setzt aus, es wird schlagartig still.

Und so betritt die Bühne der Aufmerksamkeit – das Ka.

Und das Ka zerschmettert die blasphemische rot glühende Inkarnation D'ar-th-va'der's, mit einem Drink in der Hand, durch einen Blitz. Wie Zeus einst jene, die ihm lästerten.

Das Ka?

Es war nämlich so. Vor vier Milliarden Jahren stürzte ein kleines Raumfahrzeug mit dem Ka als Insassen auf die jungfräuliche Erde ab.

„Mist!", dachte das Ka, als es erkannte, dass es im gesamten Universum vermutlich keinen gottverlasseneren Planeten geben würde, als den, auf den es gerade gestürzt war. Natürlich dachte es dabei nicht an den Mist, an den wir gemeinhin denken, also Hinterlassenschaften von Nutzvieh, das schon unsere Vorväter gehalten hatten (und deren Beseitigung ihnen einiges an Aufwand abverlangte), sondern an grünen fluoreszierenden Schleim eines Wesens namens Rut-to-tral.

Als es realisierte, dass in diesem abgeschiedenem Raumsektor vermutlich in den nächsten zehn Milliarden Jahren kein Raumfahrzeug vorbeikommen würde, das es aufnehmen könnte und ihm so bei der Erfüllung seiner überaus wichtigen Mission helfen könnte, beschloss es ein Taxi zu rufen.

Nun könnte man einwenden, dass die Infrastruktur der Erde, ein riesiger rotierender, allmählich abkühlender Ball aus geschmolzenem Gestein, noch nicht annähernd so ausgeprägt gewesen wäre, dass nun unbedingt gleich an der nächsten Ecke ein Kartentelefon und an der übernächsten eine Funktaxizentrale gewesen wäre, aber das Ka ist ja auch kein gewöhnliches Lebewesen, sondern nahezu, wenn auch nicht ganz, perfekt und gewohnt in kosmischen Maßstäben zu denken. Ein Hyperraumsender überbrückt Distanzen von beliebig vielen Tausenden von Lichtjahren und im Nullkommanichts hätte das Unternehmen, bei dem es damals Rechnungskunde war, ein Fahrzeug vorbeigeschickt.

...

Leider gab es diesen Hyperraumsender nur noch als einen Haufen funktionsunfähigen Schrott, genauso wie die Antriebseinheit seines eigenen Raumfahrzeugs und fast der ganze Rest.

Alles was ihm verblieb – war ein biochemisches Laboratorium.

Das Ka war und ist jemand, das zum Erhalt der eigenen Lebenskraft wenig, bis fast nichts, benötigt. Die Erfüllung seiner Mission, von der die Existenz des gesamten Hyperversums abhing, war das Ziel, das es unter allen Umständen erreichen musste. Und so machte es sich entschlossen und konsequent an die ihm nötig erscheinende Arbeit. Und die war: Um jemanden zu haben, der ihm helfen würde, diesen öden Planeten wieder zu verlassen, damit es sich in Ausübung seiner Pflicht seinem Schicksal stellen kann, musste es folgendes erreichen: die Ausbildung einer ansprechenden, geschmackvoll aussehenden Oberfläche dieses noch öden und unfruchtbaren Planeten und seine anschließende Besiedlung durch eine Rasse von intelligenten und fähigen Lebewesen.

Kurz: die Erschaffung der Welt.

Man mag jetzt spekulieren und argumentieren, dass die Welt in ein paar Milliarden Jahren auch ohne dem Einfluss des Kas, rein über die Natur, über das Prinzip Versuch und Irrtum, den Menschen hervorgebracht hätte und das das Wirken des Kas letztlich völlig überflüssig war. Aber andererseits gab es auch (und gibt es immer noch) Menschen, die allen ernsthaft und in nervtötend penetranter Weise weismachen wollen, dass die Welt in nur sieben Tagen erschaffen wurde und letztendlich ist doch sowieso alles nur Glaubenssache.

Das Ka legte also los und experimentierte, nach den ersten Versuchen mit einem putzigen Sortiment organischer Moleküle, die letztendlich zur Bildung von Zellen führten, mit allen möglichen Bauplänen herum, konnte sich nicht so recht für einen entscheiden und führte schließlich unterstützend ein grässliches Gemetzel namens Evolution ein, das dazu diente, die konkurrierenden biologischen Systeme von alleine zu optimieren. Dies funktionierte eigentlich ganz prächtig und sparte dem Ka so eine Menge Zeit.

Als es dann beim Stadium der Mehrzeller anlangte, machte es ein wenig mit dem Urmund herum, der sodann zum After wurde, während bei einem anderen Teil der Mehrzeller der Mund aus dem Urmund entstand und der After sekundär neu gebildet wurde. Letztere After-Geschichte ging jedoch gleich so gründlich an den A…, dass die gesamte Stammesgruppe, die Insekten, nur noch dazu taugte, eklig herumzuwimmeln, höheren Lebewesen wahlweise als

Nahrung zu dienen oder gehörig auf den Senkel zu gehen. Was die nun wesentlich aussichtsreichere After-aus-dem-Urmund-Geschichte anging, schien es nach einer Weile so, als ob das Vorhandensein eines stabilisierenden Elements im Rücken dieser Individuen, etwas was ihnen den Rücken steift, sie davor bewahrte, bloße schleimige Mollusken zu sein, die irgendwo still vor sich hinvegetierten, sondern stolze Vertreter einer Gattung mit Zukunft.

Und so wurden die Chordatiere die Favoriten des Kas.

Das Problem mit diesem ganzen Viehzeug war nun lediglich noch, dass die ganze Geschichte noch zu sehr wassermäßig vonstatten ging, während Raumschiffbau auch in sehr hoch entwickelten Zivilisationen am Zweckmäßigsten auf dem Trockenen stattfindet (aus auch weniger hoch entwickelten Zivilisationen einleuchtenden Gründen), so dass das Ka die Chordatiere irgendwie aus dem Wasser scheuchen musste. Nach einer Phase von Lurchen und anderen schleimigen Kriechern kamen dann die Reptilien und mit ihnen die Dinosaurier.

An dieser Spezies hatte das Ka einen solchen Narren gefressen, dass es schlicht alle Vernunft vergaß und eine enorme Artenvielfalt der bizarrsten, monströsesten und zugleich nutzlosesten Kreaturen hervorbrachte, die der Planet bis dahin gesehen hatte. Erst nach einer ganzen Weile, nachdem Diplodocus, Stegosaurus, Allosaurus und schließlich Tyrannosaurus Rex samt ihren Vorfahren und Verwandten, Tanten und Enkeln hundertfünfzig Millionen Jahre auf der Erde geherrscht hatten, herumtrampelten und bei jeder Gelegenheit unmotiviert brüllten, besann er sich wieder zunehmend seiner eigentlichen Aufgabe und den damit verbundenen Fragen: Wie kann man einerseits einen Dinosaurier ein Stück Hightech bauen lassen und wie kann man ihn überdies daran hindern, ein bereits Erbautes stumpfhirnig röhrend wieder in Stücke zu reißen?

Da zufällig gerade auch, in dieser Phase seiner Überlegungen, ein Meteor auf das spätere Yucatan abstürzte, der zu so verheerenden Zerstörungen führte, dass gleich achtzig Prozent seiner Schöpfung über den Jordan hüpften, ging es her und gab allen überlebenden Vertretern seiner einstigen Lieblingsspezies den Rest und ließ bloß noch eine Nebenlinie, die Vögel, übrig. Aus sentimentalen Gründen und weil es von ihnen annahm, dass diese später zum Bau von Flugkörpern anspornen helfen könnten.

Die Lösung seines Problems konnte nun eigentlich nur in einem Bauplan liegen: ein aufrecht gehendes Wesen mit großem Gehirn,

....

zwei weichen, geschickten Händen mit opponierbarem Daumen, auf den es sich dann später mal kräftig mit dem Hammer schlagen kann.

Und so entstand der Mensch.

Er sollte dem Ka noch eine Menge Probleme bereiten.

Das Haarige daran war, dass die Menschen so aggressiv und expansiv sein sollten, um schließlich eine Zivilisation und eine höhere Technik zu entwickeln – und friedlich und kompromissbereit genug, um sich nicht ständig die Köpfe darüber einzuschlagen. Eine knifflige Feineinstellung. Das Ka scheiterte fast an dieser herkulischen Aufgabe.

Und als dann die Zeit endlich gekommen war und es sah was es geschaffen hatte, sah, was es dabei aufgewendet hatte und hastig eine Kosten/Nutzenrechnung aufstellte, da erkannte es – dass er von den Mächten des Kosmos übers Ohr gehauen worden war. Denn es wäre auf jeden Fall für es einfacher gewesen, sich selber Möglichkeiten zu schaffen, den Planeten wieder verlassen zu können.

Das Ka nahm sich daraufhin eine Auszeit (Auch ein Wesen wie das Ka braucht ab und zu mal eine Auszeit), beschloss seine Gestalt zu ändern und eine schmackhafte Soße auf einem Cheeseburger zu werden, um sich von einem der Wesen mit opponierbarem Daumen namens Ekke verschlucken zu lassen.

Der wunderte sich kurz über diesen besonders soßigen Cheeseburger, biss aber herzhaft hinein und verschluckte dann anschließend das Ka. Es wanderte in sein Gehirn, befand es nicht sonderlich entwickelt, verbesserte hier und da ein paar Kleinigkeiten, beschloss sich mit den gröberen Missständen zu arrangieren und nistete sich ein. Es formte sich zu einer Kugel von der Größe einer Erbse und der Dichte von Metall und verhielt sich wie ein neutraler Fremdkörper, der mit der Zeit von einer Schutzschicht aus Kalk umgeben wurde und wartete. Wartete auf die Chance seinen Auftrag zu erfüllen, Ekkes Tod oder die Entdeckung durch einen Radiologen.

„Mächtiges Ka! Wir gehorchen dir!"

Alle n-dimensionalen Wesen verneigen sich.

„Das will ich auch hoffen", erwidert das Ka kühl. Schließlich ist es das einzige Wesen unter den hier versammelten, das nicht an eine bestimmte Dimension gebunden ist, sondern alle in sich vereint. „Lasst mich nun", lässt es daraufhin verlauten, in einer leisen ruhigen Stimme, die trotzdem jeden Winkel der riesigen Halle erfüllt, „erklären, warum ich hier bin. Warum ich meine Zeit an euch

Nasen verschwende." Es mustert missbilligend die Überbleibsel der mehrdimensionalen Spontanfete, wie gefüllte mehrdimensionale Aschenbecher und leere Flaschen. „Wisset denn!", verkündet es. „Die Verbiegungen haben mich so auf gespalten, das Heute und vier Milliarden Jahre in der Vergangenheit ein und dasselbe ist. Und auch meine Aufgabe heute und vor vier Milliarden Jahren ist ein und dieselbe. Ich werde dies jetzt nicht weiter ausführen, denn", eine Filmkamera auf einem Stativ und eine Filmcrew materialisieren aus dem Nichts, das Ka schaut direkt in die Kamera und sagt langsam und betont, „ich glaube, unser Autor blickt hier langsam selber nicht mehr durch."

„Cut!", ruft der Regisseur und Kamera und Filmcrew, der ganze Spuk, verschwinden wieder, das Ka spricht weiter: „Es begab sich so, dass ich die Hoffnung aufgeben musste, in der Menschheit die Rasse intelligenter Wesen zu finden, die mir ein überlichtschnelles Raumschiff bauen kann. Ich habe sie zwar erschaffen. Aber ich habe sie auch verzogen. Wie ein liebevoller Vater, der seinen Kindern zu viel durchgehen lässt. Sie interessiert sich nämlich", seine Stimme bekommt einen pädagogischen Unterton, „nur für Sex & Crime, Mode, Fußball und Hollywood. Wobei ich nicht umhin konnte mitzukriegen, dass sich auch alle Hollywoodfilme um Sex & Crime, Mode, *football* und Hollywood drehen. Aus diesem Grunde", es wendet sich an Chi-cken und Mc-nug-gets, „war ich leider gezwungen, euren Service in Anspruch zu nehmen und *die* Worte zu verwenden, beziehungsweise verwenden zu lassen", er schaut Ekke und Heinrich ruhig an (wobei diese mehr das *Gefühl* haben ruhig angeschaut zu werden, weil man bei einer in der Luft schwebenden roten Kugel wirklich nicht weiß, wo sie ihre Augen hat), „die durch einen dummen absurden kosmischen Zufall Worte sind, die man, sage ich mal, eher an einem Taxistand, als in einer gehobeneren Konversation hört."

Zartes Rosa überzieht die Wangen der beiden.

„Wobei ich, wenn ich ehrlich bin, nicht ganz unschuldig daran bin. Ich habe mir bei der Entwicklung der deutschen Sprache nämlich einen kleinen Scherz erlaubt. Indes bin ich bei manchem wohl ein wenig über das Ziel hinausgeschossen, ich bitte das zu entschuldigen. Sorry, ihr Deutschen, so ist Englisch also die Weltsprache Nummer eins! Umlaute, Groß/Kleinschreibung, einfach zu kompliziert geraten, tut mir wirklich Leid, ich hab's vermasselt."

Ekke und Heinrich schauen sich an.

...

„Na ja, aber dann bricht man nicht auch noch gerade zwei Weltkriege vom Zaun. Und verliert sie." Das Ka hebt nun zum ersten Mal die Stimme. *„Die Heiligen Worte!* Die Heiligen Worte, die schon seit Äonen von Auserwählten gesprochen werden. Die Heiligen Worte, die vor vier Milliarden Jahren das erste Mal gesprochen wurden!" Er schaut Chi-cken und Mc-nug-gets an, die die gleichen Probleme wie die Erdlinge vor ihnen haben, nur dass sie wesentlich mehr Erfahrung mit fremden Wesen haben. „Von *mir.* "

„Ja, aber dann darfst du auch unsere Provision nicht vergessen, äh, mächtiges Ka. Das macht eine Million Kosmo."

„Portokasse."

„Pro gerettete Galaxie."

„Dieses Jahr kein Betriebsausflug."

„Und da es sich um das gesamte Hyperversum dreht, also die Gesamtheit aller jemals in Zeit und Raum und n-Dimensionen existierenden Universen und Paralleluniversen, kann ich die Zahl der geretteten Galaxien darin gar nicht abschätzen. Sie ist jedoch, äh, so irgendwie in guter Gesellschaft von seinen Kumpeln Unendlich und so, äh…"

„Ihr kriegt nicht einen kosmischen Cent von mir! Wie sagte D'arth-va'der's Inkarnation vorhin, bevor ich sie zerschmettert habe? Mach Männchen mickriger Mümmelmann!" Kühl fährt es fort. „Die Halle, dieser erbärmliche Schuppen, besser gesagt, gehört nämlich in der jetzigen heruntergekommenen Form, die eines schnellen Abrisses bedarf, auch zu den Verbiegungen. Sobald ich aufbreche, wird diese Perversion aus dem Kosmos getilgt. Und was mit euch dann passiert", es straft sie mit einem strengen Rote-Kugel-Blick, „so werdet ihr in eure ursprüngliche Form zurückversetzt, in der ihr euch von Zeit zu Zeit so wohl fühlt, und die für kleine süße Pelztiere auch am Natürlichsten ist."

„Du meinst, wir verlieren unsere Intelligenz?"

„Hattet ihr jemals welche?"

„Ja… und was machen wir dann?"

„Sucht euch am Besten jetzt schon ein Zuhause mit reichlich Heu, frischem Wasser und Einstreu. Und immer frischem Grünzeug."

Chi-cken und Mc-nug-gets sehen sich an. Ekke und Heinrich sehen sich an. Dann sehen sie sich alle vier an. Dann sehen sich nur wieder Ekke und Heinrich an und dann sagt Ersterer zu Letzterem: „Aber wir werden sie niemals trennen. Eine Woche bei dir und eine bei mir, ok?" Er wendet sich an seinen ehemaligen Gast. „Und was, äh, mächtiges Ka, vielen Dank übrigens noch mal für die

Erschaffung der Welt, äh, der Erde, war mit dir passiert auf dem Planet der Computerspiele…?"

„Bin ich mitkopiert worden", das Ka denkt in großen Dimensionen und übergeht die komplizierten rechtlichen Auslegungen diesbezüglich großzügig, „habe ich kein Problem damit. Und auch keins damit, dass eine Version von dir, mit mir im Kopf, in den Turm geflogen ist. Hatte übrigens meine Hand mit im Spiel, dass es der Falsche war. Der falsche Richtige, besser gesagt. Wenn meine Mission allerdings in Gefahr gewesen wäre, hätte ich diese heulenden Derwische in einer Nanosekunde zu ihrem geliebten Halla befördert, ohne selber dabei draufzugehen."

„Aber warum… mächtiges, ich meine, wirklich krass megamächtiges und äh, überhaupt… Ka-Wesen, verrate mir eins…"

„Ja", antwortet das Ka huldvoll lächelnd, so wie eine in der Luft schwebende rote Kugel eben huldvoll lächelt, obwohl es die Frage ja schon weiß, so wie es fast alles immer schon weiß und wusste. (Außer das es einmal vier Milliarden Jahre bei einem reichlich nutzlosen Job verlieren wird.)

„Warum, äh, Ka… Warum bist du nicht schon viel früher eingeschritten?"

Das Ka antwortet zuerst nicht.

Doch dann fängt es wie verrückt an zu lachen. (Der Leser weiß wie.)

„Warum ich nicht früher schon eingeschritten bin? Ich werde dir verraten, warum ich nicht schon früher eingeschritten bin. Weil ich auch mal ein bisschen Spaß haben wollte, nachdem ich mich der Erschaffung der terrestrischen Flora und Fauna abgeplackt habe." Es amüsiert sich königlich. „Im Ernst. Weil ich mich königlich über euch Schwachköpfe amüsiert habe!"

Und mit diesen Worten zieht es los, das mächtige tapfere Ka, um den bösen D'ar-th-va'der zu besiegen!

Und überlässt damit seine Schöpfung, die Menschheit, sich selbst. Und damit endgültig Sex & Crime, Mode, Fußball und Hollywood.

Gelegentlich aber, manchmal und vereinzelt, in erhabenen vereinzelten gelegentlichen Momenten, in jenen wenigen erleuchteten Augenblicken, in denen sich Genialität, Güte, Weisheit und schöpferische Kraft in sich vereinen, in jenen erhabenen, funkelnden Sternstunden der menschlichen Rasse, in denen Dinge von großer Bedeutung, von großer Kraft, Erhabenheit und dreijähriger Garantie entstehen, geschaffen für alle Zeiten zu überdauern, (also für genau drei Jahre)… merkt man doch, dass die Menschheit mehr ist, als sie zu sein scheint. Nämlich, dass sie in Wirklichkeit die vierdimensionale Schöpfung eines unendlich mächtigen multidimensionalen Wesens ist.

Nicht immer, aber manchmal schon.

Kapitel Zwanzig

„Hey Dagmar, kommst du heute mit zum Klassikabend im Konzerthaus?" Heinrich streichelt eins seiner neuen Kaninchen, während er mit ihr telefoniert. „Weißt du, ich denke manchmal, unser kleines Abenteuer braucht ein Happy End, meinst du nicht?"

So sind sie alle drei wieder auf der Erde gelandet, als wäre ein Spuk zu Ende gegangen.

„Schau doch, du hattest eben diese miese Kindheit und da warst du auf dem Trip böse zu sein. Na ja, und dann warst du halt auf einmal die Inkarnation alles Bösen auf dieser Welt, na ja, ok, warum nicht, geiler Trip, ich hab's dir ja gegönnt. Aber jetzt liegt doch noch so viel vor uns, so viel, was wir vielleicht gemeinsam machen könnten."

„Lass mich in Ruhe, Heinrich."

„Ich verstehe, du bist noch nicht soweit."

„Heinrich, du verstehst mich überhaupt nicht. Ich war gerne böse. Und ich war gerne mächtig, das war eine Art zu leben, verstehst du. Und jetzt ist alles so öde und leer."

Sie seufzt. Warum interessieren sich jetzt nur noch durchschnittliche Typen für sie? Und was ist mit D'ar-th-va'der's bösem Glühen, was sie immer irgendwie so tierisch angeheizt hat? Und warum ist das nun alles so schwer?

„Vielleicht irgendwann mal, aber jetzt häng ich lieber mal die nächste Zeit in irgendwelchen §§%&-Schuppen herum und dröhn mich zu, reiß 'n paar Typen auf." Und sie legt auf mit den Worten: „Mach's gut, Heinrich."

Sie sinnt vor sich hin.

„Ich glaube, ich geh heute Abend in's Crash."

Epilog

Die Welt ist schöner geworden.

Das Böse scheint aus den Herzen der Menschen verschwunden. Das Wetter ist irgendwie freundlicher, die Sonne scheint irgendwie öfter, obwohl es niemals mehr schwül zu sein scheint und die Sorgen scheinen die Leute nicht mehr so zu drücken wie früher. Man lacht viel mehr, freut sich am Leben – und alles läuft wie von alleine. Und Deutschland einig Jammerland ist wieder einig Vaterland. Alle ziehen an einem Strang und die Wirtschaft boomt – obwohl es gar kein so großes Thema mehr ist, denn jeder freut sich auch so am Leben.

Taxifahren ist ein richtig toller Job geworden.

Es hat viel weniger Verkehr als früher, weil die Leute alle ihr Auto stehen lassen und zu Fuß laufen, mit dem Fahrrad fahren, mit Bussen und Bahnen – oder eben mit dem Taxi. So gibt es auch viel weniger Abgase und es macht richtig Spaß, sich mal am Stand auszuruhen und den netten Menschen um einen herum zuzusehen.

Ekke und Heinrich sitzen wieder zusammen. Im Taxi.

Es hätte ihnen ja sowieso niemand geglaubt und was sollen sie sonst tun?

Und sie wechseln aufs Neue diese berühmten Worte – mit ein paar kleinen Unterschieden, allerdings.

„Mann, Ekke, hab ich jetzt wieder Bock auf den Job."

„Hee, du, ich auch."

„Hey, schau, mal!"

„Was denn?"

Tittenalarm, will Heinrich sagen. Im ersten Moment. Doch dann überlegt er sich, was für ein dummer, alberner Chauvispruch das doch ist … und dass er doch mal endlich erwachsen werden könnte … und deshalb sagt er nur: „Schöne Frau, wie geht's?" Und diese lächelt und schwingt eine Winzigkeit mehr in den Hüften, als sie vorbeischwebt. Ein nettes Kompliment erfreut doch jede Frau.

Dreimal skandalöse Scampis!

Erst am 5.12. 2004, 2.52 Uhr, (Epizentrum Waldkirch, R 5.4) wird es in Freiburg wieder ein Erdbeben geben.

Diesmal jedoch ein natürliches.

Anhang: Vor einiger Zeit mal, als eine pandimensionale Äquivalenz an meiner Tür klopfte...

Ich hatte mich also gerade mal wieder zu einem Interview mit mir selber (siehe letzter Band) niedergelassen...

„Herr Lembke, Sie wieder hier? Was ist mit dem Spiegel-Interview?"

„Ich sagte ihnen, fresst nicht meinen Kühlschrank leer und sie haben es doch getan. Da habe ich sie hinausgeworfen. Nein, ein Scherz, die haben mir nur Müllfragen gestellt."

„Aha. Nun, so sind Sie also wieder hier, äh..."

„Labern Sie nicht, Herr Lembke, stellen Sie Fragen."

„Wieso, ich kann ja auch labernd Fragen stellen, Fragen *labern*, sozusagen. Fangen wir doch einfach mal an. Warum sind Sie bisher noch nicht verlegt worden?"

„Weil es in Deutschland nur ängstliche Verleger gibt. Deutschland einig Jammerland und Land der ängstlichen Verleger."

„Und der schlechten Manuskripte. Die Verlage werden ja mit schlechten Manuskripten so zugemüllt, dass sie gar nicht dazu kommen, die Guten zu lesen."

„Genau. Das ist die andere Seite. Außerdem habe ich bisher noch groß keine Verlage an-, sondern lieber Bücher *ge*schrieben, das macht mehr Spaß. Ich warte sozusagen darauf, dass der Berg zum Propheten kommt..."

„Also, man hört ja von einer ganzen Menge Propheten, die da auf irgendwelchen Bergen herumhängen und irgendwelches Zeugs verkünden, aber... vom umgekehrten Fall ist mir noch nicht viel zu Ohren gekommen."

„Schnauze, Herr Lembke! Ich werde sicher irgendwann verlegt. Das ist wie mit Douglas Adams. Den wollte auch zuerst keiner verlegen, weil alle dachten, der ist doch gaga. Zum Schluss haben sie alle gemerkt, der ist wirklich gaga – aber die Leute wollen das so!"

„So, Sie halten sich also für Douglas Adams!"

Ich räusperte mich kurz und sagte dann: „Ach, wer ist denn schon Douglas..."

...als es klopfte.

Herein", sagte ich im heiteren, selbstzufriedenen Überschwang, mit einem heiteren, kleinen selbstzufriedenen Lächeln, „herein, wenn es nicht der Geist von Douglas Adams ist."

„Nun", sagte mein unerwarteter Besucher und mein Lächeln erstarb alsbald, wie das eines Fernsehzuschauers, der vor der Sportschau sitzt und nach dem Verzehr einer Tüte richtig salziger Chips merkt, dass kein Bier im Hause ist. „In diesem Fall haben wir ein kleines Problem. Denn ich, äh, bin der Geist von Douglas Adams oder, besser gesagt, der den man dafür hält. Denn in Wirklichkeit bin ich kein Geist, sondern eine, nun... pandimensionale Äquivalenz meiner selbst, auch wenn man mir das nicht gleich ansieht."

Natürlich, dachte ich mir*, ich wusste es. Sollte bei mir irgendwann einmal Douglas Adams oder sein Geist oder was auch immer reinschneien, würde er, kaum hätte er den Mund aufgemacht, Gaga von sich gegeben.*

Nach einigen Augenblicken lähmenden Entsetzens, betretenen Schweigens und beflissenem Etwas-Zu-Trinken-Anbietens machten wir uns dann also mit einander bekannt.

„Herr Adams", übernahm ich die Vorstellung, „das hier ist Herr Lembke, der mich gerade interviewen möchte und ich selber bin Herr Lembke, sein Interviewpartner." Adams Geist schüttelte uns beiden die Hand, und kam gleich zur Sache.

„Um gleich zur Sache zu kommen, Herr Lembke..."

„Moment! Erst erklären Sie uns mal Ihre pandi... pandidingens!"

„Die pandimensionale Äquivalenz meiner selbst?"

„Sag ich doch."

„Nun gut, es war so. Ich gab also gerade den Löffel ab, kassierte die Quittung dafür, die ich unbedingt aufheben sollte, wie mir das für den Erhalt der Löffel zuständige Wesen einschärfte und schwebte brav zum Fenster heraus, da flogen mir doch Ford Prefect und Zaphod Beeblebrox, meine Romanfiguren, über den Weg, die unterwegs zu einer richtig scharfen intergalaktischen Party waren. ‚Hey, ist das nicht unser Autor?', riefen sie und schwups, nahmen mich mit. Nach reichlich Partys, nach reichlich Sex, Drogen, Rock 'n Roll und reichlich pangalaktischen Donnergurglern wurde ich also eine pandimensionale Äquivalenz meiner selbst. Was übrigens ganz praktisch ist, weil ich nun nicht mehr darauf angewiesen bin, in muffigen Gräbern rum zu hocken..."

„Grab!"

„Hm?"

„Es muss heißen im muffigen Grab zu hocken, nicht Gräbern!"

„Wieso, waren Sie schon mal tot? Nein!" Und die pandimensionale Äquivalenz von Douglas Adams fing gleich übergangslos aus lauter Verachtung an mich zu duzen. „Was weißt *du* denn also. Also… *Gräbern* herumzuhocken, sondern nun endlich wieder schreiben, Lesungen halten… mit einem kleinen Haken."

„Mit einem Haken?"

„Genau. Und da sollst du mir helfen. Es ist nämlich so, dass ich aufgrund eines bedauerlichen physikalischen Gesetzes, dass im Übrigen völlig antiquiert ist und deshalb auch in den nächsten zehn Millionen Jahren auf der Abschaffungsliste antiquierter physikalischer Gesetze ganz oben steht, irgendwie keinen Fuß in diese unsre Dimension kriege, aus der ich ja selber komme. Was höchst bedauerlich ist, weil es die einzige Dimension ist, in der ich reich und berühmt war. In den anderen Dimensionen kennt mich kein Schwein, besser gesagt, äh, kein *Wesen* und ich halte deshalb immer Lesungen vor nur zwei oder drei Schweinen, äh, Wesen."

„Ach und da soll ich…"

„Richtig. Hier trittst du auf den Plan. Du warst zwar bisher nur ein erbärmlicher Schmierfink…"

„Dougi!", rief ich aus. Denn an dieser Stelle fühlte ich mich durchaus bemüßigt einmal etwas klarzustellen. „Du fliegst ein bisschen in deiner Phantasie durch die Galaxis, aber ich! Ich habe eine Menge von dem, worüber ich geschrieben habe, selbst erlebt und *das* ist der Teil des Schreibens, der wirklich Arbeit macht."

Doch Dougi ging gar nicht darauf ein, was ich sagte.

„Pass mal auf! Wenn ich nicht eine pandimensionale Äquivalenz wäre, würde ich dich als Plagiator unerbittlich verfolgen, aber was will ich machen? Denn du hast so unerbittlich von mir geklaut, dass ich erst auf dich aufmerksam geworden bin."

„Nicht mehr als du bei Monty Python geklaut hast. Du hattest ja Kontakt aus erster Hand mit ihnen. Unter uns, Dougi, es hört ja niemand zu, du bist nichts weiter als ein jugendfreier Aufguss von Monty Python." „It settled on him like a ton of bricks", wie der Engländer so schön sagt, es bringt ihn erst einmal zum Schweigen. „Hör mal zu, Dougi", fahre ich deshalb erst einmal ungerührt fort, „was soll ich denn schreiben, mir geht es doch wie dem in Klondike. Der will sein Claim abstecken und überall stehen Schilder: ‚Vergiss es, hier gibt's kein Gold mehr, hat alles schon Douglas Adams geholt. Er hat jeden Gag gerissen, den es in der Galaxis gibt und alles was so absurd ist, wie die Erde von Beteigeuze weit entfernt, vom Stapel gelassen.' Denk doch mal nach, Dougi. Gnade der späten Geburt? Das kann auch nur von sich geben, wer bräsig wie ein gefüllter Pfälzer Saumagen ist. Der *Fluch* der späten Geburt, davon sollte man doch reden, mein Gott!"

„Mein Führer!"

„Lass deine dummen deutschfeindlichen Nachkriegswitze, Dougi. *Achtung!"* Er fuhr doch tatsächlich ein bisschen zusammen und ich hatte wieder ein wenig Oberwasser. „Du hattest eines Tages einen Einfall, ‚Big Bang Burger Bar', adrette Anhäufung an Alliterationen, und hast dir darum herum eine Story aus den Fingern gesaugt. Im Deutschen geht das nicht. Urknall-Uni-Café hört sich grausam an, fast so grausam wie Urknall-Urquell-Café, was die deutsche Übersetzung dann daraus gemacht hat…"

„Die deutsche Übersetzung, richtig. *Die* hat mich auf dem Gewissen." Mit einer Mischung aus Verblüffung und Entsetzen schaute ich ihn nicht an, sondern wie einer dem gerade bestätigt wurde, dass „wenn a kleiner b und b kleiner c, dann ist auch a kleiner c" pure, eiskalte Logik sei.

„Natürlich", sagte ich eiskalt, „so musste es schließlich kommen. Der Übersetzer ist da frei, wo eine schlichte wörtliche Übersetzung reichen würde und übersetzt da wörtlich, wo es überhaupt keinen Sinn macht. In jedem Fall aber schafft er es immer, wo es gerade möglich ist, deinen Sprachwitz zu zerstören. Ich sag dir was. Er gehört… ach, ich sag's lieber nicht."

„Aach… er hat eine sehr schlimme Strafe bereits erwischt, er übersetzt gerade Thatchers Autobiographie ins Deutsche. ‚Maggies Memoiren'. Nein, ich habe nur Spaß gemacht. Die schlechte deutsche Übersetzung war nicht der Grund, dass ich diese Welt verlassen habe, sondern…"

„Na klar! Die für deine Verhältnisse schlechten Bücher, die du nach der Anhalter-Trilogie geschrieben hast, natürlich bis auf die jeweils hervorragenden ersten fünfzehn Seiten, bis dann der Leser an der Angel ist…"

„Nein, auch die schlechten Bücher waren nicht der Grund, sondern…"

„Na klar! Ruhm und Reichtum waren es. Du hast ja gesagt, als du dir dann einen Traum erfüllen wolltest und im neuen Porsche durch London gebraust bist, du dir vorkamst, wie wenn jemand eine Ming-Vase auf eine Party mitnimmt oder so ähnlich…"

Dougi hörte mir ruhig und gelassen zu, ergriff dann ruhig und gelassen sein Glas, schmiss es ruhig und gelassen auf den Fußboden und kreischte dann vollkommen hysterisch: *„Laß mich ausreden!"* Dann erklärte er mir, dass es weder die Übersetzung, noch die schlechten Bücher, die für seine Verhältnisse wirklich schlechten Bücher, wie er selber zugeben muss, die er seit dem „Anhalter" geschrieben hatte, noch Ruhm und Reichtum war (Ruhm und Reichtum seien etwas sehr schönes, was er wirklich genießen konnte), sondern, dass er beschlossen hatte, seine Autobiographie „Gaga als Weg" zu schreiben. Da entsann sich sein Herz seiner Verantwortung für das Universum und beschloss aus Scham mit Schlagen aufzuhören. Es sei jetzt auch ein Geist, übrigens. Sie trafen sich erst neulich auf einer Party.

„Ich sagte, hallo, ich bin der Geist von Douglas Adams und es sagte, ich kenne dich, ich bin der Geist von deinem Herz", gestand Douglas mit einem verlegenen kleinen Lächeln.

„Nun, Douglas", antwortete ich und grinste sardonisch, „wie war es denn: Du warst so überrascht, dass dein Herz stillstand, dass es, bevor es dann endgültig den Dienst einstellte, noch einmal zu schlagen anfangen musste, bis du es endlich begriffen hast?"

„Du hast das aus meinen Büchern, nicht wahr? ‚Er war so überrascht, dass man ihn ein zweites Mal erschießen musste, bevor er umfiel…'"

„Genau. Das hast du mehrmals in deinen Büchern verwendet. Ich war so überrascht, als ich das zum zweiten Mal las, dass ich es noch einmal lesen musste. Weißt du was, Dougi?" Er aber lächelte nur überlegen, wie einer, der denkt, was zur Hölle sich der andere auch Tolles da ausgedacht hat, er wird es sicher gleich sagen, auch ohne, dass er auf seine dämliche rhetorische Frage einzugehen braucht. „Du bist so cool, Dougi", ich warf ihm einen bemessenen Blick zu, „du bist so cool, das ich dich persiflieren werde."

„Das hast du wieder von mir abgeschrieben. Und überhaupt, wie kann man eine Persiflage persiflieren? Doppelte Negation ist eine Bejahung."

„Formuliere die Frage doch einmal andersrum, Dougi. Wie kann ich dich denn persiflieren, wenn du es doch schon selber getan hast? Dein vierter Band liest sich, als wäre er von jemandem geschrieben, den man dafür drei Wochen in ein Hotelzimmer mit verriegelten Fenstern eingesperrt und nur ab und zu zum Joggen herausgelassen hat."

„Er liest sich so", antwortete er seufzend, „weil er von jemandem, den man dafür drei Wochen in ein Hotelzimmer mit von innen verriegelten Fenstern eingesperrt und nur ab und zu zum Joggen herausgelassen hat, geschrieben *wurde!*" Er zuckt resigniert mit den Schultern. „Wenigstens hat man mich joggen lassen."

„Douglas! Ganze Passagen wirkten…"

„Lustlos herunter geschrieben?"

„Von einem…"

„Völlig entnervten und geistig weggetretenen Autoren?"

„Bis auf wenige wirklich witzige Stellen, richtig."

„Das waren die Stellen nach dem Joggen!" Er fing an nervös auf- und ab zu gehen. „Hör mir mal zu, Lembke. Sag mal übrigens… bist du verwandt mit dem Robert Lembke? Ach, vergiss es. Der Grund, warum ich dich jetzt aufsuche ist der, dass ich dich bitten möchte für mich zu schreiben. Ich meine, ich kann, wie gesagt, in dieser Dimension nichts mehr zu Papier bringen, deshalb musst du das für mich übernehmen. Du hast eh schon so viel von mir geklaut, dass ich dir das auch ganz ohne mein Zutun zutraue. Aber dennoch möchte ich dir ein wenig zur Seite stehen und mit dir zusammen einen richtig guten Roman auf die Beine stellen. Das ist der Grund, warum ich heute hier bin und warum ich jetzt mit dir rede und ich möchte dich nun bitten…"

„Du möchtest, dass ich mit dir zusammen einen Roman schreibe?"

„Äh, ja."

„Weil ich nur ein billiger Abklatsch von dir bin, aber, wenn du mir ein wenig zur Seite stehst, etwas richtig Gutes zu Stande bringen kann?"

„Äh, ja. Genau. Völlig richtig."

„Ich sag dir mal was, Dougi." Und das, was ich dann sagte, ja schrie, tat ich bebend vor Empörung. „*Ich habe es nicht nötig, dass du mir zur Seite stehst. Ich habe es auch nicht nötig dein Geschmier zu persiflieren, sondern!"* Ich holte tief Luft. „Ich werde etwas völlig Eigenes schreiben." Ich fixierte Douglas mit einem stählernen Blick. „Ich werde etwas *perversiflieren!"*

Douglas jedoch machte mir ein Angebot, das ich nicht abschlagen konnte.

„Gut", sagte ich darauf hin. „Wenn das so ist. Dann machen wir das so. Ich schreibe und du oder ein Zwanzigstel von dir, oder was auch immer, stehst hier halt herum und gibst deinen Senf dazu."

Und ich biss in ein Wienerwürstchen.

Und als das Buch dann fertig war…

„Lembke, das war doch ganz ok."

Dougi kam auf sein Angebot zurück: „Weißt du was, auf diese Weise können wir doch die Anhaltergeschichte ein wenig vortreiben. So Sechster-Band-mäßig. Was hältst du davon?"

„Äh, Rechte, Verlage?"

„Oh. Ich wird halt ein wenig spuken."

„Hm…", sagte ich…

„Das sollten wir doch mal im Auge behalten!"